G
GOLDMANN

»... Abends, wenn ich abgespannt bin, greife ich instinktiv nach einem ‚Wallace', bin im Nu in der Handlung, vergesse den ganzen Jammer des Alltags, bin froh und mutig.« ADENAUER IN RHÖNDORF

Edgar Wallace. Das Original.

Alle Edgar Wallace Kriminalromane:

1 Die Abenteuerin.
2 A. S. der Unsichtbare.
3 Die Bande des Schreckens.
4 Der Banknotenfälscher.
5 Bei den drei Eichen.
6 Die blaue Hand.
7 Der Brigant.
8 Der Derbysieger.
9 Der Diamantenfluß.
10 Der Dieb in der Nacht.
11 Der Doppelgänger.
12 Die drei Gerechten.
13 Die drei von Cordova.
14 Der Engel des Schreckens.
15 Feuer im Schloß.
16 Der Frosch mit der Maske.
17 Gangster in London.
18 Das Gasthaus an der Themse.
19 Die gebogene Kerze.
20 Geheimagent Nr. Sechs.
21 Das Geheimnis der gelben Narzissen.
22 Das Geheimnis der Stecknadel.
23 Das geheimnisvolle Haus.
24 Die gelbe Schlange.
25 Ein gerissener Kerl.
26 Das Gesetz der Vier.
27 Das Gesicht im Dunkel.
28 Der goldene Hades.
29 Die Gräfin von Ascot.
30 Großfuß.
31 Der grüne Bogenschütze.
32 Der grüne Brand.
33 Gucumatz.
34 Hands up!
35 Der Hexer.
36 Im Banne des Unheimlichen.
37 In den Tod geschickt.
38 Das indische Tuch.
39 John Flack.
40 Der Joker.
41 Das Juwel aus Paris.
42 Kerry kauft London.
43 Der leuchtende Schlüssel.
44 Lotterie des Todes.
45 Louba der Spieler.
46 Der Mann, der alles wußte.
47 Der Mann, der seinen Namen änderte.
48 Der Mann im Hintergrund.
49 Der Mann von Marokko.
50 Die Melodie des Todes.
51 Die Millionengeschichte.
52 Mr. Reeder weiß Bescheid.
53 Nach Norden, Strolch!
54 Neues vom Hexer.
55 Penelope von der »Polyantha«.
56 Der Preller.
57 Der Rächer.
58 Der Redner.
59 Richter Maxells Verbrechen.
60 Der rote Kreis.
61 Der Safe mit dem Rätselschloß.
62 Die Schuld des Anderen.
63 Der schwarze Abt.
64 Der sechste Sinn des Mr. Reeder.
65 Die seltsame Gräfin.
66 Der sentimentale Mr. Simpson.
67 Das silberne Dreieck.
68 Das Steckenpferd des alten Derrick.
69 Der Teufel von Tidal Basin.
70 Töchter der Nacht.
71 Die toten Augen von London.
72 Die Tür mit den 7 Schlössern.
73 Turfschwindel.
74 Überfallkommando.
75 Der Unheimliche.
76 Die unheimlichen Briefe.
77 Der unheimliche Mönch.
78 Das Verrätertor.
79 Der viereckige Smaragd.
80 Die vier Gerechten.
81 Zimmer 13.
82 Der Zinker.

EDGAR WALLACE

Die drei von Cordova

THE JUST MEN OF CORDOVA

Kriminalroman

GOLDMANN VERLAG

Aus dem Englischen übertragen von
Ravi Ravendro

Der Goldmann Verlag
ist ein Unternehmen der Verlagsgruppe Bertelsmann

Jubiläumsausgabe

Made in Germany · 1/90 · 17. Auflage

Satz: Presse-Druck Augsburg
Druck: Elsnerdruck, Berlin
Krimi 160
Ge · Herstellung: Klaus Voigt
ISBN 3-442-00160-9

1

An einem der Marmortische des ›Café del Gran Capitán‹ in Cordova saß ein Herr, der viel Zeit zu haben schien. Er war von großer Gestalt und hatte einen gepflegten Bart. Die Blicke seiner ernsten grauen Augen schweiften scheinbar absichtslos die Straße entlang. Ab und zu nippte er an seinem Kaffee und trommelte mit seinen schlanken weißen Händen einen Wirbel auf der Tischplatte.

Er trug einen schwarzen Anzug; sein gleichfalls schwarzer Mantel hatte einen Samtkragen. Die Krawatte war von schwerer schwarzer Seide, die gutgeschnittenen Beinkleider wurden durch Lederstege unter den spitzauslaufenden Schuhen gestrafft, wie es in gewissen Kreisen der Caballeros beliebt war.

Er hätte Spanier sein können, denn graue Augen traf man dort unten häufig an. Die ausgelassenen Irländer, die damals mit den Besatzungstruppen Wellingtons ins Land gekommen waren, hatten sich ja gar nicht so selten mit den feurigen Mädchen von Andalusien verheiratet.

Er sprach ein tadelloses Spanisch, und auch die Art, wie er den wehleidig flehenden Bettler behandelte, der auf ihn zuhumpelte und ihn mit ausgestreckten verkrüppelten Fingern um ein Almosen bat, zeugte von seiner südländischen Abstammung.

»Im Namen der Jungfrau und der Heiligen und des allmächtigen Gottes flehe ich Sie an, Señor, geben Sie mir ein paar Céntimos.«

Der Herr an dem Tisch richtete seine Blicke auf die ausgestreckte Hand.

»Gott wird dir helfen«, sagte er dann in dem Küstenarabisch, das in Spanisch-Marokko gesprochen wird.

»Wenn mir der Himmel ein Leben von hundert Jahren schenken sollte«, erwiderte der Bettler mit monotoner Stimme, »so will ich doch niemals aufhören, für Ihr Wohl zu beten.«

Der Herr in dem Mantel betrachtete jetzt den Alten.

Der Bettler war ein Mann von mittlerer Größe und hatte scharfgeschnittene Gesichtszüge. Sein Kopf war durch einen großen Verband entstellt, der auch das eine Auge bedeckte. Seine

Füße waren unförmige Klumpen, mit vielen Bandagen umwikkelt. In seinen schmutzigen Händen hielt er einen Stock.

»Señor«, wimmerte er, »ein paar Céntimos können mich von den schrecklichen Hungerqualen befreien. Sie werden diese Nacht keinen Schlaf finden, wenn Sie an den armen, kranken Greis denken, der sich hungrig auf seinem Lager wälzt.«

»Geh in Frieden«, sagte der vornehme Herr geduldig.

»O Erhabener«, seufzte der Bettler wieder, »bei dem Knäblein, das auf dem Schoß der Mutter ruhte« – bei diesen Worten bekreuzigte er sich –, »bei allen Heiligen und dem wundertätigen Blut der Märtyrer, ich flehe Sie an, lassen Sie mich nicht am Wege verhungern, wenn ein paar Céntimos, die Ihnen nicht soviel bedeuten wie der Rand unter dem Fingernagel, mir den Magen mit Essen füllen könnten.«

Der Herr an dem Marmortisch ließ sich nicht erschüttern; ruhig trank er seinen Kaffee aus.

»Geh mit Gott«, sagte er nur.

Aber der Alte zögerte immer noch. Hilflos sah er die Straße auf und ab, dann blickte er in den dunklen, kühlen Raum des Cafés. Am anderen Ende saß ein Kellner nachlässig an einem Tisch und las den ›Heroldo‹.

Der Bettler beugte sich vor und streckte langsam die Hand aus, um einige Kuchenkrümel vom nächsten Tisch aufzulesen.

»Kennst du Doktor Essley?« fragte er plötzlich in perfektem Englisch.

Der andere schaute nachdenklich auf.

»Nein, ich kenne ihn nicht. Warum?« entgegnete er in der gleichen Sprache.

»Du solltest seine Bekanntschaft machen, er ist interessant.«

Weiter sagte der Bettler nichts; er drehte sich um und schlurfte langsam davon.

Der vornehme Herr beobachtete neugierig, wie er sich dem nächsten Café zuwandte. Dann klatschte er laut in die Hände. Der Kellner, der inzwischen über seiner Zeitung eingenickt war, fuhr in die Höhe und nahm die Zahlung und das übliche Trinkgeld entgegen.

Obgleich sich der Himmel wolkenlos zeigte und die Sonne

schien, war es in den blaugrauen Schatten der Straße noch empfindlich kalt in diesen ersten Vorfrühlingstagen.

Der Herr erhob sich vom Tisch, ergriff einen Zipfel seines faltigen Mantels und warf ihn sich leicht über die Schulter. Dann ging er langsam hinter dem Bettler her.

Sein Weg führte ihn durch winklige Straßen, die so eng waren, daß die Wagennaben tiefe Rinnen in die Mauern der Häuser gegraben hatten, wenn sich zwei Fuhrwerke begegnet waren.

In der Calle Paraíso holte er den alten Mann ein; er ging an ihm vorüber und bog in eine der Gassen ein, die zu der San-Fernando-Kirche führten. Gemächlich ging er dort hinunter; dann wandte er sich der Carrera del Puente zu und gelangte bald in den Schatten der Kathedrale, die ursprünglich als Moschee errichtet worden war.

Unentschlossen blieb er vor den offenen Toren zu den Höfen stehen; er schien im Zweifel zu sein, wohin er sich wenden sollte. Schließlich drehte er sich um und ging zur Calahorrabrücke hinunter, die den Fluß mit ihren sechzehn Bogen schnurgerade überspannte. Sie stammte noch aus der Zeit der Mauren und war von diesen erbaut. Als er die Mitte der Brücke erreicht hatte, lehnte er sich über das Geländer und schaute lässig auf die angeschwollenen gelben Fluten des Guadalquivir hinab.

Heimlich aber beobachtete er, wie der Bettler auf ihn zuhumpelte. Es dauerte sehr lange, denn der Alte kam nur langsam von der Stelle. Endlich stand er an seiner Seite und hielt ihm die Hand entgegen. Seine Haltung war die eines gewöhnlichen Bettlers, aber seine Sprache die eines gebildeten Engländers.

»Manfred«, sagte er ernst, »du mußt diesen Essley sehen. Ich bitte dich aus einem ganz bestimmten Grund darum.«

»Wer ist denn das?« Der Bettler lächelte.

»Ich muß mich zum größten Teil auf mein Gedächtnis verlassen. Die Bibliothek in meiner armseligen Wohnung ist etwas beschränkt. Aber ich habe die dunkle Erinnerung, daß er Arzt in einer Vorstadt Londons ist. Scheint ein kluger Kopf zu sein.«

»Und was macht er hier?«

Gonsalez, der sich hinter der Maske dieses unscheinbaren Bettlers verbarg, lächelte wieder.

»Hier in Cordova lebt ein Doktor Cajalos. In die vornehme Umgebung des Paseo del Gran Capitán, wo du deine luxuriöse Wohnung hast, dringt natürlich kein Gerücht aus der Unterwelt von Cordova. Hier«, – er zeigte auf die baufälligen Dächer und die schmutzigen, schiefen Häuser am anderen Ende der Brücke – »im Campo de la Verdad, wo die Leute mit zehn Peseten die Woche zufrieden leben können, kennt man den Doktor Cajalos. Er wird in allen Häusern und Familien verehrt – ein bewunderungswürdiger Mensch, der mit seiner Kunst Wunder vollbringt. Er macht die Blinden sehend, entlarvt durch seine Macht die Schuldigen, bereitet unfehlbare Liebestränke, bespricht Warzen und Geschwüre.«

»Selbst in der Gegend des Paseo del Gran Capitán wird er geachtet.« Manfred zwinkerte mit den Augen. »Ich habe ihn selbst aufgesucht und um Rat gefragt.«

Der Bettler war ein wenig erstaunt.

»Du bist tüchtiger, als ich dachte«, sagte er bewundernd. »Wann warst du bei ihm?«

Manfred lachte leise.

»Vor einigen Wochen stand in einer bestimmten Nacht ein Bettler vor der Haustür des Arztes auf der Straße und wartete geduldig auf das Wiedererscheinen eines geheimnisvollen Besuchers, der sich bis zur Nasenspitze in seinen Mantel eingehüllt hatte.«

»Ja, ich kann mich besinnen.« Gonsalez nickte. »Es war ein Fremder aus Ronda, und ich war neugierig. Hast du beobachtet, daß ich ihm folgte?«

»Ich sah dich von der Seite«, entgegnete Manfred ernst.

»Warst denn du der Fremde?« fragte Gonsalez, aufs höchste überrascht.

»Ja. Ich verließ damals Cordova, um nach Cordova zurückzukommen.«

Gonsalez schwieg einen Augenblick.

»Ich gebe mich geschlagen«, sagte er dann. »Du kennst also Doktor Cajalos. Begreifst du nun, warum ein gewöhnlicher englischer Arzt nach Cordova kommt? Essley ist auf dem schnellsten Wege und ohne Aufenthalt mit dem Algeciras-Expreß gereist. Morgen früh bei Tagesanbruch wird er Cordova auf dieselbe eilige Weise wieder verlassen. Er ist hierhergekommen, um Doktor Cajalos zu konsultieren.«

»Poiccart ist hier; er interessiert sich auch für diesen Essley – und zwar so sehr, daß er sich, den Reiseführer in der Hand, friedlich von Fremdenführern umherführen läßt, die ihm ja doch nur ungenaue Auskunft geben können.«

Manfred strich seinen kleinen Bart, und seine klugen Augen hatten wieder denselben ernsten, nachdenklichen Ausdruck wie vorher, als er Gonsalez von seinem Platz im ›Café del Gran Capitán‹ aus nachgesehen hatte.

»Ohne Poiccart würde das Leben langweilig sein«, sagte er.

»Ja, da hast du recht – o Señor, mein ganzes Leben soll Ihrem Lobe geweiht sein, und meine Gebete für Sie sollen wie Weihrauchwolken zum Throne des Allmächtigen emporsteigen.«

Er verfiel plötzlich wieder in seinen jammernden Tonfall, denn ein Polizist der Guardia Municipal näherte sich ihnen und warf einen mißtrauischen Blick auf den Bettler, der mit ausgestreckter Hand erwartungsvoll dastand.

Manfred schüttelte den Kopf, als der Polizist herankam.

»Geh in Frieden.«

»Du Hund«, rief der Polizist und packte den Bettler mit rauher Hand an der Schulter, »du Sohn eines Diebes, mach, daß du fortkommst, damit deine übelriechende Gegenwart nicht die Nase dieses hohen Herrn beleidigt!«

Er stemmte die Arme in die Seite und sah dem davonhinkenden Krüppel nach, dann wandte er sich an Manfred.

»Wenn ich diesen Lumpen nur eher gesehen hätte, Señor, hätte ich Sie schon längst von ihm befreit.«

»Es ist nicht der Rede wert«, erwiderte Manfred in herkömmlicher Weise.

Der Polizist strich sich mit der einen Hand den kleinen Schnurrbart.

»Ich habe es nicht leicht, die reichen und freigebigen Caballeros vor diesen Kerlen zu bewahren . . .«

Manfred ließ ein Geldstück in die Hand des Polizisten gleiten.

Der Mann ging bis zum Ende der Brücke neben ihm her. Sie blieben dann plaudernd an dem Hauptportal der Kathedrale stehen.

»Sie sind wohl nicht aus Cordova, Señor?«

»Aus Malaga«, erwiderte Manfred ohne Zögern.

»Meine Schwester war mit einem Fischer in Malaga verheiratet«, erzählte der Polizist. »Ihr Mann ist ertrunken. – Sind Sie schon einmal in Gibraltar gewesen?«

Manfred nickte. Er blickte interessiert auf eine Gesellschaft von Touristen, denen die Pracht der Puerta del Perdón gezeigt wurde.

Einer der Fremden löste sich von der Gruppe der übrigen und kam auf sie zu. Er war ein Mann von mittlerer Größe und kräftiger, untersetzter Gestalt. In seinem Wesen lag eine sonderbare Zurückhaltung, und in seinem Gesicht drückte sich eine gewisse melancholische Ruhe aus.

»Können Sie mir den Weg zum Paseo del Gran Capitán sagen?« fragte er in schlechtem Spanisch.

»Ich gehe selbst dorthin«, erklärte Manfred höflich. »Wenn Sie mich begleiten wollen ...«

»Ich wäre Ihnen zu großem Dank verpflichtet«, entgegnete der andere.

Manfred dankte dem Polizisten nochmals, dann gingen die beiden Männer davon.

Sie sprachen über die verschiedensten Dinge, über das Wetter und den schönen Anblick der Kathedrale.

»Du mußt mitkommen und Essley sehen«, sagte der Tourist plötzlich unvermittelt in perfektem Spanisch.

»Erzähle mir doch etwas von ihm«, erwiderte Manfred. »Im Vertrauen gesagt – du hast meine Neugierde geweckt.«

»Es ist eine wichtige Angelegenheit«, entgegnete Poiccart ernst. »Essley ist Arzt in einer Vorstadt von London. Ich habe ihn seit Monaten beobachtet. Er hat nur eine kleine, recht unbedeutende Praxis; augenscheinlich ist das nicht sein Hauptberuf. Außerdem hat er eine merkwürdige Vergangenheit. Er hat in London studiert und ist gleich nach dem Examen mit einem gewissen Henley nach Australien gegangen. Henley war ganz heruntergekommen und im Examen durchgefallen, aber die beiden waren gute Freunde. Das erklärt wahrscheinlich auch, daß sie zusammen auswanderten, um ihr Glück in der Fremde zu suchen. Essley stand völlig allein, und Henley hatte nur einen reichen Onkel irgendwo in Kanada, den er aber niemals gesehen hatte. Sie kamen in Melbourne an und gingen ins Innere des Landes. Sie wollten in den neuen Goldfeldern ihr Heil versuchen, die damals gerade erschlossen wurden. Drei Monate später kam Essley allein dort an – sein Freund war unterwegs gestorben!

Er scheint in den nächsten drei oder vier Jahren keine Praxis begonnen zu haben. Ich habe seine Wanderungen von einem Goldsucherlager zum anderen verfolgen können. Er arbeitete ein wenig und verspielte dann wieder alles. Er wurde allgemein ›Doktor S.‹ genannt – wahrscheinlich eine Abkürzung für ›Essley‹. Erst als er nach Westaustralien kam, machte er den Versuch, sich als Arzt niederzulassen. Seine Praxis war nicht gerade groß, aber sie brachte ihm doch etwas ein. Nach einiger Zeit verschwand er jedoch aus Coolgardie, und erst acht Jahre später tauchte er in London wieder auf.«

Inzwischen hatten sie den Paseo del Gran Capitán erreicht. Die Straßen waren jetzt belebter.

»Ich habe ein paar Zimmer hier gemietet«, sagte Manfred. »Komm mit und trink eine Tasse Tee bei mir.«

Seine Wohnung lag über einem Juwelierladen in der Calle Morería. Die Räume waren schön ausgestattet.

»Besonderen Wert habe ich auf Bequemlichkeit gelegt«, erklärte Manfred, als er aufschloß. Gleich darauf setzte er einen silbernen Kessel auf eine elektrische Kochplatte.

»Der Tisch ist ja für zwei gedeckt?« fragte Poiccart erstaunt.

»Ich erwarte Besuch«, erwiderte Manfred lächelnd. »Manchmal wird unserem lieben Leon das Bettlerleben lästig, dann kommt er als repräsentables Mitglied der Gesellschaft mit der Bahn in Cordova an, um den Luxus des Lebens wieder einmal zu genießen – und mir seine Geschichten zu erzählen. Aber ich möchte gern noch mehr von Essley hören, lieber Poiccart, ich interessiere mich sehr für ihn.«

Der ›Tourist‹ setzte sich in einen tiefen und bequemen Sessel.

»Wo war ich doch gleich stehengeblieben? Ach ja – Doktor Essley verschwand aus Coolgardie und tauchte dann acht Jahre später in London wieder auf.«

»Unter außergewöhnlichen Umständen?«

»Nein, das gerade nicht. Er wurde damals von einem neuen Gewaltigen der Londoner Geschäftswelt lanciert.«

»Etwa von Oberst Black?« fragte Manfred stirnrunzelnd.

»Ja. Diesem Mann verdankt Essley seine Praxis. Er erregte zum erstenmal meine Aufmerksamkeit –«

Es klopfte an der Tür, und Manfred hob warnend den Finger. Er ging hin und öffnete. Der Portier stand draußen, die Mütze in der Hand. Hinter ihm, ein wenig weiter unten auf der Treppe, war ein Fremder zu sehen – anscheinend ein Engländer.

»Señor, ein Herr möchte Sie sprechen.«

»Ich stehe zu Ihren Diensten«, antwortete Manfred, indem er den Besucher auf spanisch anredete.

»Ich kann leider nicht gut Spanisch«, sagte der Mann auf der Treppe.

»Wollen Sie bitte näher treten?«

Manfred sprach nun englisch.

Der Fremde stieg langsam herauf.

Er war etwa fünfzig Jahre alt, hatte langes graues Haar und buschige Augenbrauen. Sein stark hervortretender Unterkiefer machte sein Gesicht nicht gerade einnehmend. Er trug einen schwarzen Anzug und hielt einen breitkrempigen, weichen Filzhut in der behandschuhten Hand.

Als er eingetreten war, blickte er forschend von einem zum andern.

»Mein Name ist Essley«, stellte er sich dann vor.

Er zögerte etwas bei dem doppelten S, so daß das Wort zischend und hart klang.

»Essley«, sagte er noch einmal, als ob er eine besondere Genugtuung bei der Wiederholung seines Namens empfände.

Manfred wies mit der Hand auf einen Stuhl, aber der Fremde schüttelte den Kopf.

»Ich möchte mich nicht setzen«, sagte er schroff. »Wenn ich geschäftlich verhandle, stehe ich lieber.«

Er sah argwöhnisch auf Poiccart.

»Ich möchte Sie in einer privaten Angelegenheit sprechen«, sagte er mit einer gewissen Betonung.

»Mein Freund genießt mein volles Vertrauen«, entgegnete Manfred.

Essley nickte unwillig.

»Ich habe gehört, daß Sie Kriminalwissenschaftler sind und auch eingehende Kenntnisse über Spanien besitzen.«

Manfred zuckte die Schultern. In der Rolle, die er augenblicklich spielte, genoß er einiges Ansehen als wissenschaftlicher Schriftsteller. Er hatte unter dem Namen ›de la Monte‹ ein Buch ›Modernes Verbrechertum‹ veröffentlicht.

»Als ich dies erfuhr, reiste ich nach Cordova«, erklärte Dr. Essley. »Ich habe hier zwar noch andere Dinge zu erledigen, aber die sind nicht so wichtig.«

Er sah sich jetzt doch nach einem Sessel um. Manfred bot ihm einen an, und sein Besucher nahm Platz, indem er sich mit dem Rücken zum Fenster setzte.

»Mr. de la Monte, Sie besitzen eine umfassende Kenntnis des Verbrechens.«

Der Doktor lehnte sich vor und faltete seine Hände über dem Knie.

»Ich habe ein Buch darüber geschrieben, aber das besagt noch nicht unbedingt, daß ich große Kenntnisse besitzen muß«, erwiderte Manfred.

»Das habe ich befürchtet«, entgegnete der andere barsch. »Ich war auch besorgt, daß Sie vielleicht nicht Englisch sprächen. Nun möchte ich eine offene Frage an Sie richten, und ich erwarte von Ihnen eine ebenso offene Antwort.«

»Soweit ich dazu imstande bin, will ich sie Ihnen gerne geben.«

Das Gesicht des Arztes zuckte nervös.

»Haben Sie jemals etwas von den ›Vier Gerechten‹ gehört?«

Es trat eine kurze Pause ein.

»Ja, ich habe von ihnen gehört.«

»Sind sie in Spanien?« fragte der Doktor mit schriller Stimme.

»Das weiß ich nicht genau. Warum fragen Sie?«

»Weil ich ...« Der Arzt zögerte. »Nun, ich interessiere mich für die Leute. Man sagt, daß sie Verbrechen aufspüren, die die Gerichte nicht bestrafen. Sie ... sie ... töten ihre Opfer auch – wie?«

Seine Stimme war noch schärfer geworden, und er kniff die Augenlider so weit zusammen, daß er nur noch durch Schlitze zu sehen schien.

»Es ist bekannt, daß eine solche Organisation besteht«, antwortete Manfred, »und man weiß auch, daß die ›Vier Gerechten‹ sich mit ungesühnten Verbrechen beschäftigen – und daß sie Strafen verhängen.«

»Auch – die Todesstrafe?«

»Sie wenden auch die Todesstrafe an«, erwiderte Manfred ernst.

»Und dabei laufen sie frei herum?« Dr. Essley sprang erregt auf und gestikulierte heftig mit den Händen. »Sie laufen frei herum und werden nicht bestraft? Bei allen modernen Methoden der Polizei kann man sie nicht fassen? Sie wagen es, sich selbst zu Richtern aufzuwerfen und andere Leute zu verurteilen? Wer hat ihnen das Recht dazu gegeben? Es gibt doch noch Gesetze, und wenn sich jemand gegen sie vergeht –«

Er hielt plötzlich inne, zuckte die Schultern und sank schwer in seinen Sessel zurück.

»Soweit ich erfahren habe«, fuhr er nach einer Weile fort, »bilden sie keine Macht mehr. Sie sind in allen Ländern geächtet – alle Polizeibehörden haben Steckbriefe gegen sie erlassen.«

Manfred nickte.

»Das stimmt«, sagte er höflich, »aber ob sie keine Macht mehr haben, das kann nur die Zeit lehren.«

»Es sind drei.« Der Doktor schaute bei diesen Worten schnell auf. »Für gewöhnlich finden sie noch einen vierten – einen Mann, der großen Einfluß hat.«

Manfred nickte wieder.

»Das habe ich auch gehört.«

Dr. Essley rückte unruhig in seinem Sessel hin und her. Man

sah deutlich, daß er nicht die gewünschte Auskunft oder Versicherung erhalten hatte und nun stark beunruhigt war.

»Und sie sind in Spanien?« fragte er.

»Man sagt es.«

»Sie sind nicht in Frankreich, nicht in Italien, nicht in Deutschland, in keinem der skandinavischen Länder«, rief Dr. Essley. »Sie müssen in Spanien sein.«

Eine Weile brütete er schweigend vor sich hin.

»Verzeihen Sie«, sagte Poiccart, der bis dahin still zugehört hatte, »Sie scheinen sich außerordentlich für die ›Vier Gerechten‹ zu interessieren. Nehmen Sie bitte meine Frage nicht übel – warum liegt Ihnen soviel daran, ihren Aufenthaltsort zu erfahren?«

»Es ist reine Neugierde«, erwiderte der Arzt schnell. »In gewisser Beziehung studiere ich nämlich auch das Verbrechen – wie Mr. de la Monte.«

»Da sind Sie aber ein erstaunlich eifriger Student«, meinte Manfred.

»Ich hatte gehofft, daß Sie in der Lage sein würden, mir zu helfen«, fuhr Essley fort, ohne Manfreds anzügliche Bemerkung zu beachten. »Aber ich habe nur von Ihnen erfahren, daß die ›Vier Gerechten‹ in Spanien sind, und auch das ist weiter nichts als eine Vermutung.«

»Vielleicht sind sie auch gar nicht in Spanien«, sagte Manfred, als er seinen Besucher zur Tür begleitete. »Vielleicht existieren sie nicht einmal. Ihre Furcht ist wahrscheinlich völlig unbegründet.«

Der Doktor fuhr herum. Er war kreidebleich geworden.

»Furcht?« Essley atmete schnell. »Sagten Sie etwas von Furcht?«

»Es tut mir leid«, antwortete Manfred lachend, »vielleicht kann ich mich englisch nicht so korrekt ausdrücken.«

»Warum sollte ich sie denn fürchten?« fragte der Doktor gereizt. »Ihre Worte waren wirklich unglücklich gewählt. Ich brauche mich weder vor den ›Vier Gerechten‹ noch vor sonst jemand zu fürchten.«

Er stand keuchend in der offenen Tür. Mit sichtlicher Anstrengung riß er sich zusammen; er zögerte noch einen Augenblick und verabschiedete sich dann mit einer steifen Verbeugung.

Er ging die Treppe hinunter, trat auf die Straße und eilte zu seinem Hotel hinüber. An der Ecke stand ein Bettler, der müde die Hand hob.

»Um Gottes und der Heiligen willen«, wimmerte er.

Fluchend schlug Essley mit seinem Stock nach der Hand, traf sie aber nicht, denn der Bettler war außergewöhnlich schnell. Gonsalez war zwar bereit, alle mögliche Unbill auf sich zu nehmen, aber Narben und Striemen wünschte er keinesfalls an seinen zarten Händen zu haben.

Als Essley in seinem Zimmer angekommen war, schloß er die Tür ab und ließ sich in einen Sessel fallen, um nachzudenken. Er verwünschte seine eigene Torheit – es war ein wahnsinniger Fehler, die Fassung zu verlieren, selbst in Gegenwart eines so unbedeutenden Menschen wie dieses spanischen Dilettanten, der etwas von Kriminalwissenschaft verstehen wollte.

Der erste Teil seiner Aufgabe war beendet – er mußte sich eingestehen, daß er keinen Erfolg gehabt hatte. Aus der Tasche seines Mantels nahm er einen Reiseführer für Spanien und blätterte darin, bis er den Stadtplan von Cordova fand. An der gleichen Stelle lag noch ein anderer Plan in dem Band; er war anscheinend von jemand gezeichnet worden, der besser mit der Örtlichkeit selbst als mit der Kunst des Kartenzeichnens vertraut war.

Von Dr. Cajalos hatte er zum erstenmal durch einen spanischen Anarchisten gehört, den er auf seinen merkwürdigen nächtlichen Streifzügen durch London getroffen hatte. Nachdem er mit dem Mann eine Flasche Wein getrunken hatte, erzählte dieser von den ans Wunderbare grenzenden Kräften des Hexenmeisters von Cordova und erwähnte dabei Dinge, die das lebhafteste Interesse des Arztes fanden. Er hatte daraufhin einen Briefwechsel mit Dr. Cajalos begonnen, und nun war er hier, um ihn persönlich aufzusuchen.

Essley schaute auf die Uhr. Es war beinahe sieben. Er wollte erst zu Abend speisen und sich dann umziehen. Schnell wusch er sich, doch drehte er trotz der hereinbrechenden Dunkelheit das Licht nicht an. Dann ging er in den Speisesaal.

Er saß an einem Tisch für sich allein und vertiefte sich sofort in eine englische Zeitschrift, die er mitgebracht hatte. Ab und zu machte er bei der Lektüre Notizen in ein kleines Buch, das neben seinem Teller lag. Seine Aufzeichnungen standen aber weder in Beziehung zu dem Artikel, den er las, noch zu den medizinischen Wissenschaften; sie handelten vielmehr von der finanziellen Seite eines Plans, der ihm eben in den Sinn kam.

Nach dem Essen bestellte er noch Kaffee. Dann erhob er sich, steckte das kleine Notizbuch in die Tasche, nahm die Zeitschrift und ging auf sein Zimmer zurück. Dort drehte er das Licht an und zog die Vorhänge zu. Er stellte einen kleinen Tisch unter die Lampe und holte aus seinem Koffer eine Menge engbeschriebener Blätter, die er vor sich ausbreitete. Auch sein Notizbuch holte er wieder hervor. Er arbeitete mehrere Stunden. Dann hielt er plötzlich inne, als ob er von einem unsichtbaren Wecker an seine Verabredung erinnert worden wäre.

Schnell packte er die Papiere fort, zog einen Mantel an und drückte sich den weichen Filzhut tief ins Gesicht. Er verließ das Hotel und schlug den Weg nach der Calahorrabrücke ein. Die Straßen, die er durchschritt, lagen einsam und verlassen da; er zögerte nicht im geringsten, denn er hatte seinen Plan vorher eingehend studiert.

Er tauchte in einem Gewirr von engen Straßen unter, und erst am Eingang einer dunklen Sackgasse hielt er einen Augenblick an. Eine düstere Straßenlampe im Hintergrund machte die Gasse noch unheimlicher. Zu beiden Seiten erhoben sich hohe, fast fensterlose Häuser, deren Türen in finsteren Nischen lagen. Nach kurzem Zaudern klopfte Essley zweimal an eine Tür zur Linken.

Sie öffnete sich sofort geräuschlos.

Wieder zögerte er.

»Treten Sie ein«, sagte eine Stimme auf spanisch, »Sie brauchen sich nicht zu fürchten.«

Essley ging hinein, und die Tür schloß sich hinter ihm.

»Kommen Sie mit.«

Der Doktor konnte in der Dunkelheit nur undeutlich die Gestalt eines kleinen alten Mannes wahrnehmen. Er ging weiter und wischte sich dabei den Schweiß von der Stirn.

Der alte Mann knipste eine Lampe an, und Essley betrachtete ihn nun genauer. Er war zwergenhaft klein. Ein ungepflegter, langer weißer Bart bedeckte seine Brust; der Kopf war völlig kahl, so glatt wie eine Kugel. Das schmutzige Gesicht, die unsauberen Hände, die ganze Erscheinung zeugten davon, daß er kein Freund von Wasser war.

Ein paar schwarze, tiefliegende Augen funkelten den Doktor an. Die vielen kleinen Lachfältchen um die Augenwinkel deuteten an, daß er auch lustig sein konnte. Das war also Dr. Cajalos, ein Mann, der in Spanien berühmt war.

»Nehmen Sie Platz«, sagte Dr. Cajalos. »Wir wollen in Ruhe miteinander sprechen. Für später hat sich eine vornehme Dame angemeldet, die mich konsultieren will.«

Essley ließ sich nieder, und Dr. Cajalos setzte sich auf einen hohen Schemel. Er bot einen sonderbaren Anblick mit seinen herunterhängenden kleinen Beinen, seinem steinalten Gesicht und seinem kahlen, glatten Schädel.

»Ich schrieb Ihnen über gewisse toxikologische Experimente –«, begann Essley, aber Dr. Cajalos unterbrach ihn.

»Sie kommen wegen eines Mittels, das ich bereitet habe«, sagte er. »Es ist ein Präparat aus ...«*

Essley sprang auf. »Ich ... ich habe ... Ihnen davon nichts geschrieben«, stammelte er.

»Der grüne Teufel hat mir das erzählt; ich unterhalte mich oft mit den Bettlern, und da erfahre ich vieles von Bedeutung«, erwiderte Dr. Cajalos ernst.

»Ich dachte –«

»Sehen Sie her!«

Der Alte kletterte behende von seinem hohen Schemel herunter und ging in eine dunkle Ecke des Zimmers, wo einige Ki-

* In der ersten Auflage dieses Buches wurde der Name des Giftes genannt. Es ist dem Autor aber von verschiedenen Seiten bedeutet worden, daß es nicht wünschenswert erscheine, den genauen Namen anzugeben. Der Autor hat sich diesen Vorstellungen nicht verschließen können. Das Gift ist den Augenärzten wohlbekannt, und seine Wirkung ist in diesem Buch richtig beschrieben.

sten standen. Essley hörte ein scharrendes Geräusch. Nach einiger Zeit kam Dr. Cajalos mit einem zappelnden Kaninchen zurück, das er an den Ohren gepackt hatte.

Mit der freien Hand entkorkte er eine kleine grüne Flasche und stellte sie auf den Tisch. Dann nahm er eine Feder, tauchte sie bedächtig in die Flüssigkeit und berührte mit ihrer Spitze vorsichtig die Nase des Kaninchens, die jedoch kaum benetzt wurde.

Sofort wurde das Tier ohne irgendwelchen Krampf steif, als ob durch die Berührung plötzlich alles Leben aus dem Körper gewichen sei. Cajalos verschloß die Flasche und warf die Feder in den Ofen, der in der Mitte das Raumes stand und mit Holzkohle geheizt wurde.

»Es ist ein Gift«, sagte er zu Essley, »das ich entdeckt habe.«

Er legte das vergiftete Kaninchen seinem Besucher vor die Füße.

»Señor«, sagte er stolz, »nehmen Sie das Tier und untersuchen Sie es; stellen Sie alle nur irgend möglichen Proben damit an – Sie werden nicht die geringste Spur des Alkaloids entdekken können, durch das es getötet wurde.«

»Das stimmt nicht«, entgegnete Essley, »denn es bleibt eine Zusammenziehung der Pupille, und die ist ein absolut sicheres Zeichen.«

»Suchen Sie doch danach! Sehen Sie sich doch die Augen des Tieres an!« rief der Alte triumphierend.

Essley untersuchte das Kaninchen, aber er konnte selbst dieses sonst so untrügliche Merkmal nicht finden.

Eine dunkle Gestalt drückte sich draußen dicht an die Wand und lauschte. Der Mann stand an dem Fensterladen und hielt ein Hörrohr ans Ohr. Das andere Ende, das von einer Gummihülle umgeben war, preßte er gegen den hölzernen Fensterladen.

Eine halbe Stunde stand er fast reglos dort, dann zog er sich leise zurück und verschwand im Schatten der Orangensträucher, die in der Mitte des langen Gartens standen.

Gleich darauf wurde die Haustür aufgeschlossen; Dr. Cajalos geleitete seinen Besucher wieder auf die Straße.

»Die Teufel sind mächtiger als je«, sagte der Alte und kicherte unheimlich. »Es werden sich bald verschiedene Dinge ereignen, mein Lieber!«

Essley erwiderte nichts. Er war begierig, wieder ins Freie zu kommen, und zitterte vor Ungeduld, als der Alte die schwere Tür öffnete. Nachdem sie sich endlich aufgetan hatte, eilte er auf die Straße.

»Leben Sie wohl!« sagte er.

»Sie auch, mein Freund!« entgegnete der Alte und schloß lautlos die Tür.

2

Die Firma Black & Gram genoß in der Londoner City ein gewisses Ansehen. Was Gram betraf, so war er ein Mensch ohne Tadel – ein edelmütiger Mann und ein großzügiger Wohltäter. Aber Black beklagte sich mit einiger Entrüstung, daß Gram ihn durch seine verrückte Freigebigkeit eines Tages noch ruinieren werde.

Gram erlaubte seinem guten Herzen, seinen Verstand zu regieren; er war zu weich und nachgiebig als Geschäftsmann. In der City beurteilte man Gram daher skeptisch; man verglich ihn mit einer gutmütigen alten Dame. Aber Black kümmerte sich nicht weiter darum, sondern lächelte nur geheimnisvoll zu all den Anzüglichkeiten, die er zu hören bekam, und fuhr fort, über seinen Kompagnon zu klagen. Er mißbilligte Grams offensichtliche Anstrengungen, trotz der vielen Gerüchte, die über Oberst Black im Umlauf waren, für einen guten Ruf der Firma zu sorgen.

Diesen Titel hatte sich Black selbst beigelegt, obgleich er in der Rangliste des Heeres nicht geführt wurde. Auch in den umfangreichen Verzeichnissen von Ehrentiteln der amerikanischen Armee fand man seinen Namen nicht.

Die Firma Black & Gram hatte sich ursprünglich auf den Handel mit Effekten und Aktien beschränkt. Sie empfahl ihren Kunden bestimmte Papiere, und die Leute kauften oder verkauften je nach dem Rat, den die Firma gab. Nach einer gewissen Zeit erhielten sie dann von Black & Gram ein höfliches Schreiben, worin bedauert wurde, daß ihr bei der Firma hinterlegter Betrag erschöpft sei. Gleichzeitig wurden die Kunden dringend aufgefordert, ihre Verbindlichkeiten, die auf nicht näher erklärte Weise entstanden waren, so schnell wie möglich zu regeln.

Aus diesen bescheidenen Anfängen erwuchs eine Firma, die es noch zu bedeutender Größe bringen sollte. Gram trat aus. Er war überhaupt niemals Teilhaber gewesen – um die Wahrheit zu sagen. Manche bezweifelten sogar, daß dieser Mann wirklich existiert hatte. Aber Black war jedenfalls weiter erfolgreich, und sein Name erlangte in gewissen Kreisen einen fast magischen Klang.

In anderen Gesellschaftskreisen wurde er allerdings niemals erwähnt, und die großen Finanzleute der City, die Faring, die Wertheimer, die Scott-Teason, hatten von seiner Existenz vielleicht keine Kenntnis genommen. Sie betrieben ihre Geschäfte vornehm und zurückhaltend, verliehen ihre Millionen zu einem lächerlich geringen Zinssatz, legten Anleihen auf, finanzierten große staatliche Unternehmungen, kauften Goldvorräte. Um elf Uhr vormittags wurden diese wirklich großen Herren in ihren eleganten Autos zur Threadneedle Street gebracht, und um vier Uhr nachmittags wurden sie wieder abgeholt.

Natürlich lasen sie in der Presse von Oberst Black, denn an manchen Tagen waren die Handelsteile der Zeitungen voll von Berichten über seine Geschäfte. Sie erfuhren von seinen außerordentlich großen Umsätzen am Effektenmarkt, von seinen Engagements in argentinischen Elektrizitätspapieren, von seinen Gummiplantagen und seinen kanadischen Kupferminen, aber sie drückten weder Zustimmung noch Mißbilligung aus. Sie betrachteten diesen Mann mit demselben leidenschaftslosen Interesse, das eine große, schwere Schnellzuglokomotive für ein kleines, leichtes Auto zeigen würde.

Als Oberst Black diesen Finanzgrößen an einem denkwürdigen Tag einen Plan unterbreitete, der großen Gewinn versprach, antworteten sie nur, sie seien zu ihrem Bedauern nicht in der

Lage, ›auf die interessanten Ausführungen Oberst Blacks näher einzugehen‹. Etwas bestürzt und verärgert wandte er sich an einen großen amerikanischen Konzern, denn er mußte in seinen Prospekten unbedingt klangvolle Namen vorweisen können, wenn er erfolgreich sein wollte. Die Amerikaner sind doch tüchtige Geschäftsleute, dachte Oberst Black und machte ihnen Angebote, die in ihrer Form sehr verlockend, im Grunde aber unverschämt waren. Er mußte nicht lange auf Antwort warten.

›Sehr geehrter Herr‹, schrieb man ihm – es handelte sich um eine dieser amerikanischen Firmen, die Millionenobjekte bearbeiten, ohne sich in der Art ihrer Korrespondenz irgendwie verbindlich zu zeigen –, ›wir haben Ihre Vorschläge aufs genaueste überprüft und sind fest überzeugt, daß Sie bei der Durchführung derartiger Geschäfte viel verdienen; es erscheint uns jedoch weniger sicher, daß wir in gleichem Maß dabei profitieren würden.‹

Eines Nachmittags kam Black nach London zurück, um einer Aufsichtsratssitzung beizuwohnen. Er war einige Tage auf dem Lande gewesen, um neue Kräfte für den bevorstehenden Kampf zu sammeln, wie er den übrigen Sitzungsteilnehmern halb zynisch, halb humorvoll mitteilte.

Er war ein breitschultriger Mann von mittlerer Größe. Sein hageres Gesicht hatte eine bleiche Farbe, die ins Gelbliche spielte. Aber nicht nur dieser eigentümliche gelbliche Teint, die geraden schwarzen Augenbrauen, die dünnen, zusammengekniffenen Lippen waren auffallend, sondern die ganze Persönlichkeit Oberst Blacks prägte sich unvergeßlich ein.

In seinem Wesen lag etwas Hastiges, fast Abruptes; seine Antworten waren mitunter verletzend und schroff. Wenn er eine Entscheidung getroffen hatte, so war sie endgültig. Obwohl die Finanzgrößen der City nichts von ihm wissen wollten, kannten ihn doch viele Leute, ja sein Name war eigentlich in ganz England populär. Es gab kaum einen Ort, nach dem er nicht schon Aktien verkauft hätte. Die kleinen Börsenspekulanten hörten auf ihn, und wenn er Aktien zur Emission brachte, so wurden sie doppelt überzeichnet. Fünf Jahre zuvor hatte er als ein fast Unbekannter begonnen, und es war ihm gelungen, sich in dieser kurzen Zeitspanne zu solcher Höhe emporzuarbeiten.

Pünktlich auf die Minute betrat er den Sitzungssaal, der zu seinen Geschäftsräumen in der Moorgate Street gehörte.

Die Sitzung drohte recht stürmisch zu werden. Wieder einmal handelte es sich um eine Fusion, und wieder einmal hatte der Führer einer beteiligten Gruppe von Eisenmagnaten allen Drohungen und Schmeicheleien Blacks widerstanden.

»Die anderen geben ja nach«, sagte der große, kahlköpfige Fanks. »Sie versprachen uns doch, daß Sie Sandfords Widerstand brechen würden.«

»Ich werde mein Versprechen auch halten«, erwiderte Black.

»Widdison wehrte sich damals auch, aber dann starb er«, fuhr Fanks fort. »Wir können nicht erwarten, daß die Vorsehung uns immer hilft.«

Black runzelte die Stirn und zog die Augenbrauen zusammen.

»Solche Scherze liebe ich nicht! Sandford ist ein eigensinniger Mann; man muß sehr behutsam und vorsichtig mit ihm umgehen. Überlassen Sie das nur mir.«

Nach dieser etwas lahmen Erklärung Blacks vertagte sich die Versammlung. Als der Oberst den Sitzungssaal verlassen wollte, winkte ihn Fanks zu sich heran.

»Ich habe gestern einen Herrn getroffen, der Ihren Freund Doktor Essley in Australien gekannt hat.«

»So?«

Oberst Blacks Gesichtszüge verrieten keinerlei Erregung.

»Ja, er lernte ihn in seiner ersten Zeit dort kennen und fragte mich, wo er ihn hier treffen könne.«

Black zuckte die Schultern.

»Essley ist im Ausland, soviel ich weiß. – Sie können ihn doch nicht leiden?«

Augustus Fanks schüttelte den Kopf.

»Ärzte, die ihre Krankenvisiten mitten in der Nacht machen, die man niemals finden kann, wenn man sie braucht, und die ständig ins Ausland verreisen, sind mir nicht sonderlich sympathisch.«

»Doktor Essley ist ein vielbeschäftigter Mann«, entschuldigte ihn Black. »Wo wohnt eigentlich Ihr Freund?«

»Er ist nicht mein Freund. Es ist ein gewisser Weld, der in London eine Konzession zum Verkauf anbieten will. Er wohnt zur Zeit im ›Hotel Valet‹ in Bloomsbury.«

»Ich werde es Essley mitteilen, wenn er zurückkommt«, entgegnete Black.

Nachdenklich kehrte er in sein Privatbüro zurück. In der letzten Zeit ging alles verkehrt. Obwohl er in dem Ruf stand, viele Millionen zu besitzen, befand er sich doch in derselben Lage wie mancher andere Finanzmann: Sein Vermögen stand eigentlich nur auf dem Papier. Er hatte zwar die größten Finanztransaktionen durchgeführt, aber das hatte auch ungeheure Mittel verschlungen. Millionen waren durch seine Hände gegangen, für ihn selbst war jedoch kaum etwas geblieben. Merkwürdige Widersprüche vereinigten sich in ihm: Obwohl er verbrecherische Anlagen hatte, arbeitete er doch mit einwandfreien Methoden. Seine Pläne waren in finanzieller Hinsicht durchaus logisch und gesund, aber es hatte ihn fast übermenschliche Anstrengungen gekostet, sie durchzusetzen.

Ein Klopfen weckte ihn aus seinen unerfreulichen Gedanken. Gleich darauf trat Fanks ein.

Black runzelte die Stirn, aber der andere nahm sich ohne Aufforderung einen Stuhl und setzte sich.

»Ich möchte einmal ein paar Worte mit Ihnen sprechen, Black«, begann er.

»Fassen Sie sich so kurz wie möglich.«

Fanks nahm eine Zigarre aus seinem Etui und steckte sie an.

»Sie hatten einen wunderbaren Aufstieg, Oberst. Ich kann mich noch auf die Zeit besinnen, als Sie in einem obskuren kleinen Geschäft als Börsenmakler anfingen. – Ich meine damit nichts Abschätziges«, sagte er schnell, als er sah, daß Blacks Züge sich verfinsterten. »Jedenfalls waren Sie ein Makler, der keinen Zutritt zur Börse hatte. Sie hatten so einen Menschen – ich meine, einen unerfahrenen Partner, der Ihnen das Geld besorgte.«

»Ja.«

»Das war doch wohl dieser geheimnisvolle Mr. Gram, wie?«

»Sein Nachfolger. – An Gram war übrigens nichts Geheimnisvolles.«

»Ein gewisser Mr. Flint?«

»Ja.«

»Starb der nicht ganz plötzlich?«

»Ich glaube«, erwiderte Black schroff.

»Wieder ein Akt der Vorsehung«, sagte Fanks langsam. »So kamen Sie in den Alleinbesitz der Firma. Sie verlegten sich dann auf die Gründung von Gesellschaften, erwarben große Gummiplantagen und hatten Erfolg damit. Die Sache schlug ein. Nachher haben Sie eine Zinnminengesellschaft oder etwas Ähnliches gegründet. – Auch damals ereignete sich ein Todesfall.«

»Ja, ich glaube, es war einer der Direktoren – ich habe seinen Namen vergessen.«

Fanks nickte.

»Er hätte die Gründung verhindern können – er drohte mit seinem Rücktritt und wollte einige Ihrer Geschäftsmethoden bekanntgeben.«

»Er war ein starrköpfiger, eigensinniger Mensch.«

»Und da starb er.«

»Ja – er starb.«

Fanks sah den Oberst bedeutungsvoll an.

»Doktor Essley behandelte ihn.«

»Da haben Sie recht.«

»Und er starb.«

Black beugte sich vor.

»Was wollen Sie denn damit sagen? Bringen Sie etwa meinen Freund damit in Zusammenhang?«

»Ich wollte nur bemerken, daß die Vorsehung Ihnen einigermaßen zu Hilfe gekommen ist. All Ihre großen Erfolge treffen irgendwie mit dem Tod beteiligter Leute zusammen. – Auch mir haben Sie Doktor Essley einmal geschickt.«

»Sie waren krank.«

»Das stimmt«, entgegnete Fanks grimmig, »aber ich machte Ihnen damals auch allerhand zu schaffen.« Er klopfte die Asche seiner Zigarre in eine Bronzeschale. »Black, ich bin zu einem Entschluß gekommen. Ich werde meine sämtlichen Aufsichtsratsposten bei Ihren Gesellschaften niederlegen.«

Der Oberst lachte mißvergnügt.

»Lachen Sie meinetwegen, aber ich will kein Geld haben, das um einen zu teuren Preis erworben ist.«

»Mein Lieber, Sie können jederzeit von Ihren Posten zurücktreten. Aber darf ich Sie fragen, ob Ihr außergewöhnlicher Verdacht von anderen Leuten geteilt wird?«

»Im Augenblick noch nicht.«

Sie schauten einander einige Zeit schweigend an.

»Ich möchte ordnungsgemäß ausscheiden«, sagte Fanks dann. »Den Wert meiner Anteile schätze ich auf etwa hundertfünfzigtausend Pfund – ich biete sie Ihnen zum Kauf an.«

»Sie setzen mich in Erstaunen.«

Black öffnete eine Schublade seines Schreibtisches und nahm eine kleine grüne Flasche und eine Feder heraus.

»Der arme Essley«, meinte er lächelnd. »Er reist in Spanien herum und will die Geheimnisse der maurischen Parfüme kennenlernen. Wenn er wüßte, was Sie von ihm denken, würde er völlig fassungslos sein.«

»Es ist besser, daß Essley die Fassung verliert, als daß ich mein Leben verliere. – Was haben Sie da eigentlich?«

Der Oberst entkorkte die Flasche und tauchte die Feder ein. Dann zog er sie wieder heraus und hielt sie dicht an seine Nase.

»Was ist das?« fragte Fanks neugierig.

Statt einer Antwort hielt ihm Black die Feder hin.

»Ich kann nichts riechen«, sagte Fanks.

Blitzschnell senkte Black die Feder und berührte die Lippen des anderen.

Mit einem Aufschrei stürzte Fanks zu Boden und rührte sich nicht mehr.

3

»Konstabler Fellowe!«

Frank Fellowe verließ eben den Amtsraum der Polizeistation, als ihn der wachhabende Sergeant scharf anrief.

»Ja?« antwortete er mit fragender Stimme. Er ahnte schon, daß etwas Unangenehmes kommen würde.

Sergeant Gurden ließ selten eine Gelegenheit vorübergehen, ohne ihn zu ermahnen oder ihm Vorhaltungen zu machen, wenn er mit ihm sprach. Er hatte ein hageres, vertrocknetes Gesicht und die üble Angewohnheit, seine Zähne zu zeigen, wenn er sich ärgerte. Der Gegensatz zwischen ihm und dem schlanken jungen Mann war denkbar groß. Während der Sergeant zusammengesunken auf seinem Stuhl saß, stand Frank Fellowe, dem die Uniform wie angegossen paßte, in tadellos aufrechter Haltung vor seinem Vorgesetzten und sah ihn aufmerksam an.

Gurdens bleiche Gesichtsfarbe wurde noch besonders betont durch einen struppigen schwarzen Schnurrbart. Obwohl der Sergeant körperlich gut entwickelt war, saß seine Uniform schlecht, und er machte auch sonst einen unausgeglichenen, abstoßenden Eindruck.

Als er sich Fellowe zuwandte, zeigte er seine Zähne.

»Es ist schon wieder eine Beschwerde über Sie eingelaufen. Wenn das nicht aufhört, werde ich die Sache dem Inspektor melden.«

Frank nickte respektvoll.

»Es tut mir sehr leid, Sergeant – aber weshalb hat man sich denn über mich beschwert?«

»Das wissen Sie ganz genau«, fuhr ihn Gurden an. »Sie haben Oberst Black wieder belästigt!«

Ein schwaches Lächeln glitt über Frank Fellowes Gesicht. Er wußte, daß der Oberst bei Gurden eine bevorzugte Stellung einnahm.

»Zum Teufel, was fällt Ihnen ein, auch noch darüber zu lachen!« schrie der Sergeant. »Ich warne Sie – werden Sie nicht unverschämt! Ich glaube, ich muß die Sache doch dem Inspektor melden.«

»Ich hatte nicht die Absicht, unhöflich zu sein, Sergeant. Mir sind diese Beschwerden ebenso unangenehm wie Ihnen. Aber ich habe Ihnen ja schon berichtet, und ich werde es auch dem Inspektor sagen, daß Oberst Black in einem Haus an den Serrington Gardens wohnt und daß er mich außerordentlich interessiert. Das müssen Sie zu meiner Entschuldigung gelten lassen.«

»Der Oberst beklagt sich darüber, daß Sie dauernd seine Wohnung beobachten.«

Frank Fellowe lächelte wieder.

»Sein Gewissen läßt ihm keine Ruhe. In allem Ernst, Sergeant, ich weiß zufällig, daß der Oberst nicht gerade sehr menschenfreundlich ist –«

Er machte eine Pause.

»Nun, was wollten Sie sagen?«

»Ich glaube, es ist besser, wenn ich meine Meinung für mich behalte.«

Der Sergeant nickte böse.

»Wenn Sie sich Unannehmlichkeiten machen, haben Sie das nur sich selber zuzuschreiben. Oberst Black ist ein sehr einflußreicher Mann, einer unserer größten Steuerzahler, vergessen Sie das nicht! Diese Leute zahlen gewissermaßen unser Gehalt, sorgen für unsere Uniformen und unseren Unterhalt. Da sind Sie ihnen doch etwas schuldig!«

»Auf der anderen Seite ist Oberst Black ein Steuerzahler, der mir in gewisser Weise zu Dank verpflichtet ist.«

Bei diesen Worten legte er den Umhang über den Arm, verließ das Amtszimmer und trat auf die Straße hinaus.

Der diensttuende Beamte am Eingang rief ihm einen freundlichen Gruß zu.

Die meisten Freunde Frank Fellowes kannten weder seine Herkunft noch seine Eltern. Er hatte eine außergewöhnlich gute Erziehung erhalten, sein Wesen war ruhig, zurückhaltend und höflich, seine Stimme klar und klangvoll – kurz, er besaß alle Eigenschaften eines Gentlemans.

In Somers Town bewohnte er allein ein kleines Haus, aber keiner seiner Bekannten, die ihn gelegentlich besuchen wollten, hatte jemals das Glück, ihn während seiner dienstfreien Zeit zu Hause anzutreffen.

Womit er sich beschäftigte, ließ sich erst erraten, als die großen Polizeiboxkämpfe abgehalten wurden, denn er errang in überragender Form den ersten Preis. Er hatte einen harten Schlag, war schnell, gewandt und aufs beste trainiert.

Die schlechten Elemente von Somers Town hatten freilich schon vorher von seinem Können im Boxen erfahren. Ein gewisser Grueler hatte sich nach seiner Verhaftung auf dem Weg zur Polizeistation zur Wehr gesetzt. Dieser Mann erzählte später seinen interessiert lauschenden Zuhörern von den raffinierten Tricks des Polizisten.

Fellowes schneidiges Auftreten hatte ihm schon viele Freunde gewonnen, aber er hatte sich auch manchen Feind geschaffen. Während er nachdenklich die Straße entlangging, sagte er sich, daß er in Sergeant Gurden einen persönlichen Gegner von mehr als durchschnittlicher Gehässigkeit besaß.

Er wunderte sich, warum dieser ihm so feindlich gesinnt war. Schließlich tat er doch nur seine Pflicht. Daß er ab und zu seine Amtsbefugnisse überschritt, erschien ihm nicht als ausreichender Grund für die Abneigung seines Vorgesetzten, denn er stand in dem glücklichen Alter, in dem Untätigkeit das größte Übel bedeutet.

Was Oberst Black mit seinen Beschwerden beabsichtigte, konnte er ebensowenig verstehen. Er zuckte die Schultern. Es lag nicht in seiner Art, argwöhnisch zu sein, und er suchte in dem Verhalten des Sergeanten kein anderes Motiv als den vollkommen verständlichen Wunsch aller eingebildeten Vorgesetzten, ihre etwas zu impulsiven Untergebenen im Zaum zu halten.

Frank Fellowe gestand sich ein, daß er in gewisser Weise Anstoß erregen mußte und daß Gurdens Groll gegen ihn vielleicht in seinem eigenen sonderbaren Benehmen begründet war. Er beschloß, nicht weiter darüber nachzudenken, und machte sich auf den Weg zur Croome Street, wo sein Haus lag.

Als er dort ankam, schloß er die Haustür auf und ging in das Wohnzimmer.

Die Wände waren mit einem modernen Muster bemalt. Auch

die Möbel ähnelten der üblichen Einrichtung solcher Häuser nur wenig. Allein der alte, kostbare Stich, der über dem Kamin hing, mußte das Jahreseinkommen eines Polizisten gekostet haben. Der kleine, mit hübschen Schnitzereien verzierte Tisch, der in der Mitte des Teppichs stand, war zweifellos ein echtes Stück, ebenso die Sessel, Stühle und das Büfett. Obwohl sie aus verschiedenen Stilperioden stammten, paßten sie doch sehr gut zusammen.

Ein helles Feuer brannte im Kamin, denn der Abend war bitter kalt. Fellowe blieb vor dem Kamin stehen und betrachtete die beiden Briefe, die dort auf ihn warteten, legte sie aber wieder zurück und trat durch eine Schiebetür in sein Schlafzimmer.

Er hatte einen sehr angenehmen Hauswirt. Im allgemeinen waren die Hauseigentümer in Somers Town, besonders, wenn sie eins der kleinen Häuser auf diesem teuren Grund und Boden besaßen, nicht leicht dazu zu bewegen, Reparaturen und Verbesserungen an den Gebäuden vornehmen zu lassen, wie Frank Fellowe sie gewünscht hatte. Ein anderer Hauswirt würde kein so geräumiges Badezimmer eingebaut haben, aber Franks Hauswirt war eben ein außergewöhnlicher Mann.

Nachdem Frank Fellowe ein Bad genommen hatte, legte er Zivilkleidung an, kochte sich eine Tasse Tee, zog einen langen, warmen Mantel über und verließ das Haus, nachdem er sich eine halbe Stunde dort aufgehalten hatte.

Er wandte sich nach Westen. Am King's-Cross-Bahnhof rief er ein Auto an und ließ sich zum Piccadilly Circus fahren. Bevor er aber diesen historischen Platz erreicht hatte, klopfte er an das Fenster und ließ sich absetzen, um zu Fuß weiterzugehen.

Am gleichen Abend um elf Uhr verließ Sergeant Gurden die Polizeistation. Obgleich er äußerlich ruhig schien, kochte er doch innerlich vor Ärger und Wut.

Seine Abneigung gegen Frank Fellowe war während der letzten Wochen noch besonders gesteigert worden durch die Haltung, die der junge Mann gegenüber Oberst Black, seinem besonderen Schützling, eingenommen hatte.

Gurden erschien den Beamten seines Bezirks ebenso rätselhaft wie Frank Fellowe, ja vielleicht sogar noch rätselhafter, denn das Geheimnis seines Lebens schien düsterer zu sein als das des jungen Polizisten.

Gurden wurde von maßlosem Ehrgeiz gequält. Zu Beginn seiner Laufbahn hatte er gehofft, sich bei der Polizei rasch auszuzeichnen; da ihm aber die nötige Schulbildung fehlte und sein Wesen allzu abstoßend und schroff war, hatte er trotz seines Eifers nicht recht vorwärtskommen können.

Er hatte schließlich die Grenzen seiner Fähigkeiten erkannt und eingesehen, daß ihm keine Hoffnung auf Beförderung zum Polizeiinspektor oder zu einem höheren Rang blieb, die jedem Polizisten winkt. Man sagt ja auch, daß jeder Soldat den Marschallstab im Tornister trägt – obwohl selten genug aus einem Soldaten ein Feldmarschall wird.

Gurdens gekränkter Ehrgeiz suchte sich nun ein anderes Feld: Gelderwerb. Der Sergeant konzentrierte all sein Sinnen und Trachten darauf, ein Vermögen anzuhäufen. Seine Sparsamkeit, sein Geiz und seine unersättliche Habgier waren in der Londoner Polizei bald sprichwörtlich geworden.

Oberst Black war sehr liebenswürdig zu ihm gewesen, und Geldgier und Habsucht stimmten Gurden den moralischen Eigenschaften seines Wohltäters gegenüber nachsichtig. Der Sergeant gehörte nicht zu den Beamten, die Gesetzesübertretern mit Vorbedacht und Absicht helfen; aber man konnte auch nicht behaupten, daß ein nicht konzessionierter Börsenmakler, dem sich kein Betrug nachweisen ließ, in seinen Augen ein minderwertiges Mitglied der menschlichen Gesellschaft war.

Die beiden hatten sich miteinander verabredet, und Gurden war jetzt auf dem Wege zu Blacks Wohnung. Das Haus des Obersts lag an einem der früher sehr geschätzten Plätze von Camden Town; er war sichtlich wohlhabend, denn er besaß eine luxuriös eingerichtete Wohnung an den Serrington Gardens.

Gurden hatte keine Zeit, sich umzuziehen. Aber das war auch nicht notwendig, wie er sich sagte, denn seine Beziehungen zu Oberst Black waren derart, daß es sich erübrigte, gesellschaftliche Regeln zu beachten.

*

Um diese Zeit des Abends lag der Platz verlassen da. Gurden ging zum Kücheneingang von Blacks Haus und klingelte.

Die Tür wurde sofort von einem Diener geöffnet.

»Sind Sie es, Sergeant?« hörte der Beamte eine Stimme aus dem Dunkel, als er zu der finsteren Diele hinaufstieg.

Gleich darauf drehte Oberst Black das elektrische Licht an und streckte seinem Besucher die Hand zur Begrüßung entgegen.

»Ich bin sehr froh, daß Sie gekommen sind.«

Gurden nahm Blacks Hand und schüttelte sie herzlich.

»Ich bin hier, um mich zu entschuldigen«, begann er. »Ich habe diesen Konstabler Fellowe ernstlich verwarnt.«

Der Oberst machte eine abwehrende Handbewegung.

»Ich möchte nicht, daß einer Ihrer Leute durch mich Unannehmlichkeiten bekommt, aber das Benehmen dieses Menschen ist wirklich unentschuldbar und unerträglich.«

»Ich kann Ihren Ärger wohl verstehen. Aber Sie wissen ja auch, daß diese jungen Beamten immer etwas übereifrig sind und dazu neigen, ihre Befugnisse zu überschreiten.«

Gurden sprach sehr höflich, fast bittend, da er den Oberst davon überzeugen wollte, daß er das Verhalten seines Untergebenen in jeder Weise mißbilligte.

Das schien ihm auch gelungen zu sein, denn Black nickte ihm wohlwollend zu.

»Wir wollen nicht weiter darüber sprechen. Ich bin ganz sicher, daß der junge Polizist mich nicht absichtlich verletzen oder beleidigen wollte.«

Er führte seinen Gast in ein geräumiges Wohnzimmer, das in dem hinteren Teil des Hauses lag. Auf dem Tisch standen Whisky und Zigarren bereit.

»Bedienen Sie sich, Sergeant.«

Mit einigen Dankesworten ließ sich der Beamte in dem behaglichen Sessel nieder, den der Oberst ihm zurechtrückte.

»In einer halben Stunde muß ich wieder auf dem Revier sein – wenn Sie mich dann entschuldigen wollen.«

»Bis dahin haben wir sicher alles besprochen. Zunächst möchte ich Ihnen noch für alles danken, was Sie schon für mich getan haben.«

Black nahm zwei Banknoten aus seiner Brieftasche und legte sie auf den Tisch in Reichweite des Sergeanten.

Gurden protestierte schwach, aber seine Augen leuchteten bei dem Anblick der Scheine auf.

»Ich fürchte, ich habe nicht so viel für Sie tun können, daß ich das verdiene.«

Der Oberst lächelte und schob die Zigarre von einem Mundwinkel in den anderen.

»Ich zahle selbst für kleine Dienste gut, Sergeant. Ich habe viele Feinde – Leute, die meine Absichten falsch auslegen –, und es ist wichtig, daß ich vor ihnen gewarnt werde.«

Nachdenklich ging er im Zimmer auf und ab.

»Für Leute, die nun einmal das Pech haben, sich mit Finanzgeschäften abgeben zu müssen, ist es nicht leicht, in England zu leben«, fuhr er fort.

Gurden murmelte ein paar zustimmende Worte.

»In unserem Geschäft, mein lieber Sergeant, kommt es häufig vor, daß Leute enttäuscht sind, wenn sie nicht so viel verdienen, wie sie sich einbilden. Die bringen dann die merkwürdigsten Beschuldigungen gegen die Leiter der Firmen vor, bei denen sie ihr Geld investiert haben. – Erst heute habe ich wieder einen Brief bekommen«, sagte er achselzuckend, »in dem ich beschuldigt werde – ausgerechnet ich –, daß ich betrügerische Geschäfte mache.«

Der Sergeant konnte diese Einstellung der Spekulanten wohl verstehen.

»Ich spreche nicht nur von mir. Ich habe auch Bekannte, die ich gegen ähnliche Anschuldigungen in Schutz nehmen möchte. – Nehmen Sie zum Beispiel meinen Freund Doktor Essley.« Er buchstabierte den Namen langsam. »Haben Sie schon von ihm gehört?«

Gurden wußte zwar nichts von ihm, gab aber durch Kopfnicken zu verstehen, daß er ihn kenne.

»Das ist ein Mann, der auf der Höhe seines Berufes steht. Und doch wäre ich nicht erstaunt, wenn ich eines schönen Tages erfahren würde, daß auch über ihn in der übelsten Weise geklatscht wird.«

Der Sergeant murmelte wieder ein paar Worte der Zustimmung.

»Man muß immer damit rechnen, daß gemeine Menschen sich an Leute heranmachen, die in der Öffentlichkeit stehen. Aber ich weiß, daß Ihnen derartige Dinge gewöhnlich zuerst zu Ohren kommen und daß Sie mir dann – ganz privatim – Gelegenheit geben, solchen Gerüchten entgegenzutreten. Deshalb fühle ich eine gewisse Sicherheit, und dafür bin ich Ihnen aufrichtig dankbar.«

Bei diesen Worten klopfte er dem Sergeanten auf die Schulter.

Gurden fühlte sich hochgeehrt.

»Ich kann Ihre Lage durchaus verstehen. Seien Sie sicher, daß ich alles tun werde, was in meinen Kräften steht. Ich werde mich glücklich schätzen, wenn ich Ihnen irgendwie behilflich sein kann.«

Oberst Black klopfte ihm wieder freundlich auf die Schulter.

»Und ich möchte Sie bitten, sich ebenso meines Freundes Doktor Essley anzunehmen. Bitte merken Sie sich diesen Namen genau. – Heute abend habe ich nach Ihnen geschickt –« Black zuckte die Achseln. »Das heißt, wenn ich sage, ich habe nach Ihnen geschickt, so ist das natürlich eine gewisse Übertreibung. Denn wie kann ein gewöhnlicher Sterblicher wie ich einem Polizeibeamten etwas befehlen wollen?«

Gurden drehte selbstbewußt an seinem Schnurrbart.

»Ich mache vielmehr von Ihrer unschätzbaren Freundschaft Gebrauch und frage Sie um Ihren Rat.«

Black zog jetzt einen Stuhl heran und setzte sich dem Sergeanten gegenüber.

»Der Konstabler Fellowe, über den ich mich beschwerte, hat der Tochter von Mr. Theodore Sandford einen großen Dienst erweisen können. – Wie ich sehe, kennen Sie Mr. Sandford.«

Gurden nickte. Wer hätte nicht von Theodore Sandford gehört, dem Stahlkönig und vielfachen Millionär, der sich in Hampstead einen feenhaften Palast gebaut und den echten Velazquez aus dem Besitz der Familie Dennington gekauft und der Nationalgalerie geschenkt hatte.

»Miss Sandford fuhr mit ihrem Wagen eine abschüssige Straße

hinunter, und Frank Fellowe sprang in dem Augenblick, in dem sie die Herrschaft über den Wagen verloren hatte, weil die Bremsen versagten, auf das Auto. Mit nicht geringer Gefahr für sich selbst gelang es ihm, den Wagen durch den lebhaften Verkehr hindurchzusteuern.«

»So, so – das war also Fellowe?« fragte der Sergeant verächtlich.

»Ja, er war es«, bekräftigte der Oberst wenig freundlich. »Und nun haben sich die beiden jungen Leute, anfangs sogar ohne Wissen des Vaters, mehrfach wiedergetroffen. Sie verstehen, was ich meine . . .«

Gurden verstand zwar nicht, aber er sagte auch nichts.

»Ich will gerade nicht behaupten, daß daran etwas Unrechtes wäre – aber ein gewöhnlicher Polizist, mein lieber Sergeant, nicht einmal ein Beamter Ihres Ranges – ein ganz gewöhnlicher Polizist!«

»Es ist einfach unverzeihlich!«

Gurdens ganze Haltung drückte Mißbilligung aus.

»Mr. Sandford duldet jetzt aus einem mir unverständlichen Grund die Besuche des jungen Mannes. Dagegen können wir natürlich nichts tun. Aber ich möchte Sie doch bitten, Ihren Einfluß auf den jungen Fellowe geltend zu machen.«

Gurden erhob sich, um sich zu verabschieden. Er wußte sehr wohl, daß er keinen Einfluß auf seinen Untergebenen hatte, aber er besaß immerhin eine gewisse Amtsgewalt. Er verstand ganz gut, worauf Black anspielte.

»Wenn Fellowe also irgendwie Unannehmlichkeiten bekommt, würde ich es gerne wissen«, sagte der Oberst und reichte Gurden die Hand. »Also, vergessen Sie nicht: Ich möchte alles erfahren, was sich in dieser Angelegenheit tut.«

»Er ist ein äußerst energischer und begabter Mensch, dieser Fellowe«, erwiderte der Sergeant ernst. »Er verkehrt in den ersten Gesellschaftskreisen. Wie er dazu kommt, ist mir unbegreiflich. Ich möchte behaupten, daß er sich in das Vertrauen dieser Leute eingeschlichen hat. Ich habe immer gesagt, daß die Küche der richtige Platz für einen Polizisten ist, und wenn ich einen gewöhnlichen Konstabler im Wohnzimmer oder gar im

Salon sehe, dann werde ich argwöhnisch. Es sind in letzter Zeit sehr viele Bestechungen vorgekommen –«

Er hielt inne, denn ihm wurde plötzlich bewußt, daß er sich selbst in einem Wohnzimmer befand und sich auch nicht gar so sehr über die Bestechlichkeit anderer Leute aufregen durfte.

Oberst Black begleitete ihn bis zur Tür.

»Es wäre leicht möglich, Sergeant, daß dieser Fellowe über Ihren Kopf hinweg einen Bericht an Ihre vorgesetzte Behörde macht. Bitte achten Sie besonders darauf und teilen Sie mir sofort den genauen Wortlaut des Berichtes mit, wenn dieser Fall eintreten sollte. Ich möchte nicht durch unangenehme Dinge überrascht werden. Wenn ich mich gegen Anschuldigungen verteidigen soll, muß ich alles so bald als möglich erfahren. Das macht dann die Sache bedeutend leichter. Ich bin ein vielbeschäftigter Mann und habe auch noch an anderes zu denken.«

Mit diesen Worten verabschiedete er sich von Gurden und brachte ihn noch bis zur Haustür.

Der Sergeant ging mit langen, schnellen Schritten zur Polizeistation zurück. Er war erfüllt von dem angenehmen Bewußtsein, daß sich sein Besuch gelohnt hatte.

4

In der Zwischenzeit hatte Frank Fellowe eine Weinstube in der Nähe der Regent Street erreicht.

Er trat ein, ließ sich in einer Ecke des geräumigen Lokals nieder und bestellte sich ein Glas Whisky-Soda. Außer ihm waren nicht viele Gäste zugegen. Zwei oder drei auffällig gekleidete Leute standen an der Bar und unterhielten sich. Jeden Neuankömmling musterten sie verstohlen. Frank wußte, daß es gewöhnliche Verbrecher waren, wie man sie in derartigen Lokalen vielfach antraf. Ihnen galt seine Aufmerksamkeit nicht; er hatte andere Absichten.

Er saß wartend in seiner Ecke, scheinbar in die Lektüre einer Abendzeitung vertieft.

Es war nicht das erstemal, daß er sich in diesem Lokal aufhielt, und es war auch nicht das erstemal, daß er hier ohne Erfolg gewartet hatte. Aber er war geduldig und zäh in der Verfolgung seiner Ziele.

Die große Wanduhr zeigte Viertel nach zehn, als die Schwingtür aufgestoßen wurde und zwei Männer hereintraten.

Ungefähr zwanzig Minuten lang unterhielten sich die beiden leise miteinander. Frank konnte über den Rand seiner Zeitung hinweg das Gesicht von Sparks sehen, der für Black arbeitete und in gewisser Weise das Faktotum des Obersts war. Black übertrug diesem Mann, der ihm blindlings ergeben war, die Ausführung der gemeinsten Aufträge. Auch den anderen kannte Frank. Es war ein gewisser Jakobs, ein gewöhnlicher Dieb, der eine Art Pension von Black bezog.

Die Unterhaltung wurde ab und zu unterbrochen, wenn sie auf die Wanduhr über der Bar schauten oder wenn Sparks seine Taschenuhr zog. Um Viertel vor elf erhoben sie sich und gingen fort.

Frank folgte ihnen auf die Straße; er ließ das Glas Whisky-Soda fast unberührt stehen.

Die beiden bogen in die Regent Street ein und gingen eine kurze Strecke die Straße entlang. Dann riefen sie ein Auto heran.

Frank gab dem nächsten Taxi, das vorüberfuhr, ein Zeichen.

»Folgen Sie dem Wagen dort«, sagte er dem Chauffeur. »Halten Sie sich in einigem Abstand hinter ihm; falls er hält, fahren Sie an ihm vorbei und lassen mich in einiger Entfernung davon aussteigen.«

Der Chauffeur langte an die Mütze, und die beiden Wagen setzten sich in Bewegung.

Sie fuhren auf den Victoria-Bahnhof zu, ließen ihn dann zur Linken liegen und wandten sich nach rechts zur Grosvenor Road. Bald darauf bogen sie in das Labyrinth der Straßen von Pimlico ein.

Der erste Wagen hielt schließlich vor einem hohen, schmalen Haus in einer Straße, die früher einmal ansehnlich gewesen sein mußte, jetzt aber einen heruntergekommenen Eindruck machte.

Frank sah, wie die beiden Männer ausstiegen, und ließ sein Auto etwa achtzig Meter weiter auf der anderen Seite der

Straße halten. Er hatte sich das Haus gemerkt; es war leicht zu unterscheiden.

Sparks und Jakobs waren schon in dem Haus verschwunden, bevor Frank die Stelle erreichen konnte. Er überquerte die Straße und wählte einen Beobachtungsposten, von dem aus er die Haustür überschauen konnte.

Eine Kirchturmuhr in der Nähe hatte schon halb eins geschlagen, ehe sich irgend etwas ereignete.

Ein Polizist war auf seinem Streifengang an Frank vorbeigekommen und hatte ihn mißtrauisch von der Seite angesehen, und die wenigen Fußgänger, die zu dieser Zeit noch die Straße passierten, betrachteten ihn nicht weniger argwöhnisch.

Die Glockenschläge waren kaum verklungen, als ein Privatauto mit ziemlicher Geschwindigkeit die Straße entlangfuhr und plötzlich vor dem Hause anhielt.

In dem Herrn, der aus dem Auto stieg, konnte Frank von seinem Posten aus ohne Schwierigkeiten Oberst Black erkennen. Man erwartete ihn offenbar, denn die Tür wurde sofort geöffnet.

Drei Minuten später fuhr ein anderer Wagen die Straße herunter und hielt in einiger Entfernung von dem Haus, als kenne der Chauffeur sein Ziel nicht genau.

Ein elegant gekleideter Herr stieg aus, und Frank sah in dem ungewissen Licht einer Straßenlaterne, daß es Sir Isaac Tramber war.

Als sich der Fremde zu seinem Chauffeur wandte, um ihm einen Auftrag zu geben, blitzte kurz eine weiße Hemdbrust unter einem dunklen Mantel auf.

Er zögerte am Fuß der Treppe, die zu der Haustür emporführte, stieg dann langsam hinauf und tastete nach der Klingel. Bevor er sie aber berührte, öffnete sich die Tür bereits, und nach einer kurzen Unterhaltung trat er ein.

Frank, der geduldig auf der anderen Seite der Straße wartete, sah plötzlich im ersten Stock Licht.

Er wußte allerdings nicht, daß dort oben die ›Aufsichtsratssitzung‹ einer Gesellschaft abgehalten wurde, deren Aktienkapital größer war als das der angesehensten Firmen in der City, einer Gesellschaft, deren Zweigniederlassungen und Agenten man in den verschiedensten Teilen der Welt antreffen konnte. Es wurden sogar Bücher geführt – man mußte sie nur finden und ihre chiffrierten Eintragungen entziffern können.

Oberst Black und der Herr, der eben gekommen war, saßen sich an einem langen Tisch gegenüber. Sir Isaac Tramber war ein gutaussehender junger Mann von sechsundzwanzig Jahren, mit einem schwachentwickelten Kinn und einem dünnen blonden Schnurrbart. Das Gesicht des sportliebenden Baronets war allen Rennstallbesitzern oder an Pferderennen interessierten Zuschauern wohlvertraut.

Aus einem bestimmten Grund wurde Sir Isaac von den Angehörigen der guten Gesellschaft gemieden, obwohl er aus einer Familie stammte, die in der Geschichte Englands eine Rolle gespielt hatte und Anfang des 17. Jahrhunderts geadelt worden war.

Er führte einen stolzen Namen, und viele seiner Vorfahren hatten ihn fleckenlos rein erhalten und stolz getragen. Trotzdem sprach man nicht von Sir Isaac; seine Einladungen wurden mit größter Höflichkeit abgelehnt und niemals erwidert.

Er war einmal in einen Skandal verwickelt gewesen, der nie ganz aufgeklärt worden war. Die gute Gesellschaft ist ihren Angehörigen gegenüber sehr nachsichtig; es gibt Verbrechen und Sünden, die sie, wenn auch nicht gerade bereitwillig, aber doch schließlich entschuldigt und verzeiht. Aber gewisse Vergehen können nie vergeben werden, und die Tore der Gesellschaft schließen sich mitleidslos vor jedem, der mit solcher Schuld beladen ist.

Sie hatten sich auch vor Sir Isaac Tramber geschlossen – nicht, weil sein Name mit Skandalaffären verquickt war, sondern wegen eines Midland-Rennens, bei dem er sein eigenes Pferd geritten hatte. Sein Pferd war damals Favorit gewesen.

Die genaueren Umstände dieses Rennens sind in den Akten des ›Jockei Club‹ verzeichnet. Die erregte Menge stürmte die Barrieren und versuchte an diesen Amateurjockei heranzukommen. Auch die Sportjournalisten hatten das außergewöhnliche Ereignis in ihren Zeitungen genau geschildert.

Sir Isaac wurde vor die Rennleitung zitiert, und später wurde der Fall dem Vorstand des ›Jockei Club‹ unterbreitet. Als der Rennkalender des nächsten Jahres erschien, enthielt er die kurze, schwerwiegende Bemerkung, daß Sir Isaac Tramber wegen der Vorkommnisse in Newmarket Heath die Rennlizenz entzogen worden sei.

Erst nach vier Jahren wurde dieser Bann von ihm genommen. Er konnte nun wieder auf Rennen erscheinen und eigene Pferde laufen lassen. Er tat auch beides. Aber die Ächtung der guten Gesellschaft, deren ungeschriebene Gesetze er verletzt hatte, blieb bestehen, und die Türen aller maßgebenden Häuser schlossen sich vor ihm.

In der vornehmen Welt besaß Sir Isaac Tramber nur einen einzigen Freund. Aber viele Leute behaupteten, daß Lord Verlond, dieser unliebenswürdige und verbitterte alte Herr, die Bekanntschaft mit ihm nur aus Eigensinn aufrechterhielt. Diese Behauptung mochte vielleicht auch der Wirklichkeit entsprechen, denn Lord Verlond hatte die schärfste Zunge in ganz England.

Der Weg zur Hölle ist leicht, wie das Sprichwort sagt, und er war besonders leicht für Isaac Tramber, der schon so früh dekadente Neigungen gezeigt hatte und diese auch eifrig weiterentwickelte.

Nun saß er an dem einen Ende des Tisches, hatte beide Hände in die Hosentaschen gesteckt und den Kopf etwas auf die Seite gelegt wie ein kecker Vogel. Er war ein tüchtiger Geschäftsmann, wie Black schon während der ersten Zeit ihrer Bekanntschaft hatte feststellen können.

»Ich glaube, wir sind vollzählig«, sagte Black und sah seinen Partner belustigt an.

Sparks und seinen Freund hatten sie in einem der unteren Räume zurückgelassen.

»Ich habe Sie heute abend hergebeten, um Ihnen einen Bericht über unsere Geschäfte zu geben, und ich freue mich, Ihnen sagen zu können, daß wir im letzten Jahr mehr verdient haben als jemals zuvor.«

Dann machte der Oberst noch genauere Angaben über seine Tätigkeit als ›Geschäftsführer‹, und er tat es mit dem Auftreten und Gebaren eines Mannes, der eine große Versammlung abhält.

»Man könnte einwenden«, fuhr Black geheimnisvoll fort, »daß das Geschäft eines nicht an der Börse zugelassenen Maklers mit meiner anerkannten Stellung in der Finanzwelt nicht vereinbar wäre. Aber der nichtkonzessionierte Börsenmakler ist eine sehr nützliche Persönlichkeit, besonders wenn er Tausende von Kunden an der Hand hat. Er kann zum Beispiel große Posten unserer Aktien seinen Klienten zum Ankauf empfehlen, ohne daß er in Verdacht kommt, selbst daran interessiert zu sein. Und gerade augenblicklich bin ich stark darauf angewiesen, daß der Ankauf dieser Aktien dem Publikum nahegelegt wird.«

»Haben wir durch Fanks' Tod irgendwelche Verluste gehabt?« fragte der Baronet sorglos. »Der arme Mann hatte Pech. Er war aber auch zu korpulent.«

Der Oberst betrachtete Sir Isaac mit ruhigen, kalten Blikken.

»Wir wollen nicht von Fanks sprechen«, erwiderte er ausweichend. »Sein Tod ist mir sehr an die Nieren gegangen – ich möchte nicht gern daran erinnert sein.«

Sir Isaac nickte.

»Ich habe ihm auch niemals richtig getraut, ebensowenig wie dem anderen, der hier im vergangenen Jahr eine so große Szene machte – ich glaube, es war im Februar.«

»Ja«, entgegnete der Oberst kurz.

»Und es ist gut für uns, daß auch er starb«, bemerkte Sir Isaac taktlos, »denn –«

»Wir wollen jetzt weiter vom Geschäft sprechen.«

Oberst Blacks Stimme klang beinahe heftig.

Aber Sir Isaac hatte noch etwas zu sagen. Er war um seine eigene Sicherheit besorgt, und als Oberst Black sich dem Ende seines Vortrags näherte, beugte er sich ungeduldig vor.

»Da ist aber noch ein Punkt, den wir nicht besprochen haben, Black«, begann er.

Der Oberst wußte sehr wohl, woran Sir Isaac dachte; er hatte es sorgfältig vermieden, diese Sache zu erwähnen.

»Wir werden doch von diesen Leuten bedroht – oder vielmehr Sie werden von ihnen bedroht. Wissen Sie eigentlich, wer der Manager dieser Gruppe ist?« sagte Sir Isaac beunruhigt.

Black schüttelte lächelnd den Kopf.

»Ich glaube nicht. Sie sprechen natürlich von den ›Vier Gerechten‹?«

Sir Isaac nickte kurz.

»Ich erhielt einen anonymen Brief von diesen Leuten«, fuhr Black – scheinbar gleichgültig – fort, »aber ich zweifle nicht im mindesten daran, daß die ganze Geschichte ein großer Bluff ist.«

»Was verstehen Sie in diesem Fall unter Bluff?«

Black zuckte die Schultern.

»Ich glaube, daß es eine Organisation wie die ›Vier Gerechten‹ überhaupt nicht gibt. Das Ganze ist ein Märchen; in Wirklichkeit sind sie gar nicht vorhanden! Stellen Sie sich doch einmal vier Männer vor, die sich zusammentun, um Englands Justiz zu verbessern! Das klingt doch mehr nach einem sensationellen Roman als nach realen Tatsachen.«

Er lachte, scheinbar sorglos.

»Derlei passiert hier in Pimlico nicht«, fuhr er dann fort. »Ich vermute vielmehr, daß der Polizist, von dem ich Ihnen neulich erzählte, dahintersteckt. Diese ganze romantische Gemeinschaft der ›Vier Gerechten‹ setzt sich wahrscheinlich nur aus ihm zusammen.«

Er lachte wieder.

Aber Sir Isaac drehte nervös an seinem Schnurrbart.

»Das ist alles Unsinn, daß Sie sagen, die ›Vier Gerechten‹ existieren nicht. Wir wissen doch ganz genau, was sie vor sechs Jahren taten. – Und auch diesen anderen Menschen kann ich auf den Tod nicht leiden«, fügte er ärgerlich hinzu.

»Welchen anderen?«

»Diesen Polizisten, der seine Nase in alles steckt«, antwortete Sir Isaac gereizt. »Können Sie dem nicht den Mund stopfen?«

»Dem Konstabler?«

»Ja. Wenn Sie mit einem Sergeanten fertig werden, können Sie einen gewöhnlichen Konstabler doch wohl erst recht zur Ruhe bringen.«

Sir Isaac Tramber konnte manchmal sehr sarkastisch sein.

Black strich nachdenklich über sein Kinn.

»Merkwürdigerweise habe ich daran noch gar nicht gedacht. Man müßte es wirklich einmal versuchen.« Er sah auf seine Taschenuhr. »Nun möchte ich Sie bitten zu gehen. Ich habe um halb zwei eine Verabredung, die ich einhalten muß.«

Sir Isaac lächelte langsam.

»Sonderbare Zeit für eine Verabredung.«

»Unser Geschäft ist überhaupt sonderbar – da kommt dergleichen manchmal vor«, erwiderte der Oberst.

Sie erhoben sich beide.

»Was ist denn das für eine Verabredung?«

»Das ist ein ganz besonderer Fall –«, begann er, hielt aber plötzlich inne.

Es kam jemand eilig die Treppe herauf. Im nächsten Augenblick wurde die Tür aufgerissen, und Sparks stürzte in das Zimmer.

»Das Haus wird beobachtet«, rief er atemlos.

»Wer beobachtet es denn?«

»Ein Detektiv, drüben auf der anderen Seite.« Sparks gestikulierte heftig mit den Händen. »Ich entdeckte ihn, aber als er sah, daß ich ihn beobachtete, ging er fort. Jetzt ist er wieder auf seinem Posten. Wir haben ihn gesehen.«

Black und Tramber folgten dem aufgeregten Mann nach unten, wo sie von einem niedrig gelegenen Fenster aus den Menschen unauffällig beobachten konnten, der es wagte, hier zu spionieren.

»Wenn das tatsächlich die Polizei ist«, brauste Black auf, »dann hat mich dieser Gurden im Stich gelassen. Er hat mir noch vor kurzem versichert, daß Scotland Yard nichts gegen mich habe.«

Frank hatte wohl erkannt, daß die Bewohner des Hauses unruhig geworden waren. Er hatte gesehen, daß plötzlich oben das Licht ausgegangen war. Frank war fest davon überzeugt, daß sie ihn nun durch die Glasscheiben der Haustür beobachteten.

Er konnte jetzt nicht mehr viel herausfinden. Sein Erkundungsgang war erfolglos gewesen, denn daß Sir Isaac Tramber Blacks Partner war, hatte er auch vorher schon gewußt; ebenso, daß Jakobs und der ehrenwerte Sparks irgendwie an seinen Geschäften beteiligt waren.

Er war sich nicht klar darüber, was er zu finden hoffte oder was er eigentlich erreichen wollte.

Als er schon die Richtung nach dem Victoria-Bahnhof eingeschlagen hatte, wurde seine Aufmerksamkeit plötzlich auf die Gestalt eines jungen Mannes gelenkt, der langsam die Straße auf der anderen Seite entlangkam und von Zeit zu Zeit stehenblieb und auf die Hausnummern sah.

Neugierig beobachtete er ihn, und plötzlich kam ihm der Gedanke, daß er Nummer 63 suchen könnte. Der Fremde blieb auch tatsächlich vor dem Hause stehen.

Frank überquerte die Straße und ging auf ihn zu. Der junge Mann wandte sich erschrocken um, als er den plötzlich auftauchenden Frank sah.

Fellowe erkannte ihn.

»Sie brauchen sich nicht zu fürchten, ich bin Polizeibeamter. Wollen Sie in dieses Haus?«

Einen Augenblick sah ihn der andere schweigend an.

»Ja«, sagte er dann mit unsicherer Stimme.

»Sie wollen Oberst Black bestimmte Informationen über das Geschäft Ihres Chefs geben?«

Der junge Mann war fast gelähmt vor Schrecken, aber er nickte.

»Weiß Ihr Chef davon?«

Langsam schüttelte der Fremde den Kopf.

»Hat er Sie geschickt?« fragte er entsetzt.

»Nein«, erwiderte Frank lächelnd und überlegte, wer wohl mit dem ›er‹ gemeint sein könnte. »Ich bin aus eigenem Antrieb hier, und ich möchte Sie davor warnen, Oberst Black Ihr Vertrauen zu schenken.«

Der junge Mann warf den Kopf zurück, und Frank sah, daß er rot wurde.

»Sie sind Konstabler Fellowe«, sagte er plötzlich.

Frank war verblüfft.

»Ja, ich bin Konstabler Fellowe«, wiederholte er dann.

Während er sprach, hatte sich die Haustür geöffnet. Frank konnte dies jedoch nicht sehen, da er dem Hause den Rücken gekehrt hatte. Oberst Black trat leise aus der Tür und kam die Treppe herunter. Er hatte den lebhaften Wunsch, festzustellen, wer der Mann war, der ihn beobachtete, und er stand nahe genug, um Franks Worte zu hören.

»Fellowe!« rief er laut. »Sie mischen sich also schon wieder in meine Angelegenheiten!«

»Wenn Sie es so ausdrücken wollen, ja«, entgegnete Frank kühl und wandte sich wieder an den jungen Mann.

»Ich warne Sie«, sagte er nachdrücklich. »Sie werden es bis ans Ende Ihres Lebens bereuen, wenn Sie in dieses Haus gehen oder sich mit diesem Mann einlassen.«

»Das sollen Sie mir büßen«, fuhr Black auf. »Ich werde dafür sorgen, daß Sie die Uniform ausziehen müssen! Ich werde Sie anzeigen! Ich werde . . . ich will . . .«

»Sie haben eine ausgezeichnete Gelegenheit dazu«, erwiderte Frank. Sein geübtes Auge hatte auf der anderen Seite der Straße die Gestalt eines Polizisten entdeckt, der langsam auf sie zukam. »Dort drüben geht ein Schutzmann. Rufen Sie ihn doch her und zeigen Sie mich sofort an! Es ist kein Grund vorhanden, warum Sie das nicht tun sollten – kein Grund, warum Sie die Öffentlichkeit scheuen sollten.«

»Ach nein! Nein!« rief der junge Mann. »Oberst Black, ich werde ein andermal wiederkommen.« Dann drehte er sich wütend zu Frank herum. »Was aber Sie anbetrifft –«, begann er, da er in Blacks Gegenwart mutig wurde.

»Was Sie anbetrifft«, fiel ihm Frank ins Wort, »so meiden Sie schlechte Gesellschaft!«

Der junge Mann zögerte noch einen Augenblick, dann entfernte er sich schnell und ließ die beiden allein vor dem Hause zurück.

Die drei Leute im Hausflur beobachteten die Szene neugierig, und wenigstens zwei von ihnen glaubten, daß Black ihnen Instruktionen geben würde, die nicht gerade sehr günstige Folgen für Frank haben konnten.

Aber der Oberst unterdrückte seine Aufregung bald. Auch er hatte den Polizisten auf der anderen Seite der Straße gesehen.

»Hören Sie einmal zu, Konstabler«, sagte er mit gezwungener Freundlichkeit. »Ich weiß, daß Sie unrecht haben, obwohl Sie vom Gegenteil überzeugt sind. Kommen Sie mit mir herein; wir wollen einmal in aller Ruhe über die ganze Angelegenheit sprechen.«

Während er auf die Antwort wartete, dachte er über einen Plan nach, wie er mit diesem gefährlichen Feind fertig werden könnte. Er glaubte keinen Augenblick, daß Frank die Einladung annehmen würde, und war aufs äußerste erstaunt, als dieser wortlos die Treppe emporstieg.

5

Frank hörte ein leises Geräusch im Flur und wußte, daß sich die Leute, die ihn beobachtet hatten, hier versteckt hielten. Er fürchtete sich nicht, obgleich er keine Waffe bei sich trug; er vertraute auf seine Stärke und Klugheit.

Black trat nach ihm ein und schloß die Tür. Im Dunkel wurde ein Riegel vorgeschoben, dann drehte der Oberst das Licht an.

»Wir führen nichts Böses im Schilde, Mr. Fellowe«, sagte er mit einem liebenswürdigen Lächeln. »Sie sehen, wir versuchen keine Tricks mit Ihnen, es geht offen und ehrlich bei uns zu.«

Er ging auf einer mit einem dicken, weichen Läufer belegten Treppe voran, und Frank folgte ihm.

Das Haus war luxuriös ausgestattet. Kostbare Radierungen hingen an den Wänden, schwere seidene Vorhänge bedeckten die Fenster im Treppenhaus; kleine Glasvitrinen mit chinesischem Porzellan schmückten die Nischen.

Black führte ihn in ein kleineres Zimmer im ersten Stock; es lag neben dem Raum, in dem er vorhin die Besprechung mit Sir Isaac Tramber abgehalten hatte.

Hier war die Einrichtung weniger verschwenderisch. Zwei Schreibtische standen in dem Raum; auf dem Boden lag ein einfacher Teppich, wie man ihn häufig in Büros findet. Ein großer

Gobelin, der eine Wand bedeckte, war der einzige Luxusgegenstand. Von der Decke hing ein Kronleuchter herab und erhellte das Zimmer.

Im Kamin brannte ein kleines Feuer, und auf einem Tischchen in der Nähe der Schreibtische stand ein Abendessen für zwei Personen bereit. Frank sah es sofort, und Black, der sich wegen seiner Unvorsichtigkeit innerlich verwünschte, zwang sich zu einem Lächeln.

»Es sieht fast so aus, als ob ich Sie erwartet hätte«, sagte er leichthin. »Aber ich sehe heute abend noch einige Freunde bei mir, und einer von ihnen wird mit mir speisen.«

Frank nickte. Die Bedeutung des gedeckten Tisches und der gebrauchsfertigen Blocks auf den Schreibtischen war ihm klar.

»Nehmen Sie bitte Platz«, sagte der Oberst; er selbst setzte sich an einen der Schreibtische.

Frank ließ sich langsam in einiger Entfernung von ihm nieder und wandte das Gesicht dem Manne zu, den er überführen wollte.

»Nun wollen wir einmal geschäftlich miteinander reden«, begann Black. »Ich sehe nicht ein, warum wir nicht zu einer Verständigung kommen sollten. Ich bin ein vernünftiger Mensch, Sie auch. – Und außerdem sind Sie sehr tüchtig«, fügte er anerkennend hinzu.

Frank erwiderte nichts. Er wußte, was jetzt kommen würde.

»Nehmen wir einmal an«, fuhr Black nachdenklich fort, »wir kämen zu folgender Verständigung: Sie bilden sich ein, ich machte unsaubere Geschäfte. Ich weiß es ganz genau! Sie stehen unter dem Eindruck, daß ich die Leute auf schändliche Art betrüge. Ich brauche Ihnen wohl kaum zu sagen, wie sehr es mich verletzt, daß Sie so niedrig von mir denken.«

Seine Stimme klang jedoch in keiner Weise verletzt oder empört. Im Gegenteil – er sprach so gelassen, als ob es ihm Genugtuung bereitete, seine Methoden zu erörtern.

»Ich bin ganz damit einverstanden, wenn Sie meine Geschäftspraktiken einmal nachprüfen wollen. Sie wissen, daß wir eine große Zahl von Aufträgen aus allen Teilen des Kontinents erhalten und daß wir ungeheure Summen an unsere Kunden auszahlen, die – wie soll ich es gleich nennen? – auf Hausse spekulieren.«

»Sie können es ruhig so nennen«, erwiderte Frank.

»Nun, nehmen wir einmal an, Sie gehen nach Paris. Sie könnten doch leicht Urlaub bekommen. Oder Sie gehen in die Provinz, in eine der großen Städte Englands, wo Kunden von uns wohnen. Sie besuchen die Leute und fragen sie aus, um festzustellen, ob unsere Geschäftsprinzipien ehrlich sind. Das können Sie ruhig tun. Ich werde Ihnen eine Liste mitgeben. Natürlich sollen Sie diese Reise nicht auf Ihre eigenen Kosten machen.« Black streckte die Hände abwehrend aus. »Ich glaube nicht, daß Sie viel Geld für solche Ausflüge haben. Ich werde Ihnen also heute abend, wenn Sie wollen, ein paar hundert Pfund aushändigen, und Sie können dieses Geld nach eigenem Gutdünken verwenden, um Nachforschungen über mich und meine Geschäfte anzustellen. Was sagen Sie dazu?«

»Das kommt mir verteufelt genial vor. Ich nehme die paar hundert Pfund, und es steht mir frei, sie entweder für den angedeuteten Zweck oder für mich privat zu verwenden. Und ich brauche darüber niemand Rechenschaft abzulegen. Habe ich Sie richtig verstanden?«

Oberst Black lächelte und nickte. Er war mit dem Erfolg der Unterredung durchaus zufrieden.

»Sie besitzen wirklich eine gute Auffassungsgabe.«

Frank erhob sich.

»Daraus kann nichts werden.«

Black runzelte die Stirn.

»Ganz entschieden. Sie können mich nicht mit zweihundert Pfund bestechen, auch nicht mit zweitausend, Oberst Black. Ich bin nicht käuflich. Es ist meine Überzeugung, daß Sie einer der gefährlichsten Menschen sind, die die menschliche Gesellschaft je gekannt hat, und ich glaube, daß Sie sowohl hier in diesem Hause als auch in der City auf verbotenen Wegen wandeln. Ich werde nicht eher ruhen, als bis ich Sie hinter Schloß und Riegel habe!«

Black erhob sich langsam.

»So, so – das ist also Ihre Absicht?«

Blacks Stimme klang jetzt feindlich und boshaft, und er sah Fellowe mit einem haßerfüllten Blick an.

»Das wird Ihnen noch leid tun«, sagte er dann schroff. »Ich habe Ihnen eine Chance gegeben, die die meisten anderen jungen Leute mit Freuden ergriffen hätten. Ich könnte Ihnen ja auch dreihundert Pfund –«

»Und wenn Sie die Summe auf dreitausend oder dreißigtausend erhöhten«, erwiderte Frank ungeduldig, »würden wir uns doch nicht verständigen können. Ich kenne Sie zu gut. Ich weiß viel mehr von Ihnen, als Sie selbst für möglich halten.«

Er griff nach seinem Hut und sah sich gedankenvoll in dem Raum um.

»In Frankreich wird ein Mann gesucht – ein genialer Mensch, der im ganzen Lande, besonders im Süden, Gesellschaften gegründet hat, durch die man schnell reich werden kann. Er ist unter dem Namen ›Olloroff‹ bekannt«, sagte Frank langsam. »Auf seine Ergreifung ist eine hohe Belohnung ausgesetzt. Er hatte auch einen Partner, der plötzlich starb . . .«

Blacks Gesicht wurde weiß, und seine Hände zitterten plötzlich.

»Sie wissen zuviel für mich.«

Schnell wandte sich der Oberst um und verließ das Zimmer. Frank eilte ihm nach, denn er fürchtete eine Falle. Aber bevor er die Tür erreichen konnte, fiel sie schon ins Schloß.

Er drückte die Klinke herunter und zog an ihr, aber die Tür ließ sich nicht mehr öffnen.

Schnell sah er sich in dem Raum um. Auf der anderen Seite befand sich noch eine Tür. Er ging auf sie zu, aber plötzlich verlosch das Licht, und er stand in vollkommener Dunkelheit. Vorher hatte er ein Fenster in der Wand bemerkt, aber er mußte bald erkennen, daß es ein blindes Fenster war. Er hatte sich durch geschickt drapierte Vorhänge und Gardinen täuschen lassen. Das einzige wirkliche Fenster, das auf die Straße hinausführte, war schwer vergittert und mit Fensterläden versehen.

Die Dunkelheit machte ihm keine besonderen Schwierigkeiten, da er mit seiner Taschenlampe den Raum ableuchten konnte. Es war ein taktischer Fehler gewesen, Black zu warnen, aber er hatte der Versuchung nicht widerstehen können, diesen selbstbewußten Mann ein wenig zu erschrecken.

Es wurde ihm klar, daß er sich in einer gefährlichen Lage befand. Mit Ausnahme des jungen Mannes, mit dem er auf der Straße gesprochen und der ihn seltsamerweise erkannt hatte, wußte niemand, daß er sich in diesem Hause aufhielt.

Er durchsuchte das Zimmer rasch und lauschte angestrengt nach beiden Türen, aber er konnte kein Geräusch wahrnehmen.

An der Wand des Treppenabsatzes hatten mehrere asiatische Waffen gehangen, und Frank hoffte, daß dieser Raum vielleicht ähnlich dekoriert war. Aber seine Hoffnung war vergeblich.

Dann wandte er seine Aufmerksamkeit dem Fußboden zu und untersuchte ihn genau nach Falltüren und Versenkungen. Zum Glück fand er nichts Beunruhigendes. Schließlich setzte er sich auf die Ecke eines der beiden Schreibtische und wartete.

Eine halbe Stunde verging, ohne daß sein Feind sich bemerkbar gemacht hätte.

Dann ertönte plötzlich dicht über ihm eine barsche Stimme.

»Wollen Sie jetzt vernünftig sein?«

Frank leuchtete mit seiner Lampe in die Richtung, aus der der Schall kam, und sein Blick fiel auf den Kronleuchter.

Schon vorher hatte er beobachtet, daß dieser an einer außergewöhnlich starken Stange befestigt war, und nun wurde ihm klar, daß in dem glockenförmigen Beleuchtungskörper ein Lautsprecher verborgen war.

Er vermutete, wahrscheinlich mit Recht, daß auch ein Mikrophon eingebaut war und daß die Anlage Black mehr dazu diente, zu hören, was in dem Zimmer gesprochen wurde, als den Anwesenden Mitteilungen zukommen zu lassen.

»Kommen Sie herein und sehen Sie selbst nach.«

Während er im Dunkeln wartete, teilte er seine Aufmerksamkeit zwischen den beiden Türen. Jeden Augenblick glaubte er, ein Lichtschein müsse von außen in die Dunkelheit fallen.

Merkwürdigerweise dachte er gar nicht daran, daß auch draußen das Licht gelöscht sein konnte.

Er ging in der Mitte des Zimmers auf und ab, als er plötzlich ein leises Geräusch hinter sich hörte. Als er sich halb umdrehte, fiel eine Schlinge über seinen Körper, Arme griffen im Dunkel nach seinen Füßen, und mit einem heftigen Ruck wurde er auf den Boden geschleudert.

Er setzte sich zur Wehr, aber in diesem ungleichen Kampf mußte er unterliegen. Die Schlinge, die ihm übergeworfen war, hinderte ihn am freien Gebrauch seiner Arme. Er lag mit dem Gesicht nach unten auf dem Teppich. Ein Taschentuch wurde ihm in den Mund gestopft, kaltes Metall umgab seine Handgelenke, die nach hinten gezogen waren. Er hörte das Einschnappen eines Schlosses und wußte, daß man ihm Handschellen angelegt hatte.

»Heben Sie ihn vom Boden auf«, hörte er Blacks Stimme.

Im gleichen Augenblick wurde es wieder hell im Zimmer. Frank richtete sich mit Jakobs Hilfe unsicher auf.

Auch Sparks und Sir Isaac waren im Raum. Der junge Aristokrat hatte jedoch die untere Hälfte seines Kopfes mit einem seidenen Taschentuch bedeckt, und Frank konnte nur die obere Hälfte eines frischen, blühenden Gesichtes und ein paar hellblaue, lebhafte Augen sehen.

»Bringen Sie ihn zu dem Sofa dort«, sagte Black.

»So, nun werden Sie wohl endlich Vernunft annehmen«, wandte er sich an Frank, nachdem sein Befehl ausgeführt war.

Fellowe konnte nichts erwidern. Das Taschentuch in seinem Mund würde jeden Laut ersticken, den er hätte von sich geben wollen, aber in seinen Augen war eine unzweideutige Antwort zu lesen.

»Mein Vorschlag ist sehr einfach«, sagte Black. »Ich verlange weiter nichts von Ihnen, als daß Sie Ihren Mund halten und sich um Ihre eigenen Angelegenheiten kümmern. Dafür bekommen Sie heute ein paar hundert Pfund als Anzahlung und werden nicht weiter belästigt werden. Wenn Sie mein Angebot aber ablehnen, dann muß ich um meiner eigenen Sicherheit willen anders mit Ihnen verfahren.« Er lächelte höhnisch. »In diesem Hause sind fünf Keller. Wenn Sie sich, wie ich, für Geschichte interessieren, Mr. Fellowe, dann möchte ich Ihnen raten, einmal die Geschichte der Ritterburgen am Rhein zu lesen. Sie werden dann bald einsehen, daß ich einen ausgezeichneten Ersatz für die alten Burgverliese habe. Sie werden dort angeschmiedet werden, und ein mir treuergebener Wärter wird Ihnen zu essen bringen. Aber ich kann Ihnen schon jetzt versichern, daß er sehr zerstreut ist und Sie manchmal vergessen wird. Dort bleiben Sie so lange, bis Sie froh sind, meine Bedingungen annehmen zu können, oder bis Sie verrückt geworden sind, so daß man Sie ohne große Sorge in eine Irrenanstalt bringen kann, wo niemand Ihre Beschuldigungen ernst nimmt.«

Black wandte sich um.

»Nehmen Sie ihm den Knebel aus dem Mund. Wir wollen ihn jetzt in das andere Zimmer bringen. Ich glaube nicht, daß man dort seine Stimme von draußen hören kann, so laut er auch schreien mag.«

Jakobs riß das Taschentuch aus Franks Mund und stieß ihn zur Tür des nächsten Raumes.

Black ging voraus und faßte nach dem Lichtschalter, während die anderen an der Tür stehenblieben.

Als das Licht anging, taumelte Black einen Schritt zurück und schrie entsetzt auf.

Vier Fremde saßen an dem Tisch, der in der Mitte des Zimmers stand – vier Männer mit Masken.

Auch Blacks Komplicen, die den Gefangenen zwischen sich führten, packte tödlicher Schrecken.

Die vier am Tisch sprachen nicht; es herrschte eisige Stille.

Black war der erste, der sich wieder erholte. Er ging auf die Fremden zu, blieb aber plötzlich wieder stehen. Seine Gesichtsmuskeln arbeiteten heftig, sein Mund bewegte sich, aber er fand keine Worte. »Wie ... was?« keuchte er nur atemlos.

Der Mann, der am Ende des Tisches saß, sah ihn durchdringend an.

»Sie haben mich wohl nicht erwartet, Mr. Olloroff?« fragte er scharf.

»Mein Name ist Black«, rief der Oberst wild. »Was haben Sie hier zu suchen?«

»Das werden Sie bald sehen. Setzen Sie sich dorthin.«

Black bemerkte, daß am unteren Ende des Tisches Stühle für sie aufgestellt waren.

»Zuerst werde ich Ihnen einmal Ihren Gefangenen abnehmen. Lösen Sie die Handschellen, Sparks!«

Der Angeredete fuhr mit der Hand in die Tasche – scheinbar, um den Schlüssel zu suchen; er faßte aber nicht in die Westentasche, sondern griff tiefer.

»Nehmen Sie Ihre Hand da weg!« sagte der Mann mit der Maske laut.

Er machte eine kleine Bewegung, und Sparks sah plötzlich eine Pistole auf sich gerichtet.

»Sie brauchen keine Angst zu haben. Unser kleiner Besuch wird keine tragischen Folgen für Sie haben. – Heute jedenfalls noch nicht«, setzte er bedeutungsvoll hinzu. »Sie haben schon drei Warnungen von uns erhalten, und heute sind wir gekommen, um Ihnen die letzte Warnung persönlich zu überbringen.«

Black hatte seine Fassung allmählich wiedergewonnen.

»Warum zeigen Sie mich denn nicht an, wenn Sie glauben, daß ich unrecht tue?« fragte er wütend.

»Das werden wir auch noch tun, wenn die Zeit dazu gekommen ist«, war die höfliche Antwort. »Aber ich warne Sie persönlich, Black. Sie haben jetzt die äußerste Grenze erreicht.«

Der Oberst war kein Feigling. Mit einem Fluch zog er plötzlich seinen Revolver und sprang auf die maskierten Männer zu.

Sofort ging das Licht aus, und Frank wurde von ein paar kräftigen Händen gepackt und fortgezogen.

Eine Tür schlug hinter ihm zu, dann taumelte er die Treppe hinunter in den Hausflur. Schnell wurden ihm die Handschellen abgenommen. Die Haustür öffnete sich – sein Führer mußte mit der Örtlichkeit des Hauses auf das genaueste vertraut sein. Schließlich fand sich Frank etwas verwirrt und bestürzt auf der Straße. Zwei Herren in Gesellschaftskleidung standen neben ihm.

Sie trugen noch ihre Masken, aber sonst unterschieden sie sich durch nichts von anderen Menschen.

»Sie müssen dort hinuntergehen, Mr. Fellowe«, sagte der eine und zeigte in die Richtung des Victoria-Bahnhofs.

Frank zögerte, er hätte gar zu gern das Ende dieses Abenteuers miterlebt. Wo mochten die beiden anderen sein? Warum waren sie noch zurückgeblieben? Was machten sie noch in dem Hause?

Seine Befreier mußten wohl seine Gedanken erraten haben.

»Unsere Freunde befinden sich in Sicherheit«, sagte der eine. »Machen Sie sich keine Sorgen um sie. Sie tun uns einen großen Gefallen, wenn Sie jetzt schnell fortgehen.«

Nachdem er sich bedankt hatte, schritt Frank Fellowe rasch die Straße hinunter. Einmal sah er sich noch um, aber die beiden Männer waren bereits in der Dunkelheit verschwunden.

6

Oberst Black war in einer sonderbar gereizten Stimmung. Er wußte nicht recht, was er von diesen Ereignissen halten sollte. Einerseits war er wütend über den Vorfall, auf der anderen Seite mußte er darüber lachen.

Diese geheimnisvollen Männer, die über ihn zu Gericht sitzen wollten, hatten seine Papiere und Geschäftsbücher durchstöbert. Sie waren aus dem Nichts gekommen und wieder ins Nichts verschwunden, sie hatten ihn beunruhigt – ihm einen furchtbaren Schrecken eingejagt, wenn er ehrlich sein sollte. Aber für gewisse Charaktere ist Mut in erster Linie eine Frage der Beleuchtung. Black war im hellen Morgensonnenschein wieder kühn geworden, denn er hatte die Überzeugung, daß sie nichts Greifbares gegen ihn hatten entdecken können.

Er saß in seinem Hausmantel am Frühstückstisch; Sir Isaac Tramber leistete ihm Gesellschaft.

Oberst Black liebte die guten Dinge des Lebens, vor allem die Annehmlichkeiten der modernen Technik und delikate Speisen. Der Tisch war reich gedeckt.

Sir Isaac lebte einfacher. Ein Cognac mit Sodawasser und ein Apfel bildeten sein ganzes Frühstück.

»Was ist denn eigentlich los?« brummte er schlecht gelaunt. Er war in der letzten Nacht spät zur Ruhe gekommen und hatte schlecht geschlafen.

Black schob ihm einen Brief über den Tisch zu.

»Was halten Sie davon? Hier ist ein niederträchtiger Brief von der Firma Tangye – die Leute wollen zehntausend Pfund von uns haben und schreiben, daß sie mich in der Öffentlichkeit als vertragsbrüchig brandmarken wollen, wenn sie die Summe nicht umgehend erhalten.«

»Dann zahlen Sie doch«, erwiderte Sir Isaac müde.

Der Oberst lachte auf.

»Reden Sie doch kein dummes Zeug! Woher soll ich denn plötzlich zehntausend Pfund nehmen? Ich bin nahezu bankrott, das wissen Sie doch, Tramber. Wir sind beide in derselben Lage. Auf dem Papier habe ich ein Vermögen von zwei Millionen Pfund, aber ich glaube kaum, daß ich auch nur ein paar Tausend Pfund auftreiben könnte, selbst wenn ich es versuchte.«

Sir Isaac schob seinen Teller zurück.

»Sie sprechen doch nicht etwa im Ernst?« fragte er brüsk.

»Meinen Sie wegen des Geldes?«

»Ja. Ich hätte eben beinahe einen Schlaganfall bekommen. Mein lieber Freund, wir säßen aber ganz elend in der Patsche, wenn uns gerade jetzt das Geld ausgehen sollte.«

Black lächelte.

»Das ist ja gerade das, was passiert ist. Aber ob wir nun in der Klemme sind oder nicht, wir müssen der Situation ins Auge sehen. Ich habe mein Bankkonto überzogen; im Hause habe ich ungefähr hundert Pfund, und ich vermute, daß Sie etwa ebensoviel bei sich haben.«

»Ich habe nicht einmal hundert Schilling.«

»Unsere Spesen sind ungeheuer«, fuhr Black fort. »Sie wissen, wie sich alles summiert. Wir haben ein oder zwei Geschäfte in Aussicht, aber außerdem nichts. Wenn wir nur die Fusion der großen Eisenhütten im Norden zustande brächten! Dann hätten wir Geld in Hülle und Fülle und könnten beide Schecks über Hunderttausende von Pfund ausstellen.«

»Können Sie denn in der City kein Geld auftreiben?«

Der Oberst schlug die Spitze eines gekochten Eis ab, ohne zu antworten. Tramber kannte die Lage dort genausogut wie er selbst.

»Hm«, meinte Sir Isaac schließlich, »aber irgendwie müssen wir doch jetzt Geld beschaffen.«

»Wie steht es denn mit Ihrem Freund?«

Die Frage klang gleichgültig, war aber wohlüberlegt.

»Welchem Freund?« Sir Isaac lachte heiser. »Allerdings – ich habe nicht so viele Freunde, daß es notwendig wäre, einen genauer zu bezeichnen. Sie meinen natürlich Lord Verlond?«

Black nickte.

»Verlond ist der einzige Mann auf der Welt, den ich nicht um Geld angehen darf.«

»Er besitzt doch aber ein großes Vermögen«, sagte Black spöttisch.

»Das stimmt«, erwiderte Sir Isaac grimmig. »Und womöglich muß er mir noch einmal sein Geld hinterlassen.«

»Hat er keinen Erben?« fragte der Oberst interessiert.

»Früher war einer vorhanden – ein Neffe, der hoch hinauswollte. Aber der lief von zu Hause fort, und man nimmt an, daß er auf einer Ranch in Texas ums Leben gekommen ist. Auf jeden Fall beabsichtigt Lord Verlond, ihn für tot erklären zu lassen.«

»Das war allerdings ein Schicksalsschlag für den alten Mann.«

Diese Äußerung schien Sir Isaac zu belustigen, denn er lehnte sich zurück und lachte laut auf.

»Was sagen Sie da – ein Schicksalsschlag? Er hat seinen Neffen gehaßt wie die Pest! Lord Verlond entstammt der jüngeren Linie, und der Junge war ein wirklicher Verlond. Deshalb haßte ihn doch der Alte so sehr. Ich bin überzeugt, daß er ihm das Leben zur Hölle gemacht hat. Er ließ ihn immer am Wochenende zu sich kommen, um ihn zu schikanieren, bis der junge Mensch schließlich verzweifelte, seine geringen Ersparnisse nahm und auf und davon ging.

Einige Freunde seiner Familie haben nachgeforscht, wo er geblieben war, aber der Alte hat sich nicht im geringsten um ihn gekümmert. Die anderen haben ihm dann eine Stelle in einer Druckerei in London verschafft. Schließlich wanderte er nach Amerika aus.

Ein paar interessierte Leute haben seine Spur verfolgt. Er

ging nach Texas und kam auf eine ziemlich verwahrloste Ranch. Später erfuhr man, daß ein Mann, auf den seine Beschreibung paßte, bei einer Schießerei getötet wurde. Es muß eine jener üblen Gegenden gewesen sein, die man in den Wildwestfilmen sehen kann.«

»Wer ist denn jetzt der Erbe?«

»Den Titel erbt niemand. Das Vermögen geht an die Schwester des Jungen. Sie ist ein recht hübsches Mädchen.«

Black sah ihn unter halbgeschlossenen Augenlidern hervor an.

Sir Isaac drehte nachdenklich an seinem Schnurrbart und wiederholte noch einmal: »Wirklich – ein hübsches Mädchen.«

»Dann haben Sie also . . . Aussichten?« fragte Black langsam.

»Was meinen Sie damit?« Sir Isaac richtete sich auf.

»Genau das, was ich sage. Der Mann, der sie einmal heiratet, bekommt einen ganz schönen Sack voll Geld. So ist es doch?«

»Ja, so ähnlich«, antwortete Sir Isaac düster.

Der Oberst stand auf und faltete seine Serviette sorgfältig.

Er brauchte so notwendig bares Geld, daß er sich nicht viel darum kümmern konnte, was die City dazu sagte. Wenn Sandford seinen Plänen wegen der Fusion der Hütten im Norden entgegentrat, so war das allerdings eine andere Sache; aber er hoffte, mit ihm fertig zu werden, obwohl er schwer zu beeinflussen war.

Er schaute seinen Geschäftspartner nachdenklich an.

»Ikey«, sagte er dann, »in letzter Zeit legen Sie wenig Wert auf unsere gegenseitigen Beziehungen, ja Sie fangen sogar an, sich ihrer zu schämen. Ich habe plötzlich einen tugendhaften Charakterzug an Ihnen entdeckt, und ich muß sagen, daß mir das leid tut.«

Er sah Sir Isaac gerade in die Augen.

»Ach, Unsinn!« sagte der Baronet sorglos. »Sie wissen doch ganz genau, daß ich meine Stellung in der Gesellschaft wahren muß.«

»Sie sind mir aber auch verschiedenes schuldig.«

»Es sind nur viertausend Pfund. Und die sind gedeckt durch eine Lebensversicherung über fünfzigtausend Pfund, die für mich abgeschlossen ist.«

»Die Prämie muß ich aber selbst zahlen«, brummte der Oberst bissig. »Ich dachte freilich im Augenblick nicht an Geld.«

Er maß Sir Isaac von Kopf bis Fuß mit seinen Blicken.

»Fünfzigtausend Pfund«, sagte er dann belustigt. »Mein lieber Ikey, wenn man Sie ermordet, sind Sie mehr wert als lebendig.«

»Machen Sie doch nicht so gräßliche Witze!«

Der Oberst nickte.

»Nun gut, wir wollen nicht weiter darüber sprechen«, sagte er. Er schlug seinen Hausmantel zusammen, ging durch die Wohnung zu seinem Arbeitszimmer und schloß die Tür hinter sich.

Die tugendhaften Anwandlungen seines Geschäftspartners gaben Oberst Black zu denken. Diese Symptome waren mehr als unangenehm, sie begannen ihn zu beunruhigen. Black gab sich keinen Illusionen hin. Er traute Sir Isaac Tramber ebensowenig wie anderen Menschen, ja vielleicht noch weniger.

Der Baronet hatte sich nur durch Blacks Geld bis zu einem gewissen Grade in der Gesellschaft rehabilitieren können; mit Blacks Geld hatte er wieder Rennpferde gekauft.

Der Oberst hatte jedoch auch hier nicht etwa aus dem menschenfreundlichen Grund gehandelt, einem anderen zu helfen, den die Gesellschaft geächtet hatte und mit dem anständige Leute nichts mehr zu tun haben wollten.

Als Ausgestoßener konnte Sir Isaac ihm nicht nützlich sein.

Black hatte seine Ansicht über sein Verhältnis zu dem Baronet einmal in einem Satz von epigrammatischer Kürze zusammengefaßt: ›Er war das heruntergekommenste Werkzeug, das mir jemals unter die Hände kam; aber ich habe ihn wieder auf die Beine gestellt und schön herausgeputzt, und heute ist er, wenn auch gerade keine anziehende Schönheit, so doch ein ganz erträglicher Gentleman.‹

Und Sir Isaac hatte sich wirklich als nützlich erwiesen. Das Geld, das Black auf ihn verwandt hatte, rentierte sich, ebenso der Anteil des Baronets an dem Geschäft, das er offensichtlich verachtete.

*

Sir Isaac Tramber fürchtete Black. Hauptsächlich aus diesem Grunde konnte der Oberst seine Macht über den schwächeren Partner ausüben. Tramber hatte schon in mancher schlaflosen Nacht überlegt, wie er sich von Blacks Tyrannei befreien könnte; seine Versuche waren jedoch alle mißglückt. Im Laufe der letzten Woche hatte sich nun aber etwas ereignet, was den Baronet schlechterdings zwang, sich von dem Oberst zu trennen. Sir Isaac hatte nämlich Aussicht, seine gesellschaftliche Lage in jeder Beziehung zu verbessern.

Eine Verlobung mit Lady Mary Cassilirs war in greifbare Nähe gerückt. Und diese Dame hatte, wie Oberst Black so vulgär sagte, ›einen ganz schönen Sack voll Geld‹.

Ihr Onkel, Lord Verlond, hatte ihm zu verstehen gegeben, daß er seinen Antrag nicht ungern sehen würde. Lady Mary war sein Mündel; allerdings ließ sie sich von dem alten Mann keineswegs terrorisieren. In Anfällen von Wut und Launenhaftigkeit konnte dieser grimmige Herr nämlich manchmal unausstehlich sein, und vielleicht bekam er wenigstens einen gewissen Respekt vor ihr, wenn sie seine Zornesausbrüche und Vorwürfe unbeachtet ließ.

Sir Isaac begab sich nachdenklich in seine Wohnung. Es war ihm klar, daß er sich von Black lösen mußte, und da er skrupellos war, fragte er nicht danach, daß er seine ganze jetzige Stellung eigentlich dem Oberst verdankte.

Der Gedanke, daß er bald frei sein würde, brachte ihn in gute Stimmung. Er hatte sich zu einem Spaziergang im Hydepark umgezogen und war in der besten Laune, als er Lord Verlond und seine schöne Nichte traf.

Es gab böse Leute, die Lord Verlond und Lady Mary nur ›die schöne Dame mit dem häßlichen Alten‹ nannten.

Lady Mary war schlank und eine typische Engländerin von vornehmer Haltung. Ihre Schönheit wurde betont durch einen zarten Teint und strahlende, lebensvolle Augen. Reiches kastanienbraunes Haar umrahmte ihr ebenmäßiges Gesicht; hochgeschwungene Brauen und ein entschlossenes, schöngeformtes Kinn gaben ihren Zügen darüber hinaus besondere Anziehungskraft.

Sie überragte ihren Begleiter fast um Haupteslänge. Verlond

war niemals eine schöne Erscheinung gewesen, und das Alter hatte seine scharfen Züge noch kantiger und eckiger gemacht. Sein Gesicht sah so hart und unnahbar aus, als ob es aus Granit gemeißelt wäre.

Er grüßte Sir Isaac kurz.

»Setzen Sie sich, Ikey«, sagte er mit einem Lächeln.

Lady Mary hatte dem Baronet nur kaum wahrnehmbar zugenickt und ihre Aufmerksamkeit sofort wieder der vorbeiflutenden Menschenmenge zugewandt.

»Sind Sie heute nicht zu Pferd?« fragte Sir Isaac.

»Aber ganz gewiß«, erwiderte der Lord. »Ich reite im Augenblick auf meinem grauen Streitroß an der Spitze meiner Kavalleriebrigade.«

Sein Humor erschöpfte sich darin, unnötige Fragen durch solche Antworten lächerlich zu machen.

Aber plötzlich verfinsterte sich sein Gesicht wieder. Nachdem er sich durch einen kurzen Seitenblick vergewissert hatte, daß Marys Aufmerksamkeit durch andere Dinge in Anspruch genommen war, lehnte er sich zu Tramber hinüber.

»Ikey, ich fürchte, Sie werden Schwierigkeiten mit ihr haben«, sagte er leise.

»Ich bin es gewohnt, Schwierigkeiten zu überwinden«, entgegnete Sir Isaac leichthin.

»Aber mit derartigen Schwierigkeiten werden Sie nicht so leicht fertig – täuschen Sie sich nicht, Ikey, und halten Sie sich nicht für zu klug. Ich kenne ihren eigensinnigen Charakter – ich muß ja mit ihr im selben Hause leben. Sie ist ein verflucht aufsässiger kleiner Teufel. Ich finde keinen anderen Ausdruck.«

Sir Isaac sah sich vorsichtig um.

»Meinen Sie, daß jemand zwischen uns steht?«

Sir Isaac sah, daß sich die Augenbrauen des Lords zusammenzogen, und folgte den Blicken des anderen. Ein junger Mann, der freudig überrascht lächelte, näherte sich ihnen.

Sein Lächeln galt jedoch weder dem Lord noch dem Baronet, es galt zweifellos Lady Mary, die ebenfalls sehr erfreut schien, denn ihre Augen leuchteten auf, und sie winkte den Herrn zu sich heran.

Sir Isaacs Züge verdüsterten sich.

»Dieser verfluchte Bursche«, sagte er ärgerlich zu sich selbst.

»Guten Morgen.« Horace Gresham begrüßte den Lord. »Auch ein wenig spazierengegangen?«

»Nein«, brummte der alte Mann. »Ich bade, ich bin auf Tiefseefischfang, ich fliege! Sehen Sie denn nicht, was ich tue? Ich sitze hier und muß alle albernen Fragen dummer Leute über mich ergehen lassen, die des Weges kommen.«

Horace lachte. Er ließ sich durch den bissigen Humor des Lords nicht abschrecken. Ohne sich weiter mit ihm einzulassen, wandte er sich an Mary.

»Ich freue mich, Sie hier zu treffen.«

»Was macht Ihr schöner Rappe?« fragte sie.

Horace warf einen lächelnden Blick auf Tramber.

»Oh, er wird beim Rennen schon seinen Mann stehen. Jedenfalls wird er ›Timbolino‹ hart zusetzen.«

»Mein Pferd wird dem Ihren turmhoch überlegen sein, wo sie sich auch immer im Rennen begegnen«, sagte Sir Isaac ärgerlich. »Ich wette tausend Pfund darauf.«

»Ich habe nicht die Absicht, Ihnen dieses Geld abzunehmen«, entgegnete Gresham. »Ich halte so sicher gewonnene Wetten Ihnen und – Ihrem Freund gegenüber für unfair.«

Die letzten Worte waren ganz gleichgültig gesprochen, aber Sir Isaac Tramber hatte doch einen gewissen Unterton herausgehört. Die kleine Pause, die Horace beim Sprechen gemacht hatte, sagte ihm, daß dieser liebenswürdige junge Mann mehr von seinen persönlichen Verhältnissen wußte, als ihm im Augenblick lieb war.

»Wenn ich wette, so geht das meinen Geschäftsfreund gar nichts an«, fuhr er zornig auf. »Ich habe Ihnen eben eine faire und offene Sportwette angetragen. Wenn Sie nicht annehmen wollen – nun ja . . .«

Er zuckte die Schultern.

»Oh, wenn Sie wollen, nehme ich die Wette auch an«, erwiderte Horace, wandte sich dann aber wieder an Mary.

»Was will denn Gresham?« fragte Verlond hämisch, als er den Verdruß des Baronets sah.

»Ich wußte nicht, daß Sie Freunde sind«, sagte Sir Isaac. »Wo haben Sie ihn denn kennengelernt?«

»Wo man die meisten unliebsamen Bekanntschaften macht – im Rennclub. Aber der ganze Rennbetrieb wird jetzt so verdammt vornehm, Ikey, daß ein wirklicher Rennwetter von altem Schrot und Korn kaum noch zu treffen ist. Als ich das letztemal zum Rennen ging, war ich sehr enttäuscht. Der Teesalon war gesteckt voll, so daß man kaum die Türen öffnen konnte. Aber draußen war es trostlos leer. Pferderennen gehen in England vor die Hunde, Ikey.«

Er war nun bei seinem Lieblingsthema angekommen. Sir Isaac fühlte sich wenig behaglich, denn man konnte den Lord schwer ablenken, wenn er in Erinnerungen schwelgte.

»Heutzutage kann man überhaupt nicht mehr wetten wie früher«, fuhr der Lord fort. »Einmal habe ich fünftausend Pfund auf ein Pferd gesetzt, bei zwanzig zu eins, ohne daß sich nachher die Quote auch nur im geringsten änderte. Wo kann man das heute noch machen?«

»Wir wollen ein wenig spazierengehen«, sagte Mary. Lord Verlond war so in seine Anklagen gegen den modernen Rennbetrieb vertieft, daß er gar nicht merkte, wie sich die beiden jungen Leute erhoben und fortgingen.

Sir Isaac sah es wohl und hätte den Redefluß des Lords gern unterbrochen; aber er unterließ es, weil er die schlechte Stimmung und die bissigen Worte des alten Mannes fürchtete.

»Es ist mir unbegreiflich, daß sich Ihr Onkel mit einem solchen Menschen überhaupt abgeben mag«, sagte Horace.

Mary lächelte.

»Ich bin nicht besonders erstaunt darüber, daß er zu ihm hält«, erwiderte sie trocken. »Onkels Geduld mit zweifelhaften Leuten ist sprichwörtlich.«

»Mir gegenüber ist er nicht sehr zuvorkommend.«

»Sie haben sich eben in der Gesellschaft noch nicht genügend unbeliebt gemacht«, meinte sie lachend. »Sie müssen sich erst mit allen anderen Menschen überworfen und verfeindet haben, bevor er sie schätzt.«

»Das ist aber doch nicht meine Art, nicht wahr?«

Sie wurde ein wenig rot.

»Nein, ich glaube, nicht«, sagte sie und sah ihn unter halbgeschlossenen Lidern hervor von der Seite an. »Ich bin überzeugt, daß Sie ein sehr netter und liebenswürdiger junger Mann sind. Sie müssen viele gute Freunde haben. Ikey dagegen hat sehr seltsame Bekanntschaften. Er speiste neulich in einem Lokal mit einem ganz unmöglichen Menschen – kennen Sie ihn vielleicht?«

»Es tut mir leid, ganz unmögliche Menschen kenne ich überhaupt nicht«, entgegnete er prompt.

»Es war ein gewisser Oberst Black.«

Er nickte. »Ich habe von ihm gehört.«

»Wer ist denn das eigentlich?«

»Ein Oberst.«

»Von der Armee?«

»Nicht von der englischen«, erwiderte Horace lächelnd. »In Amerika gibt es viele Höflichkeitstitel, und er ist – nun ja, er ist mit Sir Isaac befreundet . . .«

»Daraus kann ich nur entnehmen, daß er keinen besonders guten Charakter haben wird.«

Er sah sie dankbar an.

»Ich bin so froh, daß Sie das gesagt haben. Ich fürchtete schon –« Wieder machte er eine Pause.

»Was fürchteten Sie?«

Sie hatte den sonst so selbstsicheren Horace Gresham noch nie in solcher Verlegenheit gesehen.

»Nun ja – ich meine«, fuhr er ein wenig zusammenhanglos fort, »man hört allerhand Gerüchte. Ich weiß, daß er ein häßlicher Mensch ist, und ich weiß, wie gut und lieb Sie sind – Mary, ich liebe Sie mehr als alles andere auf der Welt!«

Sie wurde blaß, und ihre Hand zitterte. Sie hatte niemals gedacht, daß ihr jemand inmitten einer großen Menschenmenge eine Liebeserklärung machen könne. Die unerwartete Situation machte sie sprachlos und verwirrt. Sie schaute ihn an. Auch er war bleich geworden.

»Das hätten Sie nicht tun sollen«, sagte sie dann leise, »so am frühen Morgen . . .«

7

Oben auf dem Dachboden bearbeitete Frank Fellowe seinen Punchingball und ließ an ihm all seinen Ärger über die Unannehmlichkeiten des Lebens aus.

Sergeant Gurden machte ihm in jeder Weise das Dasein schwer. Er gab ihm den unangenehmsten Dienst und ermüdende, langweilige Arbeit, auch packte er ihm außergewöhnliche Pflichten auf, wo er nur konnte. Und außerdem hatte sich Frank doch selbst die Aufgabe gestellt, die Tätigkeit Oberst Blacks und seiner Leute zu beobachten. Wenn er gewollt hätte, wäre es ihm ein leichtes gewesen, alle Hemmnisse mit einem Schlag zu beseitigen, aber das war nicht seine Art. Frank wollte unter allen Umständen Blacks Pläne durchkreuzen und zunichte machen. Andere Interessen, die ihn ebensosehr hätten in Anspruch nehmen können, stellte er zurück – wenigstens für eine Weile.

Die Tochter des Millionärs Sandford, die Frank Fellowe zufällig bei der Verhütung eines Unfalls kennengelernt hatte, traf ihn nach einiger Zeit wieder. Klopfenden Herzens hatte sie der Begegnung entgegengesehen. Als er damals beim Versagen der Bremsen auf den Wagen gesprungen war, hatte sie Dankbarkeit und Bewunderung für ihn gefühlt. Und dieser Eindruck vertiefte sich, als sie mit ihm zusammen im Zoo spazierenging. Sie hatte ihn nämlich zu einem gemeinsamen Zoobesuch eingeladen, weil sie gern genauer wissen wollte, wer eigenlich ihr Retter war.

Sie hatte gefürchtet, daß sie sehr enttäuscht sein würde. Denn ein stattlicher Polizist in Uniform konnte in Zivilkleidung recht kläglich aussehen. Wer wußte denn, was für einen vulgären Geschmack er vielleicht bei der Wahl seines Anzugs zeigen würde, ganz zu schweigen von Krawatte und Schuhen!

Sie hatte daher vorsichtshalber beschlossen, nur die entlegensten Wege mit ihm zu gehen. Als ihr nun ein hübscher, tadellos gekleideter Herr entgegentrat, war sie außerordentlich überrascht. Er sah gar nicht wie ein Polizist in Zivil aus.

Nachdem sie bei zwei Käfigen gewesen waren, übernahm er

die Führung und erzählte ihr Dinge über wilde Tiere, von denen sie noch nie etwas gehört hatte. Er machte ihr die feinen Unterschiede zwischen fünf verschiedenen Arten von Luchsen klar und erzählte ihr kleine Anekdoten von der Jagd im Dschungel. Sie hörte ihm atemlos vor Bewunderung zu. Dann führte er sie zu einem ihr bisher ganz unbekannten Gebäude, in dem die kranken Tiere wieder gesund gepflegt wurden.

Aber es war unmöglich, an einem Tag alles zu besichtigen, und so mußten sie sich immer wieder dort treffen.

Außerdem ritten sie manchmal in den frühen Morgenstunden miteinander über die Heide von Hampstead. Sie vermutete natürlich, daß er sein Pferd gemietet hätte, obwohl er nicht immer dasselbe Tier ritt.

»Wie viele Pferde haben Sie eigentlich in Ihrem Stall?« fragte sie eines Tages neckend.

»Sechs«, sagte er prompt. »Während der Saison reite ich viele Jagden mit –«

Aber dann hielt er plötzlich inne. Seine Voreiligkeit hatte ihn wieder einmal in böse Verlegenheit gebracht.

»Aber Sie sind doch Beamter – Polizist?« sagte sie erstaunt. »Ich meine – ach, verzeihen Sie, wenn ich eben unhöflich war.«

Er wandte sich im Sattel zu ihr.

»Ich besitze ein kleines Privatvermögen«, erwiderte er und zwinkerte ein wenig mit den Augen. »Ich bin erst seit zwölf Monaten Polizist. Vorher war ich . . . war ich kein Polizist.«

Er drückte sich nicht verständlich genug für sie aus; da er aber sehr verlegen zu sein schien, wechselte sie das Gesprächsthema. Im stillen wunderte sie sich freilich über seine Äußerungen, obwohl sie sich sonderbar angenehm berührt fühlte.

Seltsamerweise tauchte nach diesem Ritt der Gedanke in ihr auf, daß sie nicht mehr mit ihm zusammenkommen dürfe. Aber dann hätte sie ihn doch auch früher nicht treffen dürfen? War es denn schicklicher, mit einem einfachen Polizisten auszureiten als mit einem Mann, der zu ihrer eigenen Gesellschaftsklasse gehörte? Trotz dieser Überlegung sah sie ihn wieder, und mit der Zeit nannten sich Konstabler Fellowe und Miss Sandford in ihren Unterhaltungen ›May‹ und ›Frank‹.

Theodore Sandford, ein energischer, unbeugsamer Mann, war sehr demokratisch gesinnt. Er scherzte mit seiner Tochter über ihren Polizisten, machte Andeutungen über ›heimliche Besuche in der Küche‹ und fragte auch, ob sie ihm etwas Gutes zu essen gegeben habe. Schließlich aber sprachen sie miteinander über Franks Zukunft. Mußte er wirklich bei der Polizei bleiben? Er hatte doch selbst zugegeben, daß er über Vermögen verfügte. Warum sollte er die untergeordnete Stellung eines gewöhnlichen Polizisten beibehalten?

Diese Unterhaltungen nahmen allmählich ernste Formen an, und eines schönen Tages setzte sich May hin und schrieb Frank einen Brief, der eigentlich mehr ein Ultimatum war. In ihrem Eifer schickte sie das übereilte Schreiben ab, aber sie bereute es gleich darauf heftig.

Theodore Sandford sah mit einem gutmütigen Lächeln von seinem Schreibtisch auf.

»Du bist jetzt also wirklich böse mit deinem Polizisten?«

Aber May faßte die Sache nicht scherzhaft auf. Auf ihren hübschen Zügen zeigte sich Entschlossenheit.

»Mr. Fellowe kann natürlich tun, was er will«, sagte sie achselzuckend. »Ich habe keinerlei Einfluß auf ihn.« Sie wußte sehr wohl, daß sie nicht die Wahrheit sprach. »Aber man hat doch wenigstens das Recht, von seinen Freunden zu verlangen . . .«

Vor Ärger und Verdruß traten ihr die Tränen in die Augen. Ihr Vater sah sie prüfend und fast ängstlich an. Seine Frau war gestorben, als seine Tochter noch ein kleines Kind gewesen war, und er fürchtete immer, die Anzeichen der Krankheit, die seine über alles geliebte Frau so früh dahingerafft hatte, auch bei May zu entdecken, obwohl diese bis jetzt immer gesund gewesen war.

»Mein Liebling«, sagte er zärtlich, »du mußt dich nicht über deinen Polizisten aufregen. Ich bin sicher, daß er alles für dich tun wird, wenn er nur halbwegs menschlich denkt und fühlt. – Du siehst übrigens schlecht aus«, fügte er besorgt hinzu.

»Ich bin heute abend sehr müde.« Sie umarmte ihn.

»Du siehst in der letzten Zeit immer so matt aus. Auch Black sagte es neulich, als er dich sah. Er empfahl mir einen sehr tüchtigen Arzt – ich habe mir auch seine Adresse aufgeschrieben.«

Sie schüttelte energisch den Kopf.

»Ich brauche keinen Arzt«, sagte sie bestimmt.

»Aber –«

»Bitte – quäle mich nicht«, bat sie und lachte wieder. »Du mußt mich nicht zwingen wollen.«

In diesem Augenblick klopfte es, und ein Diener trat ein.

»Mr. Fellowe möchte seine Aufwartung machen.«

Sie schaute sich schnell um.

»Wo ist er denn?« fragte sie.

Mr. Sandford sah, daß sie errötete, und schüttelte lächelnd den Kopf.

»Er wartet unten im Empfangszimmer.«

»Ich werde hinuntergehen«, wandte sie sich an ihren Vater.

»Er wird sicher sehr liebenswürdig und nett zu dir sein – er ist hoffentlich ein Gentleman.«

»Wie, daran wagst du zu zweifeln?« rief sie aufgeregt. »Natürlich ist er ein Gentleman!«

»Verzeih, daß ich davon sprach«, entschuldigte sich Theodore Sandford.

Als May in das Empfangszimmer trat, las Frank in ihrem Brief, der ihn so eilig hergeführt hatte.

Er gab ihr die Hand und hielt sie einen Augenblick, kam dann aber sofort auf den Grund seines Besuches zu sprechen. Es fiel ihm schwer genug, denn niemals war May ihm so schön erschienen wie an diesem Abend.

May Sandford gehörte zu den Frauen, deren Schönheit so ungewöhnlich ist, daß man sie schwer beschreiben kann.

Nicht ein einzelner Zug macht ja die Erscheinung einer Frau aus; ihre Schönheit ergibt sich aus vielen charakteristischen Einzelheiten – aus der Form des Mundes, der Haltung des Kopfes, der Frisur, dem Teint, der Art, die Schultern zu tragen, den Linien des Körpers, dem beschwingten Gang.

May Sandford war wirklich eine Schönheit. Schon als Kind war sie bezaubernd gewesen, und als sie älter wurde, verlor sie nichts von ihrem Charme, sondern war zu immer vollkommenerer Schönheit herangereift.

»Sie können doch nicht im Ernst meinen, was Sie mir geschrieben haben – das ist doch nicht Ihre Überzeugung?«

Sie neigte den Kopf.

»Ich ... ich ... hielt es für das beste«, sagte sie mit leiser Stimme. »Ich fürchte, wir werden uns über gewisse Dinge nicht verständigen können. Sie waren in der letzten Zeit recht schroff, Mr. Fellowe.«

Sein Gesicht war sehr blaß.

»Ich kann mich nicht darauf besinnen, daß ich besonders unliebenswürdig zu Ihnen gewesen wäre«, erwiderte er ruhig.

»Sie können unmöglich Polizist bleiben!« Sie ging zu ihm und legte ihre Hände auf seine Schultern. »Sehen Sie denn das nicht ein – selbst Papa scherzt über Ihre Stellung. Es ist einfach schrecklich. Ich bin sicher, daß auch die Dienstboten darüber reden. Ich bin ja nicht hochmütig, wirklich nicht, aber ...«

Frank warf den Kopf zurück und lachte.

»Aber May, begreifen Sie denn nicht, daß ich bestimmt kein Polizist wäre, wenn nicht ein zwingender Grund dazu vorläge? Ich tue diesen Dienst weiter, weil ich es meinem Vorgesetzten versprochen habe.«

»Aber ... aber ...« Sie war völlig verwirrt. »Wenn Sie Ihren Abschied von der Polizei nehmen, haben Sie doch gar keinen Vorgesetzten mehr?«

»Ich kann meine Stellung nicht aufgeben«, sagte er schlicht. Er dachte einen Augenblick nach, dann schüttelte er langsam den Kopf. »Sie fordern von mir, daß ich mein Wort brechen soll, daß ich ein größeres Unrecht begehen soll als das, was ich sühnen will. Das können Sie doch nicht wollen!«

Sie trat enttäuscht von ihm zurück.

»Ich verstehe – Sie wollen es nicht tun.« Sie streckte die Hand aus. »Ich werde Sie auch nie wieder darum bitten.«

Er nahm ihre Hand, drückte sie einen Augenblick und ließ sie dann sinken. Ohne ein weiteres Wort ging sie aus dem Zimmer. Frank wartete noch ein paar Sekunden – hoffte wider alle Vernunft, daß sie ihr Verhalten bereuen werde. Aber die Tür blieb geschlossen.

Niedergeschlagen verließ er das Haus.

8

Dr. Essley machte in seinem Studierzimmer eine sorgfältige mikroskopische Untersuchung. Der Raum lag im Dunkeln, nur die sehr starke Lampe des Mikroskops verbreitete einiges Licht.

Offenbar war er mit dem Resultat zufrieden, denn er nahm das Präparat langsam aus dem Instrument und warf es ins Feuer. Dann drehte er das Licht im Zimmer wieder an.

Gleich darauf griff er nach einem Zeitungsausschnitt, der auf dem Tisch lag, und las ihn. Der Artikel interessierte ihn, denn es war der Bericht über den plötzlichen Tod von Mr. Augustus Fanks.

›Der Verstorbene‹, hieß es darin, ›besprach gerade mit dem bekannten Finanzmann Oberst Black die Einzelheiten einer geplanten Fusion, als er plötzlich zusammenbrach. Er starb, bevor noch ärztliche Hilfe geholt werden konnte. Man nimmt allgemein an, daß er einem Herzschlag erlegen ist.‹

Es wurde keine gerichtliche Leichenschau abgehalten, denn Fanks war in der Tat herzkrank gewesen und dauernd von einem Spezialisten behandelt worden.

Das war also das Ende von Augustus Fanks. Dr. Essley nickte langsam. Das war das Ende – und nun?

Er nahm einen Brief aus der Tasche, der seine Adresse trug, geschrieben in den großen Schriftzügen Theodore Sandfords.

Essley hatte den Millionär kennengelernt, als dieser noch mit Oberst Black auf gutem Fuß stand. Er war Sandford von Black empfohlen worden und hatte ihn schon mehrfach behandelt. Sandford nannte ihn stets den ›Doktor aus der Vorstadt‹.

›Ich stehe mit unserem Freund Black augenblicklich zwar auf etwas schlechtem Fuß, doch hoffe ich, daß unsere Beziehungen dadurch in keiner Weise beeinflußt werden, besonders, da ich Sie bitten möchte, einmal nach meiner Tochter zu schauen.‹

Essley erinnerte sich, daß er das schlanke junge Mädchen mit den lachenden blauen Augen schon gesehen hatte.

Er steckte den Brief wieder in die Tasche, ging in sein kleines Laboratorium und schloß die Tür. Als er wieder heraustrat, hatte er einen Mantel an und trug eine kleine Ledertasche.

Es gelang ihm gerade noch, einen Zug zur Stadt zu erreichen, und er kam um elf Uhr in dem Hause Mr. Sandfords an.

»Sie sind wirklich ein geheimnisvoller Arzt«, sagte der Eisenmagnat lächelnd, als er den Doktor begrüßte. »Besuchen Sie Ihre Patienten immer zu so nachtschlafender Zeit?«

»Die vornehmen Patienten, ja«, erwiderte Essley kühl.

»Es ist doch recht schade um den armen Fanks«, meinte Sandford. »Vor einigen Wochen habe ich noch mit ihm gespeist. – Hat er Ihnen übrigens erzählt, daß er einen Mann traf, der Sie in Australien kannte?«

Ein Schatten des Unmuts ging über das Gesicht des Arztes. »Wir wollen lieber über Ihre Tochter sprechen«, erwiderte er wenig liebenswürdig. »Was fehlt ihr denn?«

Mr. Sandford lächelte verlegen.

»Es ist wahrscheinlich nichts von Bedeutung. Aber Sie wissen ja, daß sie mein einziges Kind ist. Manchmal bilde ich mir vielleicht nur ein, daß sie bleich aussieht. Mein Hausarzt in Newcastle sagt, daß sie völlig gesund ist.«

»So, so. Wo ist sie denn?«

»Sie ist im Theater«, gestand Mr. Sandford. »Sie müssen mich für einen Narren halten, daß ich Sie herrufe, um nach meiner Tochter zu sehen, wenn sie ins Theater gehen kann. Aber sie hatte gestern ein unangenehmes Erlebnis, das sie sehr mitgenommen hat, und ich bin froh, daß sie heute soviel Interesse am Leben zeigte, eine Operette zu besuchen.«

»Die meisten Väter sind töricht. Ich werde warten, bis sie zurückkommt.«

Er trat ans Fenster und schaute hinaus.

»Warum haben Sie sich eigentlich mit Black überworfen?« wandte er sich plötzlich wieder an Sandford.

Der Millionär runzelte die Stirn.

»Aus geschäftlichen Gründen!« antwortete er kurz. »Er will mich zu einer Sache zwingen, die gegen meine Interessen geht. Und ich habe ihm doch vor vier Jahren geholfen –«

»Er war Ihnen aber auch nützlich«, unterbrach ihn der Arzt.

»Das stand in gar keinem Verhältnis dazu«, entgegnete Mr. Sandford hartnäckig. »Ich gab ihm damals eine Chance. Ich habe dabei natürlich verdient, aber er hat mehr verdient. Das Geschäft hat sich inzwischen so entwickelt, daß es ein Unding wäre, eine Fusion mit anderen Firmen der Eisenindustrie einzugehen. Von diesem Standpunkt lasse ich mich durch nichts abbringen.«

»Ich verstehe.« Dr. Essley pfiff leise vor sich hin und ging wieder zum Fenster zurück.

Dieser Eigensinn muß gebrochen werden, dachte er. Und es gab nur einen sicheren Weg, das zu erreichen: die Tochter. Heute abend konnte er allerdings noch nichts tun, darüber war er sich klar.

»Vielleicht dauert es doch zu lange. Ich komme lieber morgen wieder.«

»Es tut mir sehr leid –«

Aber Essley unterbrach ihn sofort.

»Sie haben es nicht nötig, sich zu entschuldigen«, sagte er bissig. »Sie werden meinen Besuch schon auf der Rechnung finden.«

Mr. Sandford lachte, als er ihn zur Tür begleitete.

»Sie sind ein ebenso guter Geschäftsmann wie Ihr Freund.«

»Beinahe«, erwiderte Essley trocken.

Das Taxi, das er hatte warten lassen, brachte ihn zum Charing-Cross-Bahnhof. Er ging sofort in die nächste Telefonzelle und rief das ›Hotel Valet‹ in Bloomsbury an.

Er hatte allen Grund, mit einem gewissen Mr. Weld zusammenzukommen, der ihn von Australien her kannte.

Mr. Weld war im Hotel. Es dauerte nicht lange, bis der Portier ihn an den Apparat gerufen hatte.

»Hier ist Weld – Sie wollen mich sprechen?« meldete sich der Fremde.

»Ja. Mein Name ist Cole. Ich kenne Sie von Australien her und habe Ihnen von einem gemeinsamen Freund etwas auszurichten. Kann ich Sie heute abend noch sprechen?«

»Ja – wo wollen wir uns treffen?«

Dr. Essley hatte sich das schon sehr genau überlegt.

»Vor dem Haupteingang des Britischen Museums«, sagte er. »Dort ist es jetzt ruhig, und wir werden uns kaum verfehlen.«

Er erhielt erst nach einer kleinen Pause Antwort.

»Gut. In einer Viertelstunde?«

»Das wäre mir sehr angenehm. Auf Wiedersehen.«

Essley hängte den Hörer an, gab seine Tasche bei der Gepäckaufbewahrung im Bahnhof ab und ging dann zu Fuß zur Great Russell Street. Absichtlich nahm er keinen Wagen, denn er wollte alles vermeiden, wodurch man ihn hätte wiedererkennen können. Vor allen Dingen wäre Black nicht damit einverstanden gewesen. Bei diesem Gedanken lächelte er. Die Great Russell Street lag vereinsamt da, nur ein Strom von Autos passierte die Straße in beiden Richtungen. Fußgänger waren kaum zu sehen.

Mr. Weld wartete schon vor dem Britischen Museum. Er war jung, groß und schlank und hatte intelligente, feine Gesichtszüge.

»Doktor Essley?« fragte er und ging auf den Arzt zu, als dieser stehenblieb.

»Das ist mein –«, erwiderte der Arzt, unterbrach sich aber sofort. »Mein Name ist Cole«, sagte er rauh. »Wie kommen Sie denn darauf, mich für Essley zu halten?«

»Ich erkannte Sie an der Stimme«, entgegnete Mr. Weld ruhig. »Es ist auch ganz gleich, welchen Namen Sie sich beilegen. Ich wollte Sie sprechen.«

»Das war auch mein Wunsch.«

Sie gingen nebeneinander her, bis sie zu einer Seitenstraße kamen.

»Was wünschen Sie denn?« fragte der Arzt.

Der andere lachte.

»Ich sagte Ihnen, daß ich Sie sprechen wollte. Aber Sie gleichen dem Essley, den ich kannte, kein bißchen. Er war größer und schlanker. Ich war auch immer der Meinung, daß der Essley, der in Australien ins Landesinnere ging, dort starb.«

»Das ist wohl möglich«, entgegnete der Doktor nachdenklich. Er wollte vor allem Zeit gewinnen. Die Straße war leer. Ein kleines Stückchen weiter wußte er eine Einfahrt, wo ein Mann eine ganze Weile liegen konnte, bis ihn eine Polizeistreife fand.

In einer seiner Taschen befand sich eine angefeuchtete Feder, sorgfältig in Pergamentpapier gewickelt. Er zog sie heimlich heraus, verbarg sie hinter seinem Rücken und nahm die Umhüllung ab.

»... wirklich, Doktor Essley«, sagte Mr. Weld gerade, »ich habe den Eindruck, daß Sie unter falschem Namen auftreten.«

Essley betrachtete ihn.

»Sie denken zuviel«, sagte er leise. »Und außerdem – ich kann nicht einmal erkennen, wer Sie sind. Schauen Sie mir doch einmal ins Gesicht.«

Der junge Mann wandte sich ihm zu. Blitzschnell hob der Doktor die Feder.

Aber im gleichen Augenblick wurde sein Handgelenk mit stahlhartem Griff gepackt. Zwei Männer erschienen plötzlich, als ob sie aus dem Boden aufgetaucht wären. Es wurde ihm etwas ins Gesicht geworfen, und ein muffiger Geruch betäubte ihn. Er wehrte sich verzweifelt, aber die Übermacht war zu groß. Er hörte noch die Trillerpfeife eines Polizisten, dann fiel er zu Boden.

Als er wieder zu sich kam, sah er in das Gesicht eines Polizisten, der sich über ihn neigte. Instinktiv fühlte er mit der Hand an den Kopf.

»Sind Sie verletzt?« fragte der Beamte.

»Nein.«

Essley erhob sich mühsam, aber er stand noch sehr unsicher auf den Füßen.

»Haben Sie die Leute gefaßt?«

»Nein, sie sind entwischt. Wir haben sie erst in dem Augenblick entdeckt, als Sie zu Boden geschlagen wurden. Aber dann waren sie so plötzlich wieder verschwunden, als ob die Erde sie verschlungen hätte.«

Der Doktor sah sich nach der Feder um, aber sie war verschwunden.

Widerwillig nannte er seinen Namen und seine Adresse, und der Polizist rief ein Taxi heran.

»Sind Sie auch sicher, daß Sie nichts verloren haben?« fragte er.

»Nichts«, entgegnete Essley kurz. »Sie täten mir einen großen

Gefallen, wenn Sie diesen Vorfall nicht melden würden.« Bei diesen Worten steckte er eine Pfundnote in die Hand des Mannes. »Ich möchte nicht, daß die Sache in die Zeitung kommt.«

Der Polizist gab ihm das Geld zurück.

»Es tut mir leid, Sir, das kann ich nicht annehmen; selbst wenn ich wollte, könnte ich es nicht.« Er sah sich schnell um und sprach dann leise weiter. »Ein Beamter von Scotland Yard begleitet mich – ein hoher Beamter . . .«

Essley folgte der Richtung seines Blickes und sah, daß ein Mann im Schatten der Mauer stand.

»Er hat Sie zuerst gesehen«, sagte der Polizist, der noch sehr jung und redselig war.

Essley gehorchte einer Regung, die er sich selbst nicht erklären konnte, und ging auf den Fremden zu.

»Ich bin Ihnen zu großem Dank verpflichtet und hoffe, daß Sie auch noch die Freundlichkeit haben, diese Sache unerwähnt zu lassen. Es wäre mir äußerst peinlich, wenn in der Presse darüber berichtet würde.«

»Das kann ich mir denken«, erwiderte der Unbekannte. Er war in Gesellschaftskleidung; der Doktor konnte sein Gesicht nicht erkennen. »In dieser Angelegenheit müssen Sie schon alles uns überlassen, Doktor Essley.«

»Woher wissen Sie meinen Namen?« fragte der Arzt.

Der andere lächelte im Dunkeln und wollte fortgehen.

»Einen Augenblick!« Essley trat einen Schritt vor und schaute ihm ins Gesicht. »Ihre Stimme kommt mir bekannt vor!«

»Das ist möglich«, entgegnete der Fremde und schob ihn höflich, aber bestimmt beiseite.

Essley staunte. Er war selbst kein Schwächling, aber die Arme dieses Mannes waren hart wie Stahl.

»Ich glaube, Sie fahren jetzt am besten nach Hause«, sagte der Polizist ängstlich. Er wollte es sich weder mit dem offenbar einflußreichen Herrn noch mit seinem Vorgesetzten verderben – diesem geheimnisvollen Mann von Scotland Yard, der plötzlich bei den verschiedensten Abteilungen auftauchte und ebenso schnell wieder verschwand. Manchmal entdeckte er Unregelmäßigkeiten, und es gab nachher Schwierigkeiten und Bestrafungen.

»Ja, ich werde fahren«, erwiderte der Doktor, »aber ich würde gern den Namen dieses Herrn wissen.«

»Der kann Sie doch nicht interessieren«, meinte der Polizist.

Essley zuckte die Schultern. Er mußte sich damit zufriedengeben.

Während er nach Forest Hill zurückfuhr, dachte er über seine seltsamen Erlebnisse nach, ohne aus ihnen klug zu werden. Wer mochten diese drei gewesen sein? Welche Absicht hatten sie verfolgt? Wer war der Mann, der im Schatten der Mauer gestanden hatte? War es möglich, daß die Leute, die ihn überfallen hatten, im Einverständnis mit der Polizei handelten?

Als er seine Wohnung erreicht hatte, war er der Lösung noch nicht näher gekommen. Er schloß die Haustür auf und trat ein. Außer ihm und der alten Frau im ersten Stock war niemand im Hause.

Sein Kommen und Gehen war unregelmäßig, und er hatte seinen Haushalt so eingerichtet, daß er die größte Bewegungsfreiheit besaß.

Er kam zu dem Entschluß, daß es mit Dr. Essley ein Ende haben mußte. Essley mußte aus London verschwinden. Oberst Black brauchte er nicht zu benachrichtigen – der würde Bescheid wissen. Nur die Sache mit Mr. Sandford und dessen Tochter mußte er noch regeln, dann wollte er Schluß machen.

Er ging in sein Arbeitszimmer und drehte das Licht an.

Auf dem Schreibtisch lag ein dünnes graues Kuvert. Er nahm es auf und betrachtete es. Der Brief mußte persönlich abgegeben worden sein. Sein Name und seine Adresse waren mit fester Handschrift geschrieben.

Zufällig streifte sein Blick die Schreibunterlage, und er schrak zurück.

Der Brief war hier in seinem Zimmer geschrieben, die Schrift mit seinem Löschpapier getrocknet worden!

Es konnte gar kein Zweifel bestehen. Das Löschblatt war frisch aufgezogen worden, und die Spiegelschrift der Adresse zeigte sich deutlich auf dem schneeweißen Papier.

Wieder sah er auf den Umschlag.

Ein Patient konnte es nicht gewesen sein; Patienten ließ er nie in seine Wohnung kommen. Seine Praxis war ohnehin ganz unbedeutend, sie diente ihm ja eigentlich nur als Vorwand. Außerdem war die Tür doch verschlossen gewesen, und er allein besaß einen Hausschlüssel. Zögernd riß er das Kuvert auf. Er fand nur einen halben Bogen darin, auf dem drei Zeilen standen:

Heute abend sind Sie uns entkommen. Sie haben nur noch zehn Tage Zeit, um sich auf das Schicksal vorzubereiten, das Sie erwartet.

Die vier Gerechten.

Er sank vernichtet in einen Stuhl.

Es waren die ›Vier Gerechten‹ gewesen – und er war ihnen entkommen!

Die ›Vier Gerechten‹! Er verbarg sein Gesicht in den Händen und versuchte, seine Gedanken zu sammeln. Zehn Tage gaben sie ihm noch. In zehn Tagen konnte er noch manches tun. Und doch packte ihn Todesangst, ihn, der ohne die geringsten Gewissensbisse so viele andere Menschen in den Tod geschickt hatte. Aber jetzt handelte es sich um ihn – um ihn selbst! Er faßte krampfhaft mit den Händen an seinen Hals und sah sich angsterfüllt im Zimmer um. Ihm, dem Spezialisten für Gifte, der immer so leicht mit dem Tode umgegangen war, der die alte Kunst der Borgias wieder zum Leben erweckt hatte und der der Justiz bisher stets entkommen war – ihm blieben nur noch zehn Tage! Nun gut, er wollte wenigstens diesen Mr. Sandford noch fassen. Das mußte um Blacks willen geschehen!

Seine Gedanken arbeiteten fieberhaft, denn es galt, genaue Pläne für die Zukunft zu machen. Papiere und Dokumente brauchte er nicht zu vernichten, denn er besaß keine. Er eilte in sein Laboratorium und goß drei Flaschen in den Ausguß. Die vierte nahm er mit, die würde er noch brauchen. Sie war auch Black schon nützlich gewesen, diese kleine grüne Flasche mit dem Glasstöpsel, die er jetzt in seine Tasche gleiten ließ.

Dann drehte er den Wasserhahn auf, um alle Spuren der Gifte zu entfernen, die er ausgeschüttet hatte. Die Flaschen selbst zerschlug er und warf sie in den Abfallkasten.

Nachdem dies geschehen war, ging er in sein Schlafzimmer, das sich im Obergeschoß befand, aber er konnte keine Ruhe finden. Nach einiger Zeit stand er wieder auf, schloß die Tür ab und stellte außerdem noch einen Stuhl unter die Türklinke. Mit einem entsicherten Revolver in der Hand durchsuchte er den Kleiderschrank und schaute unter das Bett. Schließlich beruhigte er sich etwas, legte den Revolver unter sein Kissen und versuchte zu schlafen.

Am nächsten Morgen fühlte er sich elend und zerschlagen. Seine Wangen waren eingefallen, und schwere, schwarze Schatten lagen um seine Augen. Trotzdem kleidete er sich mit der gewohnten Sorgfalt an.

Gegen Mittag erschien er bei Mr. Sandford; er wurde sofort in das Empfangszimmer geführt.

Miss Sandford war allein im Raum, als er eintrat. Mit Befriedigung sah er, wie schön sie war.

Allerdings erkannte er auch sofort, daß er ihr unsympathisch war. Ihre Züge verfinsterten sich, als er sich ihr näherte.

»Mein Vater ist nicht zu Hause.«

»Das trifft sich ja vorzüglich. Dann können wir uns einmal ein wenig miteinander unterhalten.«

Er setzte sich, ohne dazu aufgefordert worden zu sein.

»Die Befürchtungen meines Vaters wegen meiner Gesundheit sind wirklich völlig grundlos.«

In diesem Augenblick trat Mr. Sandford ein und schüttelte dem Doktor herzlich die Hand.

»Nun, wie finden Sie meine Tochter?«

»Das Aussehen allein sagt noch gar nichts«, erwiderte Essley.

Jetzt konnte er die Manipulation mit der Feder nicht vornehmen. Er mußte auf der Hut sein. Er plauderte noch eine Weile mit den beiden und erhob sich dann.

»Ich werde Ihnen eine Medizin schicken.«

May verzog das Gesicht.

»Sie brauchen sie ja nicht zu nehmen«, sagte er ironisch.

»Darf ich Sie für Dienstag zum Essen einladen?« fragte Sandford.

Dr. Essley überlegte: Heute war Sonnabend – also in drei Tagen. Sieben Tage hatte er dann noch. Inzwischen konnte sich vieles ändern . . .

»Ja, ich werde kommen.«

Er nahm sich ein Taxi und fuhr zu einem Haus in der Nähe des Embankments. Er hatte dort Räume, die ihm schon oft nützlich gewesen waren.

9

Mr. Sandford hatte eine entscheidende Unterredung mit Oberst Black.

In der City kursierten viele Gerüchte. Man raunte sich zu, daß Oberst Black finanziell sehr schlecht stehe – die Fusion der Hüttenwerke, von der so viel abhing, war nicht zustande gekommen.

Black saß an diesem Nachmittag an seinem Schreibtisch und spielte mit dem Brieföffner. Seine Stimmung war noch düsterer als sonst; die Hand, die das Messer hielt, zitterte nervös.

Er sah auf die Uhr – Sandford mußte gleich erscheinen. Dann drückte er auf eine Klingel an der Seite des Schreibtisches, und gleich darauf kam ein Angestellter herein.

»Ist Mr. Sandford noch nicht hier?« fragte er.

»In diesem Augenblick ist er gekommen.«

»Führen Sie ihn herein.«

Die beiden begrüßten sich förmlich, und Black forderte seinen Gast durch eine Handbewegung auf, Platz zu nehmen.

»Setzen Sie sich, Sandford«, sagte er kurz. »Nun lassen Sie mich einmal wissen, wie wir miteinander stehen.«

»Wie früher«, erwiderte Sandford wenig zuvorkommend.

»Wollen Sie bei der Fusion wirklich nicht mitmachen?«

»Nein.«

Black klopfte mit dem Brieföffner leicht auf den Schreibtisch. Sandford betrachtete ihn. Der Oberst sah gealtert aus, sein gelbliches Gesicht war von Falten und Runzeln durchzogen.

»Das bedeutet den Ruin für mich«, sagte der Oberst. »Ich habe mehr Gläubiger, als ich zählen kann. Wenn die Fusion zustande käme, könnte ich alles in Ordnung bringen. Und mit mir stehen und fallen viele andere – zum Beispiel Ikey Tramber. Sie kennen doch Sir Isaac? Er ist ein Freund von – Lord Verlond.«

Blacks Worte machten jedoch auf Sandford keinen Eindruck.

»Es ist Ihre Schuld, wenn Sie in Verlegenheit gekommen sind. Sie haben sich eben übernommen – oder vielmehr, Sie haben alles schon für Wirklichkeit genommen, was Sie erst planten.«

Black erhob den Blick und sah Sandford ins Gesicht.

»Es ist sehr leicht, sich hierherzusetzen und mir Moralpredigten zu halten.« Das Zittern in seiner Stimme verriet dem Millionär die Erregung, die Black zu verbergen suchte. »Ich brauche keinen guten Rat und auch keine tröstenden Worte – ich brauche Geld. Beteiligen Sie sich an meinem Plan und stimmen Sie der Fusion zu oder –«

»Oder?« wiederholte Sandford ruhig.

»Ich drohe Ihnen nicht«, erwiderte Black düster. »Ich warne Sie nur – Sie riskieren mehr, als Sie wissen.«

»Ich will das Risiko auf mich nehmen.« Sandford stand auf. »Haben Sie mir sonst noch etwas zu sagen?«

»Nein, nichts.«

»Dann auf Wiedersehen.«

Die Tür schloß sich dröhnend hinter ihm, aber Black rührte sich nicht. Er saß vor seinem Schreibtisch, bis es dunkel geworden war, und kritzelte geistesabwesend Figuren auf das Löschpapier.

Schließlich raffte er sich auf und fuhr in seine Wohnung.

»Ein Herr wartet auf Sie«, sagte der Diener, der herbeieilte, um ihm beim Ablegen des Mantels zu helfen.

»Was für ein Herr?«

»Ich weiß es nicht genau, aber er könnte Detektiv sein.«

»Ein Detektiv?« Blacks Hände zitterten, und er fluchte über seine Schwäche. Er blieb eine Minute in der Diele stehen, bis er sich wieder in der Gewalt hatte; dann trat er in den Empfangsraum.

Ein Herr erhob sich und kam ihm entgegen.

Black hatte den Eindruck, daß er diesem Fremden früher schon einmal begegnet war. Es war eines dieser Gefühle, die so schwer zu beschreiben sind.

»Sie wollten mich sprechen?«

»Ja«, sagte der Besucher höflich. »Ich bin hierhergekommen, um einige Nachforschungen anzustellen.«

Es lag Black schon auf der Zunge zu fragen, ob er Privatdetektiv sei; seltsamerweise fand er jedoch nicht den Mut dazu.

Aber der andere gab ihm gleich darauf Aufschluß.

»Ich bin von einer Rechtsanwaltsfirma beauftragt worden, den Aufenthalt Doktor Essleys festzustellen.«

Black sah ihn scharf an.

»Nun, das ist doch nicht schwer – sein Name steht doch im Adreßbuch.«

»Ja, gewiß, aber trotzdem habe ich die größten Schwierigkeiten, ihn anzutreffen. Eigentlich wollte ich ja auch nicht seine Wohnung feststellen, sondern ihn identifizieren.«

»Da kann ich Ihnen nicht folgen.«

»Ich weiß nicht recht, wie ich mich ausdrücken soll. Wenn Sie Doktor Essley gut kennen, werden Sie wissen, daß er einige Jahre in Australien gelebt hat.«

»Das stimmt. Wir kamen zusammen von dort zurück.«

»Sie waren auch einige Zeit dort?«

»Ja, wir verbrachten einige Jahre in Australien, obgleich wir nicht ständig zusammen waren.«

»Ich verstehe; Sie sind wohl auch gemeinsam hinübergefahren?«

»Nein«, sagte Black scharf, »wir sind zu verschiedenen Zeiten ausgereist.«

»Haben Sie ihn in letzter Zeit einmal gesehen?«

»Nein, aber ich habe ihm häufig wegen der verschiedensten Dinge geschrieben.«

Black gab sich alle Mühe, seine Fassung nicht zu verlieren. Der Mann durfte nicht merken, wie sehr ihn diese Fragen beunruhigten.

Der Fremde schrieb einige Bemerkungen in sein Notizbuch, schloß es und steckte es in die Tasche.

»Sind Sie sehr erstaunt, wenn ich Ihnen mitteile, daß der wirkliche Doktor Essley in Australien gestorben ist?«

Black griff nach der Tischkante, um sich zu stützen.

»Das war mir nicht bekannt«, sagte er dann scheinbar gleichgültig. »Das ist alles, was Sie zu fragen haben?«

»Ja, ich denke, das genügt mir.«

»Darf ich erfahren, auf wessen Veranlassung Sie diese Fragen gestellt haben?«

»Das kann ich Ihnen leider nicht sagen.«

Nachdem der Detektiv gegangen war, ging Black, tief in Gedanken versunken, im Zimmer auf und ab.

Als er wieder ruhiger geworden war, nahm er einen Reiseführer aus dem Bücherregal und arbeitete eine Reiseroute für seinen Rückzug aus. Die abschlägige Antwort Sandfords hatte all seinen Schwierigkeiten die Krone aufgesetzt.

Er ging quer durch den Raum zu dem Safe, der in einer Ecke stand, und öffnete ihn. In dem mittleren Fach lagen drei Pakete Banknoten; er nahm sie heraus und legte sie auf den Tisch. Es war französisches Geld – lauter Tausendfrancnoten.

Er mußte nun auf alles gefaßt sein und durfte nichts mehr riskieren. Sorgfältig steckte er die Scheine in eine Innentasche seines Jacketts. Wenn alles mißglückte, konnte er mit Hilfe dieses Geldes immer noch den Weg in die Freiheit finden.

Essley? Er lächelte. Der mußte eben auch irgendwie verschwinden.

Black verließ seine Wohnung und fuhr in den Osten der Stadt. Aber er bemerkte nicht, daß ihm zwei Männer ständig folgten.

Die prahlerische Behauptung Oberst Blacks, daß seine Firma keine Bücher führe und keine Akten besitze, bestätigte sich in der Nacht, in der die ›Vier Gerechten‹ ihm einen ungebetenen Besuch abstatteten. Sie hatten systematisch alle Schränke nach Beweismaterial durchsucht, das sie bei einem ordentlichen Gericht gegen ihn verwenden wollten, doch war all ihre Mühe umsonst geblieben.

In Wirklichkeit bewahrte Black jedoch eine ganze Reihe von Geschäftsbüchern auf; allerdings waren sie in einer Geheimschrift verfaßt, die nur er allein entziffern konnte. Den Schlüssel dazu hatte er niemals aufgeschrieben.

An diesem Abend nun war er damit beschäftigt, auch diese Geheimbücher dem drohenden Zugriff der ›Vier Gerechten‹ zu entziehen. Er hatte guten Grund für seine Unruhe, denn die ›Vier Gerechten‹ waren in der letzten Zeit sehr rührig gewesen und hatten ihm noch eine andere Warnung zukommen lassen.

Von neun bis elf Uhr war er ununterbrochen tätig, zerriß scheinbar harmlose Briefe und verbrannte sie. Als es elf schlug, sah er auf seine Taschenuhr und verglich die Zeit. Er hatte in dieser Nacht noch sehr wichtige Dinge vor.

Dann entwarf er ein Telegramm, in dem er Sir Isaac Tramber bat, ihn noch in der gleichen Nacht aufzusuchen. Er brauchte jetzt jeden Freund, jeden Vorteil und jedes Hilfsmittel, deren er habhaft werden konnte.

10

Eines Nachmittags besuchte Lord Verlond Mr. Sandford. Er kam aus verschiedenen Gründen – den wichtigsten vermutete allerdings niemand. Er besaß ein großes Aktienpaket der Sandford-Hüttenwerke, und die Gerüchte über eine Fusion, die in der City kursierten, boten Anlaß genug zu einer persönlichen Aussprache.

Lord Verlond mußte diese Gerüchte um so ernster nehmen, als Black der erste war, der ihm im Hause Sandfords begegnete. Mit fast kriecherischer Liebenswürdigkeit kam der Oberst ihm entgegen. Lord Verlond gefiel es wenig, daß er sofort eine Unterhaltung mit ihm begann.

»Ich habe schon viel von Ihnen gehört, Mylord.«

»Um Himmels willen, nennen Sie mich nicht Mylord!« erwiderte der alte Herr grimmig. »Sie zwingen mich sonst, unhöflich zu Ihnen zu sein!«

Aber auch ein Mann von Verlonds Art konnte den Oberst, der stets so verbindlich lächelte und die Leute mit freundlichen Blicken zu fangen wußte, nicht kurz abspeisen.

»Ich kenne einen Ihrer Freunde«, sagte Black in einschmeichelndem Ton.

»Sie wollen wohl sagen, daß Sie Ikey Tramber kennen, was nicht dasselbe ist.«

Oberst Black faßte die Äußerung als Scherz auf und lächelte.

»Er erzählt immer –«, begann er.

»Ich weiß schon, daß er immer sehr gut von mir spricht und sagt, was für ein feiner Mensch ich sei. Die ganze Erde verliert ihren Reiz für ihn, wenn er mich einen Tag lang nicht sieht.« Er sah Black spöttisch an. »Er erzählt Ihnen wahrscheinlich auch, was für ein guter Sportsmann ich sei, welch ein treues und edles Herz in dieser rauhen Schale stecke und daß die Leute mich alle gern haben würden, wenn sie das nur wüßten. Solche Redensarten führt er doch, nicht wahr?«

Der Oberst verneigte sich leicht.

»Na, nichts für ungut!« meinte Lord Verlond. Dann betrachtete er den anderen eine Weile. »Sie könnten eigentlich heute abend bei mir speisen – Sie werden eine Menge Leute treffen, die Sie auf den Tod nicht leiden können.«

»Es wird mir ein großes Vergnügen sein«, entgegnete der Oberst höflich.

Er hoffte, zu der Besprechung zugezogen zu werden, die Lord Verlond mit Sandford zu haben schien. Hierin täuschte er sich jedoch.

Er hätte sich nun verabschieden können, doch zog er es vor zu bleiben und sprach mit May über Kunst, wovon er nicht viel verstand. Sie war aber zerstreut und dachte an andere Dinge.

Am liebsten hätte sie die Unterhaltung auf die Polizei gebracht – in der Hoffnung, daß Oberst Black vielleicht einen gewissen jungen Polizisten erwähnen würde. Sie hätte ja selbst nach ihm fragen können, aber ihr Stolz war zu groß. Oberst Black wechselte jedoch das Thema nicht.

Er sprach immer noch von verlorenen Gemälden, als Lord Verlond und Sandford aus dem Arbeitszimmer zurückkamen.

»Lassen Sie doch Ihre Tochter auch kommen«, sagte Lord Verlond.

Sandford zögerte. »Ich bin leider heute abend nicht mehr frei – und ich sehe es nicht gern, daß sie allein geht.«

Oberst Black sah plötzlich eine Chance für sich.

»Wenn es sich um die heutige Abendgesellschaft handelt«, meinte er scheinbar gleichgültig, »so werde ich mich glücklich schätzen, wenn ich Ihnen mit meinem Wagen zur Verfügung stehen darf.«

Sandford konnte sich noch nicht entschließen. May sollte selbst entscheiden.

»Ich denke, die Abwechslung wird mir guttun, Vater.«

Sie war zwar nicht sonderlich erfreut über die Aussicht, sich von Oberst Black begleiten lassen zu müssen, aber die Fahrt war ja zum Glück nur kurz.

»Es wird mir eine große Ehre sein, bei der jungen Dame Vaterstelle zu vertreten«, scherzte Black.

Er fing einen eigentümlichen Blick Lord Verlonds auf, der ihn scharf beobachtete, und plötzlich überkam ihn eine unerklärliche Furcht.

»Ausgezeichnet«, murmelte der Lord, der den Blick nicht von ihm wandte. »Es ist ja nicht weit, und ich glaube, daß Sie die Fahrt gut überstehen werden.«

May lächelte, aber der harte Ausdruck im Gesicht des alten Mannes verschwand nicht.

»Da Sie krank sind, meine junge Dame«, fuhr er fort, obgleich May lachend protestierte, »werde ich Sir James Bower und Sir Thomas Bigland bitten, auch bei mir zu speisen. Sie kennen doch diese beiden hervorragenden Ärzte, Oberst? Ihr Freund Doktor Essley kennt sie sicher. Sie sind beide Kapazitäten auf dem Gebiet der pflanzlichen Gifte.«

Schweißtropfen traten auf Blacks Stirn, aber sein Gesicht blieb beherrscht. Angst und Wut mischten sich in seinen Augen, aber er begegnete dem Blick des Lords herausfordernd und trotzig, ja er lächelte sogar – ein langsames, gequältes Lächeln.

»Dann wäre die Sache also beschlossen«, sagte er fast fröhlich.

Lord Verlond verabschiedete sich und lachte auf dem ganzen Weg zur Stadt in sich hinein.

*

Der Lord war die Pünktlichkeit selbst. Man sagte in der Gesellschaft, daß die Sturheit dieses Mannes sich in seinem Gesicht spiegele und daß man auch die Geschichte seines Lebens in seinen Zügen wiederfinden könne. Im übrigen hatte seine scharfe Zunge ihm auch bei seinen Freunden Respekt verschafft. Allerdings war es nicht immer wirkliche Achtung. Manchmal war es eher Furcht.

›Freunde‹ war im Grunde auch nicht die richtige Bezeichnung für die Bekannten des Lords, denn außer Sir Isaac Tramber besaß er offenbar keinen Freund.

›Es gibt Leute, mit denen ich ab und zu speise‹, hatte er einmal zynisch gesagt, als die Frage der Freundschaft in seiner Gegenwart aufgeworfen wurde.

Am Abend wartete er in der großen Bibliothek seines Hauses am Carnarvon Place. Er gehörte zu den Menschen, die jeden Tag ihres Lebens nach einer bestimmten Einteilung verbringen.

Er sah auf seine Uhr – in zwei Minuten würde er auf dem Weg zum Empfangssalon sein, um seine Gäste zu begrüßen.

Eine merkwürdige Einladung, dachte Sir Isaac Tramber, als er Horace Gresham erblickte. Da er sich für einen Freund des Lords hielt, wagte er es sogar, zu dem Hausherrn eine diesbezügliche Bemerkung zu machen.

»Wenn ich Ihren Rat für meine Einladungen wünsche, Ikey«, erwiderte Verlond bissig, »werde ich Ihnen vorher ein Telegramm mit Rückantwort senden.«

»Ich dachte, Sie könnten ihn nicht ausstehen«, sagte der junge Baronet vorwurfsvoll.

»Selbstverständlich nicht! Ich hasse ihn sogar. Ich hasse alle Menschen. Ich würde Sie auch hassen, wenn Sie nicht so ein unbedeutender armer Teufel wären. – Haben Sie jetzt Ihren Frieden mit Mary gemacht?«

»Ich weiß nicht, was Sie damit sagen wollen«, entgegnete Sir Isaac beleidigt. »Ich habe versucht, liebenswürdig zu ihr zu sein, doch schien das nur den Erfolg zu haben, daß ich mich in ihren Augen lächerlich machte.«

»Aha!« Der Lord lachte. »Sie hat Sie eben durchschaut.«

Sir Isaac sah ihn böse an.

»Sie wissen doch, daß ich die feste Absicht habe, Mary zu heiraten.«

»Es ist mir bekannt, daß Sie gern Geld erwerben möchten, ohne dafür zu arbeiten. Sie haben mir das früher schon zweimal erzählt – ich vergesse das nicht. Über solche Dinge pflege ich nachts nachzudenken.«

»Ich wünschte, Sie würden mich nicht immer zum besten haben«, murrte Sir Isaac. »Warten Sie noch auf andere Gäste?«

»Nein«, antwortete der Lord hämisch. »Ich sitze auf dem Gipfel des Montblanc und esse Reispudding.«

Tramber schwieg.

»Ich habe auch einen alten Freund von Ihnen eingeladen«, sagte Verlond plötzlich, »aber es sieht fast so aus, als würde er nicht kommen.«

Sir Isaac runzelte die Stirn.

»Einen alten Freund von mir?«

Lord Verlond nickte.

»Ihren militärischen Freund, den Oberst. Er muß allerdings Oberst einer Armee sein, die nirgendwo bekannt ist.«

Sir Isaac machte ein betroffenes Gesicht.

»Doch nicht etwa Black?«

Der Lord nickte mehrmals, und eine heimliche Freude leuchtete in seinen Augen auf.

»Sie haben ganz recht geraten. Es ist Black.«

Verlond erwähnte jedoch nichts von Miss Sandford. Er sah auf die Uhr und verzog das Gesicht.

»Bleiben Sie hier«, befahl er. »Ich werde telefonieren.«

»Kann ich nicht –«

»Nein, Sie können nicht!« fuhr ihn der Lord an.

Es dauerte einige Zeit, bis er zurückkam. Ein sonderbares Lächeln lag auf seinen Zügen.

»Ihr Freund kommt nicht«, sagte er zu Sir Isaac, gab aber keine Erklärung dafür, warum der Oberst nicht erschien und warum er selbst so vergnügt war.

Bei Tisch saß Horace Gresham neben der Dame seines Herzens. Sie war äußerst liebenswürdig und in gehobener Stimmung, und er war so selig, daß er die ganze Welt und vor allem die Gäste vergaß, die sich um Lord Verlonds Tafel versammelt hatten. Aber sein Gastgeber gönnte ihm offenbar dieses Glück nicht.

»Ich habe heute einen Ihrer Freunde getroffen«, sagte er plötzlich zu Horace.

»Ach, wie interessant«, erwiderte Gresham höflich.

»Mr. Sandford, diesen unheimlich erfolgreichen Mann aus Newcastle.«

Horace nickte.

»Er ist doch auch ein Freund von Ihnen?« wandte sich der Lord an Sir Isaac. »Ich hatte seine Tochter für heute abend eingeladen. Ihr Vater konnte leider nicht annehmen – aber sie ist nun auch nicht gekommen.«

Er ließ seine Blicke über die Tafelrunde schweifen, als ob er Miss Sandford doch noch zu entdecken hoffte.

»In gewisser Weise kann ich wohl sagen, daß Mr. Sandford mein Freund ist«, erklärte Tramber vorsichtig, da er antworten mußte, ohne zu wissen, was der Lord von den abwesenden Gästen hielt. »Wenigstens ist er der Freund eines meiner Freunde.«

»Damit meinen Sie wohl Black, den Börsenschwindler? Sind Sie auch in diese Sachen verwickelt?«

»Ich habe meine Beziehungen zu ihm praktisch abgebrochen«, erwiderte Sir Isaac hastig.

Verlond lachte spöttisch.

»Das bedeutet also, daß er erledigt ist.« Er wandte sich wieder an Horace. »Sandford hat mir gegenüber einen Polizisten himmelhoch gelobt, der seiner Tochter den Hof zu machen scheint. Ist das nicht ein Freund von Ihnen?«

Horace nickte.

»Ein sehr guter Freund sogar«, antwortete er ruhig.

»Wer ist es denn?«

»Ach, er tut Dienst bei der Polizei.«

»Und ich vermute, daß er zwei Beine, einen Kopf und ein Paar Arme hat. Sie sind wirklich sehr mitteilsam! Daß er Polizist ist, weiß ich auch. Alle Leute scheinen sich augenblicklich mit ihm zu beschäftigen. Was macht er denn eigentlich – was soll das alles bedeuten?«

»Es tut mir leid, daß ich Ihnen darüber keine Auskunft geben kann. Ich bin mir aber vollkommen sicher, daß er ein Gentleman ist.«

»Ein Gentleman und – Polizist?« fragte der Lord ungläubig.

Horace nickte wieder.

»Das ist wohl ein neuer Beruf für die nachgeborenen Söhne des Hochadels«, bemerkte Verlond sarkastisch. »Heutzutage brauchen sie also nicht mehr von daheim wegzulaufen, um in der Armee zu dienen. Man geht nicht mehr als Schiffsjunge zur Marine und fristet sein Leben nicht mehr auf den Farmen in Wildwest, wo man als Cowboy die Rinderherden auf den Steppen hütet –«

Lady Marys Blick trübte sich.

»Es tut mir leid – ich dachte dabei nicht an deinen Bruder. Aber wie gesagt, heute haben es diese jüngeren Söhne nicht mehr nötig, bis ans Ende der Welt zu gehen, in wilden Gegenden einen schönen Soldatentod zu sterben oder gerade im richtigen Augenblick mit prallgefüllten Taschen zurückzukehren, um die Familie vor dem Ruin zu retten. Heute ist die Sache ganz einfach – man geht zur Polizei. Sie müßten eigentlich einen Roman darüber schreiben, Gresham. Wer wie Sie Artikel für die Sportpresse schreibt, ist sicher auch dazu in der Lage. – Übrigens komme ich nächsten Dienstag nach Lincoln, um zu sehen, wie Ihr Rennpferd verliert.«

»Dann werden Sie wohl eine vergebliche Reise machen – mein Pferd gewinnt nämlich todsicher!«

Später wartete Gresham auf eine Gelegenheit, mit dem alten Herrn allein zu sprechen.

»Ich hätte Sie gern in einer dringenden Privatangelegenheit gesprochen«, sagte er scheinbar gleichgültig.

»Brauchen Sie Geld?« fragte der Lord und sah ihn argwöhnisch unter seinen buschigen Augenbrauen hervor an.

Horace lächelte.

»Ich wußte gar nicht, daß ich in dem Ruf stehe, mir Geld zu leihen«, antwortete er.

»Dann wollen Sie wohl meine Nichte heiraten?« fragte Verlond mit brutaler Offenheit.

»Ja, das ist meine Absicht«, entgegnete Horace kühl. Er konnte sich dem Ton des Alten vollkommen anpassen.

»Das geht nicht«, sagte der Lord. »Sie haben es so eingerichtet, daß Ihr Pferd gewinnen soll, und ich habe es so eingerichtet, daß sie Ikey heiraten soll. Wenigstens«, verbesserte er sich, »hat Ikey das so mit mir arrangiert, und ich bin darauf eingegangen.«

»Wenn sie aber nicht damit einverstanden ist?«

»Wahrscheinlich ist sie nicht einverstanden.« Lord Verlond grinste. »Ich kann mir jedenfalls nicht denken, daß jemand Ikey gern haben könnte. Meiner Meinung nach ist er ein unausstehlicher Kerl. Er zahlt seine Schulden nicht, er hat keinen Sinn für Humor und ist in keiner Weise dezent; seine Bekannten, mich mit einbegriffen, sind die schlechtesten Menschen von London.« Er schüttelte mißbilligend den Kopf. »Er will sich jetzt ändern, hat er mir im Vertrauen gesagt. Ein sonderbares Geständnis für einen Mann seiner Art. Ich traue dieser bußfertigen Stimmung nicht.«

Plötzlich sah er Horace voll ins Gesicht.

»Gehen Sie doch hin und stechen Sie ihn aus!« Seine Augen leuchteten ironisch auf. »Übrigens eine gute Idee. Ist mir doch tatsächlich aufgefallen, daß Mary Sie gern sieht. Dieser verfluchte Ikey! Also los!«

Damit ließ er den erstaunten jungen Mann stehen.

Horace fand Mary im Wintergarten. Er sprudelte über vor Freude. Niemals hatte er erwartet, daß der alte Herr so leicht zu gewinnen sei. Oder hatte Lord Verlond in seiner sarkastischen Art vielleicht die Absicht, ihn später nur um so mehr zu demütigen?

Horace erzählte Mary alles, was sich zugetragen hatte.

»Ich kann es kaum glauben – er war so bereitwillig und entgegenkommend. Natürlich auch brutal, aber das ist er ja immer.«

Sie sah ihn schelmisch an.

»Ich glaube nicht, daß du Onkel wirklich kennst«, erwiderte sie ruhig.

»Aber ... aber ...«

»Ich weiß, daß fast alle schlecht von ihm denken und ihn für den unausstehlichsten Mann auf der Welt halten. Manchmal habe ich ihre Meinung sogar geteilt. Ich habe nie begreifen können, warum er meinen armen Bruder Con fortgeschickt hat.«

»Ach, war das dein Bruder?« fragte er.

Sie nickte, und ihre Augen wurden feucht.

»Der arme Junge«, sagte sie leise, »er hat den Onkel auch nicht verstanden. Zuweilen versteht sich Onkel wahrscheinlich selber nicht.« Sie lächelte traurig. »Wenn man bedenkt, was für schreckliche Dinge er über die Leute erzählt und wie er sich überall Feinde schafft . . .«

»Und doch möchte ich glauben, daß er das alles gar nicht so meint«, rief Horace begeistert. »Er ist ein großartiger Mensch, ein wirklicher Philanthrop!«

»Übertreibe nur nicht zu sehr.«

Sie legte ihre Hand auf seinen Arm und führte ihn an das andere Ende des großen Wintergartens.

Sir Isaac teilte Greshams Begeisterung für den Lord keineswegs.

Verlond sagte ihm bald etwas Schmeichelhaftes, bald ärgerte er ihn wieder. Er schien ein teuflisches Vergnügen daran zu finden, den Baronet außer Fassung zu bringen. Es war ihm völlig gleichgültig, ob die Ansichten, die er um zehn Uhr äußerte, in direktem Gegensatz zu denen standen, die er um acht Uhr vorgebracht hatte. Er hätte seine Meinung zwölfmal am Tage ändern können, wenn es ihm Spaß gemacht hätte.

Sir Isaac war in der denkbar schlechtesten Stimmung, als ihm ein Diener einen Brief brachte. Er schaute sich nach einem stillen Platz um, wo er die Nachricht ungestört lesen konnte. Sie kam wahrscheinlich von Black. Es war ihm aber nicht klar, warum der Oberst eine so glänzende Gelegenheit versäumte, mit Lord Verlond zusammenzukommen. Vielleicht würde ihm das Schreiben nähere Auskunft geben.

Er ging langsam in den großen Empfangssalon und las den Brief sorgfältig durch. Er las ihn noch ein zweites Mal, faltete ihn dann und steckte ihn in die Westentasche. Kurz darauf zog er seine Uhr aus dieser Tasche, ohne an den Brief zu denken. Das gefaltete Papier fiel auf den Boden.

Der überglückliche Horace entdeckte es, als er etwas später

ins Spielzimmer gehen wollte. Er hob es auf und übergab es dem Lord.

Verlond zog sich in sein Arbeitszimmer zurück und las die Mitteilung ohne die geringsten Gewissensbisse. Sein Gesicht verzog sich während der Lektüre zu einem breiten Lachen.

11

In Somers Town wohnte zu der Zeit Willie Jakobs, ein Mann, der in mancher Beziehung Charakter besaß, obwohl er eine gewisse Vergangenheit hatte. Diese Vergangenheit bestand aus dreimonatigen Gefängnisstrafen, die er des öfteren verbüßt hatte. Aber im Zuchthaus hatte er noch nicht gesessen.

Er war klein, hatte ein schmächtiges Gesicht und scharfe schwarze Augen. Er konnte sich gewandt bewegen und ging immer ordentlich gekleidet. Man hatte von ihm den Eindruck, daß er gerade einen Tag auf Urlaub sei; soweit es sich um ehrliche Arbeit handelte, hatte Mr. Jakobs allerdings dauernd Urlaub.

Willie Jakobs bezog seit einigen Jahren eine ›Rente‹ von Oberst Black, und seither führte er das Leben eines Gentlemans, das heißt, er glaubte wenigstens, wie die Vornehmen zu leben.

Manchmal fühlte er sich sogar wie ein Lord – auch hier hatte er sein eigenes Ideal –, aber diese Extravaganz leistete er sich nicht allzu häufig, denn von Natur aus war er enthaltsam und sparsam. Immerhin lebte er wie ein Gentleman, das konnten alle Bewohner von Somers Town bestätigen. Er ging zu Bett, wann es ihm paßte, stand manchmal mit den Hühnern – die nicht da waren – auf oder blieb im Bett liegen und las seine Lieblingszeitung.

Mr. Jakobs war ein glücklicher Mensch. Niemals fehlte ihm das Kleingeld zu einem Glas Ale, und er überlegte sich nicht lange, ob er einen Schilling mehr oder weniger beim Rennen setzen sollte. Manchmal leistete er sich sogar das Vergnügen, das Frühstück im Bett einzunehmen.

Jeden Sonnabendmorgen erhielt er mit der Post fünf Pfund von einem Wohltäter, der nichts weiter von ihm verlangte, als daß er glücklich lebte und sich nicht daran erinnerte, wie er einmal einen bekannten Finanzmann die Taschen eines Toten durchsuchen sah.

Das hatte Willie Jakobs nämlich gesehen.

Er selbst hatte sich seit seiner Jugend als Dieb betätigt, und er war nicht wenig stolz auf seine Vorfahren, die dasselbe Handwerk betrieben hatten. Eigentlich war er auch nicht mit der Absicht in die Firma Black & Co. eingetreten, sich eine zwanzigjährige Pension zu verschaffen; vielmehr hatte er nur auf eine günstige Gelegenheit gehofft, einmal schnell eine große ›Dividende‹ einstreichen zu können. Aber Oberst Black hatte ihn in der ersten Zeit scharf beobachtet.

Damals gehörte ein unangenehmer Mann dem Aufsichtsrat der Firma an – das heißt, er war nur dem genialen Oberst Black unangenehm. Er starb denn auch eines plötzlichen Todes. Der Arzt, der den Toten untersuchte, kam zu dem Schluß, daß ein Kollaps die Ursache gewesen sein müsse.

Auch Mr. Jakobs wußte es nicht besser. Er hatte sich eines Tages heimlich in das Büro von Oberst Black geschlichen; das war nichts Außergewöhnliches, denn Willie Jakobs stahl in aller Heimlichkeit, aber mit gutem Erfolg. Er war gerade auf der Suche nach Briefmarken und Kleingeld, die häufig im Büro des Obersts herumlagen; es war allgemein bekannt, daß Black in diesen Dingen sorglos und nachlässig war. Jakobs hatte allerdings erwartet, das Büro leer zu finden, und als er sah, wie der große Oberst Black persönlich sich über eine hingestreckte Gestalt beugte, war er vor Schreck wie gelähmt.

Der Oberst war eifrig damit beschäftigt, die Taschen des Toten nach einem Schreiben zu durchsuchen, denn der auf dem Boden liegende Mann war zu ihm gekommen, um ihm seine Rücktrittserklärung zu überreichen, und unvorsichtigerweise hatte er alle Gründe hineingeschrieben, die ihn zu diesem Schritt bestimmten. Die größte Torheit freilich war es gewesen, Oberst Black dies alles zu erzählen.

Willie Jakobs wußte natürlich nichts von diesem Brief und konnte sich deshalb auch nicht richtig erklären, warum Black die Taschen des Toten durchwühlte. Sein primitiver Verstand fand die Lösung darin, daß Oberst Black nach Geld gesucht hätte. Das sagte er Black sogar ins Gesicht, ohne sich um etwaige Folgen zu kümmern.

Bei der später angeordneten gerichtlichen Leichenschau trat Mr. Jakobs nicht als Zeuge auf. Offiziell wußte er überhaupt nichts von der Angelegenheit. Gleichzeitig aber zog er sich von seiner Tätigkeit bei der Firma zurück, und seither lebte er ohne irgendeine Beschäftigung in seinem Hause in Somers Town. Er war glücklicher Pensionär auf Lebenszeit, dessen einzige Pflicht darin bestand, über gewisse Dinge den Mund zu halten.

Zwei Jahre später erhielt er am Weihnachtsmorgen durch die Post eine prachtvolle Bonbonniere. ›Mit den besten Wünschen für ein frohes Fest‹, stand auf einer Begleitkarte. Aber der Absender hatte es nicht für nötig gehalten, seinen Namen anzugeben. Mr. Jakobs, der sich wenig aus Schokolade machte, wunderte sich über die teure Aufmachung des Geschenks und wünschte, daß der gütige Spender lieber Bier geschickt hätte.

»Heda, Spot, fang!« rief er und warf seinem Hund, der Süßigkeiten liebte, ein Stück Schokolade hin. Spot knabberte es auf und wedelte mit dem Schwanz. Aber plötzlich ging ein Zittern durch seinen Körper, er legte sich hin und war gleich darauf tot.

Es dauerte allerdings einige Zeit, bis Willie Jakobs den Zusammenhang zwischen dem toten Tier und dem Weihnachtsgeschenk entdeckte.

Er versuchte mit demselben Erfolg das Experiment bei dem Hund seines Hauswirts und dem Kanarienvogel eines anderen Mieters, ja er hätte allmählich alle Tiere von Somers Town ins Jenseits befördert, wenn ihn nicht sein Hauswirt durch eine Anzeige wegen Mordversuchs daran gehindert hätte. Dann kam die Wahrheit ans Tageslicht: Die Schokolade war vergiftet. Willie Jakobs sah sich mit Genugtuung als Held einer dunklen Vergiftungsaffäre in den Zeitungen. Diese Sache verlief zwar im Sande, sie hatte aber unangenehme Folgen für ihn, denn sein Bild wurde von einem kleinen Kaufmann erkannt, den er einst bestohlen hatte. Auf diese Weise wurde er in derselben Woche zum zweitenmal verhaftet.

Als Mr. Jakobs wieder aus dem Gefängnis kam – er hatte die

bei ihm übliche Zeit von drei Monaten abgesessen –, erwartete er nun, eine ›Rente‹ für diese ganze Zeit zu bekommen. Statt dessen erhielt er nur zwanzig Pfund und einen maschinegeschriebenen Brief mit der Mitteilung, daß es dem Absender leid tue, ihn in Zukunft nicht mehr unterstützen zu können.

Mr. Jakobs schrieb an Black und empfing als Antwort ein Schreiben, in dem der Oberst erklärte, daß er das Ansinnen Jakobs nicht verstehen könne; er habe ihm niemals Geld geschickt und wisse auch gar nicht, warum er ihm Geld schicken sollte.

Willie Jakobs packte angesichts dieser Undankbarkeit und Niedertracht seines früheren Chefs die Wut; er trug den Brief zu einem Rechtsanwalt und erzählte ihm die ganze Geschichte. Aber der lehnte die Sache mit einem einzigen Wort ab: »Erpressung!«

Von da an war Mr. Willie Jakobs trotz seines Widerwillens gezwungen, wieder zu arbeiten; das heißt, er ›arbeitete‹ auf seine Weise. Er spekulierte gelegentlich an der Börse, wenn er einen guten Tip bekam, und betätigte sich wieder als Dieb. Glücklicherweise hatte er seine Geschicklichkeit im Taschendiebstahl noch nicht eingebüßt. So hatte er bald recht ansehnliche Erfolge. Den ›Vertrieb‹ der Beute übernahm ein Hehler, der sich vor kurzer Zeit in der Eveswall Road niedergelassen hatte. Willie Jakobs ging es dabei gut, sogar so gut, daß er Oberst Blacks Verhalten wieder milder beurteilte.

An dem Abend, an dem Lord Verlond seine Gesellschaft gab machte sich Willie Jakobs auf den Weg, um, wenn möglich, noch ein paar ›Geschäfte‹ zu machen.

Nachdem er über den engen Hof und durch die schmalen Gassen gegangen war, die ihn von der Stibbington Street trennten, wandte er sich südwärts zur Euston Road. Dann passierte er gemächlich die Tottenham Court Road, um zur Oxford Street zu gelangen.

Die Tottenham Court Road war zu dieser Abendstunde sehr belebt. Die Leute interessierten sich für die glänzenden Auslagen, flanierten auf und ab und begafften sich gegenseitig. An der Autobushaltestelle herrschte lebhafter Verkehr. Das war für Willie Jakobs das rechte Milieu.

Er schätzte Leute, die ihre Aufmerksamkeit auf einen Punkt konzentrierten und keine Gedanken für andere Dinge hatten. In gewisser Weise war er ein guter Psychologe. Er sah sich also nach einem Menschen um, dessen Aufmerksamkeit so abgelenkt war, daß er Nutzen daraus ziehen konnte.

An einem eben haltenden Autobus drängte sich eine kleine, ungeduldige Schar von Leuten, die es kaum erwarten konnten, daß die anderen Fahrgäste ausgestiegen waren. Unter diesen erspähte er mit schnellem Blick sein Opfer.

Es war ein untersetzter Herr in mittleren Jahren; nach seiner Kleidung taxierte Jakobs ihn als vermögend.

Jakobs hatte durchaus nicht die Absicht, eine Autobusfahrt zu unternehmen, aber er begann plötzlich, sich mit den Ellenbogen einen Weg zur Tür zu bahnen.

Er kam auch gut durch die Menge, dann strengte er sich jedoch nicht mehr an, tat so, als ob er sich an eine wichtige Verabredung erinnerte, und suchte wieder einen Ausweg aus dem Menschenknäuel. Nachdem es ihm gelungen war, aus dem Gedränge herauszukommen, wandte er sich um und wollte sich schnell aus dem Staube machen.

In diesem Augenblick legte sich jedoch eine feste Hand auf seine Schulter. Er schaute sich rasch um – ein gutgekleideter, schlanker junger Mann stand hinter ihm.

»Hallo – wollen Sie denn nicht mit dem Autobus fahren?«

»Nein, Mr. Fellowe. Ich wollte zwar eigentlich mitfahren, aber eben fiel mir ein, daß ich zu Hause das Gas habe brennen lassen.«

»Dann wollen wir zusammen zurückgehen und es ausdrehen«, meinte Fellowe, der sich für diesen Abend eine ganz spezielle Aufgabe gestellt hatte.

»Wenn ich es mir genau überlege«, meinte Jakobs nachdenklich, »so ist die ganze Sache den Weg nicht wert. Ich habe nämlich einen Gasautomaten – da geht ja dann das Gas von selbst aus.«

»Nun, dann begleiten Sie mich ein wenig. Wir wollen einmal sehen, ob bei mir das Gas noch brennt«, sagte Fellowe gutgelaunt.

Er hatte Jakobs nur leicht am Arm gefaßt; als dieser sich aber zu befreien suchte, wurde der Griff plötzlich stahlhart.

»Was ist denn los?« fragte Jakobs ganz unschuldig.

»Es ist immer wieder das alte Spiel«, erwiderte Frank lächelnd. »Hallo, Willie, Sie haben etwas fallen lassen.«

Er bückte sich schnell, ohne Jakobs loszulassen, und hob eine Brieftasche auf.

Der Autobus wollte gerade abfahren, als sich Frank umwandte und dem Schaffner ein Zeichen gab zu halten.

»Ich glaube, einer der Fahrgäste, die eben eingestiegen sind, hat seine Brieftasche verloren. Wahrscheinlich ist es der korpulente Herr, der gerade nach hinten gegangen ist.«

Der ›Wohlhabende‹ stieg schnell aus dem Autobus und entdeckte auch sogleich seinen Verlust. Als er seine Brieftasche zurückerhalten hatte, war der Vorfall zur allgemeinen Zufriedenheit erledigt.

»Sie sind eben Polizist, da ist nichts zu machen«, sagte Jakobs mit philosophischer Ruhe. »Ich hatte Sie vorher gar nicht bemerkt, Mr. Fellowe.«

»Das dachte ich mir, obwohl ich doch groß genug bin.«

»Und häßlich genug«, fügte Willie hinzu, der nicht im mindesten eingeschüchtert war.

Frank lächelte.

»Sie sind noch lange keine Autorität als Schönheitsrichter, Willie«, sagte er scherzend, als sie zusammen zur nächsten Polizeistation gingen.

»Sagen Sie einmal, Mr. Fellowe«, begann Willie plötzlich, »warum macht sich denn die Polizei nicht daran, einen Mann wie Olloroff zu fangen? Warum werden immer bloß so kleine Leute wie ich gefaßt, wenn ich mir mit viel Mühe und Arbeit meinen Lebensunterhalt verschaffen will? Der Olloroff macht doch Tausende, und er hat Hunderte von Menschen ruiniert. Warum kommt denn der nicht ins Zuchthaus?«

»Ich hoffe schon, daß wir ihn noch dorthin bringen.«

»Na, und da ist dann noch dieser andere, der die kleinen Leute anlockt. Wenn zum Beispiel ein Verkäufer dessen Prospekte liest, wird er dazu verleitet, fünf Pfund herzugeben, um damit einen Goldminenanteil zu kaufen. Natürlich gibt der dumme Verkäufer das Geld – das heißt, er muß es sich aus der Ladenkasse nehmen. Das tut er sozusagen nicht in unehrlicher Absicht, denn er bildet sich ein, eines Tages als reicher Mann in das Büro seines Chefs treten zu können. ›Sehen Sie mal, hier ist Ihr langvermißter Longfellow!‹ wird er dann sagen. – Verstehen Sie, was ich meine?«

Frank nickte.

»›Sehen Sie‹«, ließ Jakobs begeistert den Verkäufer weitersprechen, »›das ist aus Ihrem früheren Angestellten geworden, der sich den kleinen Fehler zuschulden kommen ließ und sich damals fünf Pfund aus der Ladenkasse lieh.‹«

Es war nicht weiter merkwürdig, daß sie auch von Oberst Black sprachen, denn gerade an diesem Tag war vor Gericht gegen ihn verhandelt worden. Ein allzu vertrauensseliger Kunde Blacks, der sein Geld verloren hatte, hatte auf Rückerstattung der Summe geklagt. Der Oberst hatte sich jedoch nicht einmal die Mühe genommen, sich durch einen Rechtsanwalt vertreten zu lassen.

»Früher habe ich auch für Black gearbeitet«, sagte Jakobs. »Wissen Sie, als Bote für neununddreißig Schilling die Woche – also nicht viel mehr, als ein Leichenträger verdient.«

Plötzlich sah er Frank gerade ins Gesicht.

»Haben Sie schon einmal zusammengezählt, wie viele ›Freunde‹ Blacks plötzlich gestorben sind? – Sie werden noch so lange warten, bis die ›Vier Gerechten‹ ihn sich holen«, warnte Mr. Jakobs liebenswürdig. »Die werden nicht viel Federlesens mit ihm machen.«

Er schwieg eine Weile, dann wandte er sich wieder an Frank.

»Denken Sie einmal an, Mr. Fellowe, nun haben Sie mich schon zum dritten Male geschnappt«, sagte er.

»Ich habe auch gerade daran gedacht.«

»Warten Sie einmal einen Augenblick.« Jakobs blieb stehen. »In der Tottenham Court Road haben Sie mich erwischt, in der Charing-Cross-Road und in Cheapside. Stimmt es?«

»Sie haben ein blendendes Gedächtnis«, erwiderte Frank lächelnd.

»Niemals in seinem Revier«, sagte Jakobs halb zu sich selbst. »Und stets in Zivil. Immer beobachtet er mich. Ich möchte nur wissen, warum?«

Frank überlegte einen Augenblick.

»Wir wollen eine Tasse Tee zusammen trinken«, sagte er dann. »Dabei kann ich Ihnen eine schöne Geschichte erzählen.«

»Ich fürchte, wir werden sehr bald zu den Tatsachen kommen«, meinte Willie kritisch.

Als sie sich in dem Café gegenübersaßen, sagte Fellowe: »Ich werde ganz offen zu Ihnen sein, Willie.«

»Wenn Sie nichts dagegen haben, möchte ich Sie bitten, mich lieber nicht beim Vornamen zu nennen. Es wäre nicht gut, wenn bekannt würde, daß ich mit Ihnen befreundet bin.«

Frank lachte wieder. Willie hatte ihm schon viel Vergnügen bereitet.

»Ich habe Sie jetzt schon dreimal gefaßt«, begann er, »aber dies ist das erste Mal, daß Sie von unserem Freund Black gesprochen haben. Wenn Sie das vorher schon getan hätten, wäre es Ihnen nicht so schlecht gegangen.«

Willie Jakobs schaute zur Decke empor.

»Jaja, ich erinnere mich, Sie haben früher schon einmal auf den Busch geklopft.«

»Wollen Sie mir nicht sagen, warum Black Ihnen fünf Pfund wöchentlich zahlt?«

»Das tut er nicht«, fuhr Willie auf. »Weil er ein ganz gemeiner Halunke ist – ein Schieber, ein Lügner –«

»Wenn Sie noch mehr zu sagen haben, erleichtern Sie ruhig Ihr Herz. Schießen Sie los!«

Willie zögerte.

»Was hilft es denn, wenn ich das tue? Sie sagen hinterher doch nur, daß ich Sie angelogen habe.«

»Versuchen Sie es doch einmal.«

Willies Zurückhaltung schwand allmählich. Eine Stunde lang saß der Polizist mit dem Dieb zusammen, und sie sprachen eifrig miteinander.

Dann trennten sie sich.

Mr. Jakobs machte sich auf den Heimweg nach Somers Town.

Er war dankbar, daß er mit einem blauen Auge davongekommen war, aber er war doch auch ein wenig eingeschüchtert.

Frank nahm sich ein Taxi und fuhr zu Blacks Haus, und als er ihn dort nicht antraf, nach Hampstead. Er wies den Chauffeur an, so schnell wie möglich zu fahren und sich um keine Verkehrsregeln zu kümmern.

May Sandford erwartete im Wohnzimmer den Oberst. Sie stand in der Nähe des Kamins, knöpfte ihre Handschuhe zu und bemühte sich, ihre Freude darüber zu verbergen, daß ihr früherer Freund sie besuchte.

»Wohin wollen Sie gehen?« war die erste hastige Frage Franks.

Sie sah ihn verletzt an.

»Sie haben kein Recht, mich in diesem Ton zu fragen«, sagte sie ruhig. »Aber ich will es Ihnen sagen – ich gehe zu einem Abendessen.«

»Mit wem?«

Sie errötete, denn sie war wirklich empört über ihn.

»Mit Oberst Black.«

Es kostete sie große Anstrengung, den aufwallenden Zorn zu unterdrücken.

»Ich fürchte, das kann ich nicht zugeben«, sagte Frank kühl.

Sie starrte ihn an.

»Ich möchte Ihnen ein für allemal sagen, Mr. Fellowe, daß ich meine eigene Herrin bin und tue, was mir gefällt. Sie haben nicht das mindeste Recht«, – sie stampfte ärgerlich mit dem Fuß auf –, »mir zu sagen, was ich tun oder lassen soll. Ich gehe, wohin ich will und mit wem ich will.«

»Heute abend werden Sie jedenfalls nicht ausgehen«, erwiderte Frank ungerührt.

»Wenn es mir paßt, heute abend auszugehen, dann werde ich es tun!«

»Nein, Sie werden das bleibenlassen.« Er hatte sich jetzt wieder ganz in der Gewalt. »Ich werde vor Ihrem Hause warten. Wenn Sie mit diesem Mann ausgehen, verhafte ich Sie.«

Sie trat entsetzt einen Schritt zurück.

»Ich werde Sie ganz bestimmt verhaften«, fuhr er entschlossen fort. »Ich kümmere mich nicht darum, welche Folgen das für mich hat. Ich werde irgendeine Beschuldigung gegen Sie erheben, werde Sie durch die Straßen auf die Polizeistation bringen und in eine Zelle sperren, als ob Sie eine gemeine Diebin wären. – Das alles werde ich tun, weil ich Sie liebe«, sagte er leidenschaftlich, »weil Sie für mich das Höchste und Wertvollste auf dieser Welt sind – weil ich Sie mehr liebe als mein Leben, mehr, als Sie jemals ein anderer Mann lieben kann. – Und wissen Sie, warum ich Sie auf die Polizeistation bringen werde?« fuhr er dann ernst fort. »Weil Sie dort sicher sind! Die Frau, die Sie dort betreut, steht dafür ein, daß Sie nicht mit einem solchen Schuft in Berührung kommen – dorthin darf er Ihnen nicht folgen, wie unverschämt er auch sonst sein mag.«

Er wandte sich wütend um, als Oberst Black in tadellosem Abendanzug das Zimmer betrat.

Der Oberst blieb plötzlich stehen, als er Franks Gesichtsausdruck sah, und ließ seine Hand in die Tasche gleiten.

»Nehmen Sie sich vor mir in acht!« rief Frank.

Black erblaßte.

May fand endlich ihre Sprache wieder.

»Wie können Sie nur! Was erlauben Sie sich!« sagte sie tonlos. »Sie wollen mich verhaften – wie können Sie nur an so etwas denken? Und obendrein erzählen Sie noch, daß Sie mich lieben!« Sie sah ihn zornbebend an.

Er nickte langsam.

»Ja, ich liebe Sie«, erwiderte er ruhig, »ich liebe Sie so sehr, daß ich um Ihrer Sicherheit willen Ihren Zorn auf mich ziehe. Kann ich Sie noch mehr lieben?«

In seiner Stimme lag ein bitterer und zugleich rührend hilfloser Ton, aber seine Entschlossenheit war nicht mißzuverstehen.

Er verließ sie nicht eher, als bis sich Black nach einer scharfen Auseinandersetzung mit ihm verabschiedet hatte. In seiner erklärlichen Aufregung hatte er seine ursprüngliche Absicht, dem Oberst eine kleine, grüne Flasche mit Glasstöpsel abzunehmen, vollständig vergessen.

*

Als Black an diesem Abend in seine Wohnung zurückkehrte, fand er untrügliche Anzeichen, daß sie systematisch durchsucht worden war. Er konnte jedoch nicht entdecken, wie sich die Leute Zutritt verschafft hatten. Die Türen waren alle geöffnet, obwohl sie mit den kompliziertesten Sicherheitsschlössern versehen waren und er selbst sie mit einem Schlüssel verschlossen hatte, von dem kein Duplikat existierte. Die Fenster waren alle geschlossen, es war auch kein Versuch gemacht worden, Geld oder Wertsachen aus dem Schreibtisch zu entwenden. Als einziges Zeichen ihrer Anwesenheit hatten die Einbrecher ein Siegel zurückgelassen, das in das Löschpapier auf dem Schreibtisch eingedrückt war.

In dem sauberen runden Wachssiegel stand nur eine römische Vier. Aber die Schlichtheit dieser Mahnung erschreckte ihn um so mehr. Es schien, als ob die ›Vier Gerechten‹ all seiner Bemühungen, sich ihnen zu entziehen, spotteten. Sie öffneten ohne Mühe seine sichersten Patentschlösser, wußten mehr und besser über seine Tätigkeit Bescheid als seine vertrautesten Freunde und kamen und gingen, wann es ihnen paßte.

Diese Erkenntnis hätte einen Mann, der nicht die Zähigkeit Blacks besaß, sicher völlig verwirrt und hilflos gemacht. Aber der Oberst hatte schon einen jahrelangen harten Kampf geführt. Wie viele fürchterliche Drohungen hatte er schon erhalten! Ständig hatte er im Schatten der Vergeltung gelebt, und doch hatte ihn die angedrohte Rache nie ereilt.

Mit Stolz rühmte er sich, daß er noch nie die Ruhe verloren oder sich zu übereilten Handlungen hatte hinreißen lassen. Aber nun wurde, vielleicht zum ersten Male in seinem Leben, seine Handlungsweise nicht von persönlicher Habgier diktiert, sondern von einer größeren Leidenschaft – er wollte sich rächen.

Diese Einstellung ließ ihn weniger sorgfältig vorgehen, als er es sonst zu tun pflegte. Er achtete nicht darauf, ob man ihn an diesem Abend beobachtete, und doch waren ihm ›Schatten‹ gefolgt – nicht nur einer, sondern mehrere.

12

Sir Isaac Tramber war in einer bösen Stimmung, als er sich nach Lincoln begab. Er hatte sich ein Zugabteil reservieren lassen und verwünschte das unglückliche Zusammentreffen, als er entdeckte, daß das nächste von Horace Gresham belegt war.

Er war auf dem Bahnsteig auf und ab gegangen und hatte auf seine Gäste gewartet. Lord Verlond hatte versprochen, ihn zu begleiten und auch Lady Mary mitzubringen. Um so größer war sein Ärger gewesen, als er am Fenster des nächsten Abteils das Schild entdeckt hatte: ›Reserviert für Mr. Horace Gresham‹.

Horace kam ungefähr fünf Minuten vor Abfahrt des Zuges. Er war, im Gegensatz zu Sir Isaac, zufrieden und gut gelaunt; er erwiderte den kaum wahrnehmbaren Gruß des Baronets durch ein leichtes Kopfnicken.

Tramber sah nervös auf seine Uhr und fluchte innerlich auf Verlond und sein verschrobenes Wesen. Drei Minuten vor Abfahrt des Zuges tauchten die Gestalten des jungen Mädchens und des alten Mannes endlich in der Ferne auf.

»Sie dachten wohl, wir würden überhaupt nicht kommen?« fragte der Lord, als sie herangekommen waren. »Sie scheinen etwas nervös zu sein.«

Sir Isaac half Lady Mary etwas verlegen beim Einsteigen.

»Aber nein, ich hatte nur nicht damit gerechnet, daß Sie so spät kommen würden.«

»Wir sind doch gar nicht spät daran.«

Verlond ließ sich gemächlich auf dem Eckplatz nieder, den Sir Isaac für die junge Dame vorgesehen hatte.

Bekannte gingen vorbei und grüßten; ein paar Neugierige traten näher.

»Fahren Sie auch zu den Rennen nach Lincoln, Lord Verlond?« fragte ein junger Mann.

»Nein«, erwiderte der Lord mit gespielter Liebenswürdigkeit, »ich bin eben im Begriff, mich mit Mumps ins Bett zu legen.«

Nach dieser Antwort verzog sich der andere schleunigst.

»Sie können sich zu mir setzen, Ikey – lassen Sie Mary nur allein«, sagte der Alte mürrisch. »Ich möchte zunächst einmal alles über Ihr Pferd wissen. Hundertfünfzig Pfund habe ich darauf gesetzt. Es ist viel wichtiger, daß Sie mir über das Pferd Aufschluß geben, als daß Sie nichtssagende Fragen an meine Nichte stellen.«

»Das war aber doch gar nicht meine Absicht«, entgegnete Sir Isaac vorwurfsvoll.

»Doch! Sie wollen wissen, ob sie heute nacht gut geschlafen hat, ob sie es auch nicht zu warm im Wagen findet, ob sie lieber mit dem Rücken oder mit dem Gesicht zur Fahrtrichtung sitzt und ob ihr ein Eckplatz angenehmer ist als ein Mittelplatz. Lassen Sie Mary nur zufrieden, Ikey. Das entscheidet sie alles am besten selbst. Ich kenne das Mädchen besser als Sie.« Er sah Mary aufmunternd an. »Der junge Gresham ist nebenan. Geh doch einmal in den Gang und klopf ans Fenster, damit er herauskommt.«

»Ich glaube, er hat ein paar Freunde bei sich, Onkel.«

»Das ist doch ganz gleich!« rief Verlond gereizt. »Was gehen uns seine Freunde an? Gehörst du nicht auch zu seinen Freunden? Also bring ihn ruhig her.«

Sir Isaac kochte vor Wut.

»Ich möchte ihn aber wirklich nicht hierhaben«, sagte er laut. »Sie vergessen, Verlond, daß ich in Gegenwart dieses Mannes nicht über ›Timbolino‹ sprechen kann.«

»Ach, seien Sie doch nicht so ängstlich! Glauben Sie denn, daß er nicht ebensogut über ›Timbolino‹ unterrichtet ist wie Sie? Meinen Sie, der hat die Sportzeitungen in der letzten Zeit nicht gelesen?«

»Zeitungsberichte können niemals das sagen, was der Eigentümer weiß«, entgegnete Sir Isaac gewichtig.

»Ich habe aus ihnen aber offenbar mehr erfahren als Sie. Ihr Pferd war gestern morgen Favorit – heute ist das nicht mehr der Fall, Ikey.«

»Ich kann doch unmöglich alle Wetten verrückter Leute kontrollieren«, murrte Sir Isaac.

»Bedenken Sie eins: Diese verrückten Leute lassen das Geld, das sie gewettet haben, stehen – vergessen Sie das nicht, Ikey. Wenn Sie meine Rennerfahrung besäßen und wenn Sie schon so viel Geld beim Rennen gewonnen hätten wie ich, dann würden Sie nichts mehr darauf geben, was die Eigentümer von ihren Pferden sagen. Ebensogut könnte man eine Mutter nach den Vorzügen ihrer Tochter fragen. Die wird genausowenig objektiv urteilen wie der Besitzer eines Rennpferdes.«

Der Zug hatte die unfreundlichen Vororte Londons passiert und eilte nun durch grüne Felder Hatfield entgegen. Es war ein herrlicher Frühlingstag; die Sonne schien warm und freundlich und stimmte alle zufriedenen Menschen fröhlich. Sir Isaac fühlte sich jedoch sehr wenig glücklich; auch hatte er nicht die geringste Lust, über die Ehrlichkeit der Rennleute oder über Sportfragen im allgemeinen zu sprechen.

Zu seinem größten Ärger stand Mary auf und trat scheinbar gleichgültig in den Gang hinaus. Er hätte schwören mögen, daß er sie an das Fenster des Nebenabteils klopfen hörte. Aber hierin irrte er sich natürlich, denn Mary ging nur vorbei; immerhin genügte das, um von der kleinen Gesellschaft gesehen zu werden, die sich lachend und angeregt unterhielt. Im nächsten Augenblick kam Horace zu ihr heraus.

»Es war eigentlich Onkels Idee, dich wegzuholen – ich bin wirklich unschuldig«, begrüßte sie ihn; ihre Wangen röteten sich.

»Lord Verlond ist wirklich ein Gentleman«, sagte Horace begeistert. »Ich nehme alles zurück, was ich über ihn gesagt habe.«

»Das werde ich ihm berichten«, meinte sie schalkhaft. »Sicher wird er sich freuen!«

»Nein, nein, das darfst du auf keinen Fall.«

»Ich möchte einmal ernsthaft mit dir sprechen«, sagte sie plötzlich. »Komm in unser Abteil. Onkel und Sir Isaac unterhalten sich interessiert über ›Timbolino‹ – ist das der richtige Name?«

Er nickte und lachte vergnügt.

»Sie werden überhaupt nicht merken, was wir miteinander zu besprechen haben.«

Der Lord nickte Horace kurz zu, als dieser eintrat; Sir Isaac warf ihm nur einen mürrischen Blick zu. Es war schwierig, hier eine vertrauliche Unterhaltung zu führen, aber Mary richtete es so ein, daß sie nur dann wichtige Dinge berührte, wenn das Gespräch der beiden anderen lauter und eifriger wurde.

»Ich bin sehr besorgt um Onkel«, sagte sie leise.

»Ist er krank?«

»Nein, das meine ich nicht, obwohl er auch leidend ist. Ich meine sein widerspruchsvolles Wesen. Die günstige Stimmung dir gegenüber könnte plötzlich wieder umschlagen. Du weißt doch, wie bereitwillig er darauf einging, daß du ...«

Sie zögerte, und er faßte ihre Hand unter dem Schutz der großen Zeitung, die auf ihrem Schoß lag.

»Ja, es war wirklich prächtig von ihm«, sagte er leise. »Ich hätte niemals geglaubt, daß dieser alte Teu – dein lieber Onkel«, verbesserte er sich, »so zugänglich sein könnte.«

Sir Isaac und der Lord waren im Augenblick aneinandergeraten.

»Eben weil er seine Zusage so impulsiv gegeben hat, kann er sie auch ebenso plötzlich widerrufen. Ich fürchte immer, daß er seine Meinung wieder ändert und sich feindlich gegen dich stellt.«

»Das mag er versuchen – ich nehme es mit ihm auf.«

»Hören Sie einmal zu, Gresham«, wandte sich Lord Verlond jetzt an Horace. »Sie gehören doch zu den Leuten, die immer alles wissen. Wer sind eigentlich die ›Vier Gerechten‹, von denen man in letzter Zeit so häufig spricht?«

Sir Isaac Tramber beobachtete Horace scharf. Er war ein Mann, der seinen Argwohn nicht verbarg.

»Ich weiß nicht mehr als Sie. Es scheint eine bewunderungswürdige Vereinigung von Leuten zu sein, die sich die Aufgabe gestellt haben, die Schädlinge der menschlichen Gesellschaft auszurotten.«

»Wer sind sie denn, daß sie sich anmaßen, Recht und Unrecht beurteilen zu können?« Der Lord sah Horace düster an. »Das ist doch eine Unverschämtheit! Wozu bezahlen wir denn Richter, Geschworene, Polizeibeamte und so weiter? Wozu bezahlen wir all diese Steuern und Abgaben, die nur ein teuflisches Gehirn erfinden kann? Tun wir es vielleicht, damit diese Affen herkommen und sich mir nichts, dir nichts in unsere Justiz einmischen? Das ist doch wirklich unerhört und lächerlich!« rief er aufgeregt.

Horace erhob abwehrend die Hand.

»Machen Sie doch mir keine Vorwürfe.«

»Aber Sie billigen das«, beschuldigte ihn der Lord. »Ikey sagt es, und Ikey weiß doch alles – nicht wahr?«

Sir Isaac fühlte sich unbehaglich.

»Ich habe nicht gesagt, daß Gresham etwas davon wüßte«, begann er lahm.

»Also, warum lügen Sie jetzt?« fragte Verlond schroff. »Sie haben mir doch gerade eben erzählt, daß Sie Gresham für einen der Führer der ›Vier Gerechten‹ halten.«

Obgleich Sir Isaac an die brutalen Bloßstellungen seines Freundes gewöhnt war, wurde er doch dunkelrot.

»Aber das habe ich doch nicht so gemeint«, erwiderte er verlegen und ärgerlich. »Verflucht noch mal, Lord Verlond, bringen Sie mich doch nicht in eine solche Lage. Womöglich werde ich noch auf Schadenersatz und dergleichen verklagt.«

Auf Horace machte die Verwirrung des Baronets keinen Eindruck.

»Beunruhigen Sie sich nicht«, sagte er kühl, »ich habe nicht die Absicht, Sie vor den Kadi zu bringen.«

Er wandte sich wieder Mary zu, während der Lord Sir Isaac in ein neues Gespräch verwickelte. Der alte Herr besaß die Eigentümlichkeit, sprunghaft wie ein Irrwisch sein Thema zu wechseln. Kaum war eine Minute vergangen, so plauderte er über Fischerei und Angeln. Sir Isaac wußte in diesen Dingen nur wenig Bescheid, aber trotzdem traktierte ihn Verlond mit Salmfang, Forellenzucht und Hechtstechen.

Kurz vor Mittag fuhr der Zug in Lincoln ein. Horace hatte früher für gewöhnlich ein Wochenendhaus außerhalb der Stadt gemietet, aber in diesem Jahr wollte er noch am gleichen Tag wieder nach London zurückkehren.

Auf dem Bahnhof trennte er sich von Mary.

»Ich werde dich später auf dem Rennplatz sehen«, sagte er. »Was hast du vor? Fährst du heute abend wieder nach Hause?«

Sie nickte.

»Hängt sehr viel für dich davon ab, daß dein Pferd dieses Rennen gewinnt?« fragte sie ein wenig ängstlich.

»Man macht sich im allgemeinen nicht soviel Sorgen wegen

der Rennen in Lincoln. Es ist noch etwas zu früh für die Saison, und nicht einmal die gewohnheitsmäßigen Rennwetter haben genügend Sicherheit, um große Summen zu setzen. Man weiß eben noch zuwenig, und es ist fast unmöglich, etwas Bestimmtes darüber zu sagen, welche Pferde in Form sind. Ich persönlich glaube, daß ›Nemesis‹ siegt, obwohl das Rennen in Lincoln nur selten von jungen Stuten gewonnen wird. Sie ist ein ausgezeichneter Sprinter – kurze, scharfe Läufe liegen ihr. Ich weiß, daß schon früher Pferde wie sie dieses Rennen gewonnen haben. Wenn man allerdings den Durchschnitt nimmt, so ist alles gegen ein Pferd wie ›Nemesis‹.«

»Aber ich dachte, du seist deiner Sache ganz sicher.«

Er lachte ein wenig.

»Nun ja, am Montag ist man voll Vertrauen, und am Dienstag zweifelt man wieder. Das gehört nun einmal dazu. Die Form der Pferde wechselt nicht halb so schnell wie die Stimmung der Eigentümer. Wahrscheinlich treffe ich heute noch jemand, der mir sagt, daß ein gewisses Pferd todsicher im letzten Rennen gewinnen wird. Der Mann packt mich am Jackettknopf und versucht, mir die Überzeugung einzuhämmern, daß dies die leichteste Methode sei, Geld zu machen, seit überhaupt Rennen abgehalten werden. Und wenn ich ihn dann nach dem letzten Rennen wiedersehe, erklärt er mir ganz kalt, daß er überhaupt nicht auf das Pferd gesetzt hat, weil er im letzten Moment einen anderen Tip bekam – von einem Unbekannten, der die Schwester der Tante des Pferdebesitzers kennt. Das ist nun einmal so beim Rennen; du darfst nicht erwarten, daß die Leute beständig sind. Ich bin natürlich noch immer überzeugt, daß ›Nemesis‹ gewinnen wird, aber ich glaube nicht mehr so felsenfest daran wie früher. Selbst der beste Examenskandidat wird in Gegenwart des Examinators nervös.«

Lord Verlond war zu ihnen getreten und hatte die letzten Worte der Unterhaltung gehört.

»Ikey ist auch jetzt noch ganz sicher, daß ›Timbolino‹ gewinnen wird. Übrigens habe ich eben erfahren, daß der Boden ziemlich weich ist.«

Horace sah ihn einen Augenblick fast ängstlich an.

»Das kommt Ihrem Pferd wenig zustatten, mein Freund. Ein Sprinter, der das Lincoln-Rennen versucht, braucht festen Boden. Ich sehe schon, daß ich heute fünfzehnhundert Pfund Gewinn mit nach London zurücknehmen werde.«

»Haben Sie auf ›Timbolino‹ gesetzt?«

»Stellen Sie keine unverschämten Fragen«, sagte der Lord kurz, »die obendrein noch unnötig sind. Sie wissen verdammt gut, daß ich auf ›Timbolino‹ gesetzt habe. Oder glauben Sie das etwa nicht? Ich habe darauf gesetzt, aber ich fürchte, ich werde mein Geld verlieren.«

»Sie fürchten?«

Welche Fehler der Lord auch haben mochte, Horace wußte, daß er mit Anstand verlieren konnte, und war daher ein wenig erstaunt.

Der Lord nickte. Er scherzte jetzt nicht, und der unangenehme, feindliche Ausdruck, den seine Gesichtszüge sonst trugen, war verschwunden. Staunend erkannte Horace, daß Verlond sich plötzlich in einen außerordentlich gut aussehenden älteren Herrn verwandelt hatte. Die festen Linien des Mundes waren gerade, und über dem blassen Gesicht lag ein Schatten von Melancholie.

»Ja, ich fürchte tatsächlich.« Er sprach ruhig und ohne die zynische Bitterkeit, die zu ihm zu gehören schien. »Dieses Rennen ist für manche Leute sehr wichtig. Mich geht die Sache allerdings kaum etwas an.« Ein leichtes Lächeln spielte um seinen Mund. »Aber ich kenne andere«, fuhr er dann ernst fort, »für die der Ausgang dieses Rennens Leben oder Tod bedeutet.« Plötzlich nahm er wieder seine gewöhnliche Haltung an. »Nun? Was sagen Sie dazu, daß der alte Lord Verlond plötzlich sentimental geworden ist, Mr. Gresham?«

Horace schüttelte verwirrt den Kopf.

»Ich fürchte, ich habe Ihnen nicht folgen können.«

»Aber vielleicht können Sie mir in anderer Weise folgen«, erwiderte der Lord schroff. »Hier steht mein Wagen. Guten Morgen!«

Horace schaute ihm nach, bis er ihn nicht mehr sehen konnte; dann machte er sich auf den Weg zum Rennplatz.

Das Benehmen des alten Herrn hatte ihn nicht wenig beunruhigt. Man wußte in ganz London, daß Verlond eine verteufelt scharfe Zunge hatte. Aber als Horace darüber nachdachte, während er am Flußufer entlangging, fand er, daß Lord Verlond eigentlich selten etwas gesagt hatte, was unschuldige, harmlose Leute verletzen oder beleidigen konnte. Sein sarkastischer Spott richtete sich hauptsächlich gegen Angehörige seiner eigenen Klasse, und seine Wutausbrüche galten meistens allgemein bekannten Missetätern.

Die Art, wie er seinen Erben behandelt hatte, war natürlich unverzeihlich. Der Lord selbst entschuldigte diese auch niemals; er vermied es hartnäckig, darüber zu sprechen, und im allgemeinen wagte auch niemand, diese unangenehme Sache in seiner Gegenwart zu erwähnen.

Lord Verlond war außerordentlich wohlhabend, und Horace Gresham hatte allen Grund, sich darüber zu freuen, daß er selbst gleichfalls ein nicht unbeträchtliches Vermögen besaß. Im anderen Fall wären seine Aussichten nicht die glänzendsten gewesen. Sein eigener Reichtum schloß zumindest die Vermutung aus, daß er nur Lady Marys Geld nachjagte – ein Verdacht, der sonst sicher laut geworden wäre. Ihm selbst war es höchst gleichgültig, ob sie die Millionen des Lords erbte oder nicht.

An diesem Tag befanden sich auch Leute in Lincoln, die die Situation nicht mit so philosophischer Ruhe betrachteten.

Sir Isaac Tramber war geradenwegs zu der Villa auf dem Hügel gefahren, die Oberst Black für zwei Tage gemietet hatte. Er kam in denkbar schlechter Stimmung an seinem Ziel an.

Black saß gerade beim Mittagessen, als der Baronet eintrat.

»Hallo, Ikey! Nehmen Sie gleich hier am Tisch Platz.«

Sir Isaac betrachtete die Speisen kritisch.

»Danke – ich habe schon im Zug gegessen. Ich möchte mit Ihnen reden.«

»Na, dann erleichtern Sie Ihr Herz.« Black legte ein neues Kotelett auf seinen Teller. Er aß reichlich und fand viel Vergnügen darin, gut zu speisen.

»Sehen Sie, Black, die Lage ist wirklich verzweifelt. Wenn mein verdammtes Pferd heute nicht gewinnt, weiß ich wirklich nicht, wo ich noch Geld hernehmen soll.«

»Eins ist jedenfalls sicher«, entgegnete Black kühl, »von mir können Sie nichts bekommen. Ich bin in ebenso großer Verlegenheit wie Sie.«

Tramber schwieg, und Black beendete seine Mahlzeit. Dann schob er den Teller zurück und nahm ein Zigarettenetui aus der Tasche.

»Was können wir denn nun mit Ihrem ›Timbolino‹ gewinnen?«

»Etwa fünfundzwanzigtausend Pfund«, erwiderte Sir Isaac verstimmt. »Aber ich weiß wirklich nicht, ob das verfluchte Pferd das Rennen machen wird. Ich fürchte diesen Gaul von Gresham.«

»Das ist mir aber ganz neu – so etwas habe ich doch früher nie von Ihnen gehört.«

»Die Sache ist nicht zum Lachen! Mein Trainer Tubbs hat ›Nemesis‹ beobachtet. Sie läuft unglaublich schnell; die einzige Frage ist, ob sie auch durchhält.«

»Kann man denn nicht an sie herankommen?«

»Was für ein Unsinn!« rief Tramber unwillig. »In drei Stunden soll das Rennen beginnen. Haben Sie eine Ahnung vom Rennbetrieb! Sie können doch ein Pferd nicht innerhalb von drei Stunden durch irgendwelche Mittel außer Form bringen. Wenn man drei Tage Zeit hätte, wäre das vielleicht möglich, wenn man den Trainer für sich gewinnen könnte. Aber Trainer, die gegen ihren eigenen Stall arbeiten, finden Sie nur in Romanen.«

Black schnitt sorgfältig das Ende einer Zigarre ab.

»Wenn Ihr Pferd verliert, können wir also Konkurs anmelden«, meinte er nachdenklich. »Ich habe darauf gesetzt, um mein Leben zu retten«, fügte er mit grimmigem Ernst hinzu.

Er klingelte, und gleich darauf trat ein Mädchen ein.

»Der Wagen soll vorfahren.« Black sah nach der Uhr. »Ich mache mir zwar nicht besonders viel aus Rennen, aber heute werde ich den Tag doch lieber im Freien zubringen. Da kann man besser denken und hat mehr Einfälle.«

13

Der Rennplatz war außerordentlich belebt. Die Sportwelt interessierte sich sehr für das Lincoln-Rennen, und das prachtvolle Wetter hatte ein übriges getan, zahllose Besucher aus Nord und Süd zu diesem festlichen Ereignis in die altehrwürdige Bischofsstadt zu bringen.

Man sah Leute, die von der Sonne Ägyptens braun gebrannt waren, und Leute, die im Süden geweilt hatten, um dem strengen englischen Winter aus dem Wege zu gehen. Andere kamen aus Monte Carlo, wieder andere aus den Alpen zurück, wo sie Wintersport getrieben hatten.

Alle Bevölkerungsschichten waren auf dem Rennplatz vertreten: reiche und arme Menschen; kleine Kaufleute, denen der Besuch eines Rennens die schönste Erholung bedeutete; Parlamentsmitglieder, die sich an diesem Tag von ermüdenden politischen Debatten erholten; Falschspieler und allerhand Verbrecher, die nach Opfern ausschauten; Journalisten, die ihr vergnügtes Gesicht aufgesetzt hatten, und altmodisch gekleidete Landwirte in Gamaschen. Sie alle bildeten eine große Gemeinde, die dem königlichen Sport huldigten.

Kleine Stalljungen führten auf dem Sattelplatz die Pferde umher, die für das Rennen gemeldet waren. Die Nummer jedes Pferdes war in großen Ziffern an den Ärmel der Stallburschen festgesteckt.

»Sie sehen noch etwas rauh und ruppig aus«, meinte Gresham, als er die Pferde betrachtete. Die meisten hatten noch ihr Winterfell, und viele waren so wohlgenährt, daß sie unmöglich das Rennen gewinnen konnten. Er kreuzte die einzelnen Pferde auf seinem Programm an; einige kamen überhaupt nicht in Betracht.

Nach einiger Zeit fand er Lady Mary, die auch um den Sattelplatz wanderte. Sie grüßte ihn, wie ein Schiffbrüchiger ein nahendes Rettungsboot begrüßt.

»Ich bin so froh, daß ich dich getroffen habe. Ich verstehe überhaupt nichts vom Rennen.« Sie betrachtete die Pferde. »Willst du mich nicht ein wenig aufklären? Sind denn all diese Pferde gut in Form?«

»Du scheinst also doch etwas von Pferden zu wissen«, erwiderte er lächelnd. »Nein, das kann man wirklich nicht behaupten.«

»Aber dann können sie doch auch nicht gewinnen?« fragte sie erstaunt.

»Natürlich nicht.« Er lachte. »Die Besitzer machen sich darüber auch gar nichts vor. Nehmen wir einmal an, ein Trainer hätte festgestellt, daß sein Pferd nicht ganz auf der Höhe ist; er wird es dann doch zum Rennen schicken, um gewissermaßen die Leistungsfähigkeit des Tieres zu prüfen. Natürlich gewinnt fast immer das beste Pferd. Der Trainer, der ohne die geringste Gewinnchance mit diesem konkurriert, kann aber immerhin feststellen, wieviel seinem eigenen Pferd noch fehlt, bis es erstklassig ist. Insofern ist es durchaus richtig, daß er es teilnehmen läßt.«

»Ich möchte mir eigentlich ›Timbolino‹ einmal ansehen«, sagte Mary und sah auf ihr Rennprogramm. »Das ist doch das Pferd von Sir Isaac?«

Gresham nickte.

»Das war auch meine Absicht. Wir wollen einmal sehen, ob wir ihn finden können.«

In einer Ecke des Sattelplatzes entdeckten sie ›Timbolino‹ – ein großes, starkes, muskulöses Tier, soweit Horace es beurteilen konnte, denn es trug noch eine Decke.

»Wirklich, der richtige Typ für das Lincoln-Rennen«, sagte er nachdenklich. »Voriges Jahr habe ich ›Timbolino‹ in Ascot gesehen. Ich glaube, das ist der Gegner, den wir schlagen müssen.«

»Besitzt Sir Isaac viele Pferde?«

»Ach ja, er hat einige ganz gute Tiere. Er ist ein merkwürdiger Mann.«

»Wie meinst du das?«

Er zuckte die Schultern.

»Nun ja, man weiß –«

Plötzlich wurde ihm bewußt, daß es nicht fair war, von einem möglichen Rivalen schlecht zu sprechen.

Mary deutete sein Schweigen richtig.

»Wie verdient er eigentlich sein Geld?« fragte sie unvermittelt.

Er sah ihr voll ins Gesicht.

»Das weiß ich nicht. Er wird vielleicht irgendwo Güter haben.«

»Nein. – Ich frage übrigens nicht«, sagte sie schnell, »weil ich irgendein besonderes Interesse an seinem Vermögen oder an seinen Aussichten hätte. Mein ganzes Interesse liegt – anderswo.« Sie lächelte ihn schelmisch an und änderte sofort das Gesprächsthema.

»So, nun wollen wir uns aber einmal dein eigenes, berühmtes Pferd ansehen«, schlug sie fröhlich vor.

Er führte sie zu einem der Stände, wo ›Nemesis‹ die letzte Pflege von dem Groom erhielt.

Die Stute war zierlich gebaut; sie hatte einen sehr schönen Kopf und einen schlanken Hals. Bei dem Rennen in Cambridge im vorigen Jahr hatte sie mit Leichtigkeit den vierten Platz belegt, und inzwischen hatte sie sich ständig und sicher weiterentwickelt.

Horace betrachtete sie mit kritischen Blicken. Sein geübtes Auge konnte keinen Fehler an ihr entdecken. Sie sah sehr ruhig aus und schien für ihre Aufgabe am Nachmittag auf das beste gerüstet zu sein. Gresham wußte, daß der Sieg nicht leicht zu erringen war, aber im Grunde seines Herzens hatte er nie daran gezweifelt, daß ›Nemesis‹ diesmal den ersten Preis erringen würde. Es waren noch viele andere Pferde gemeldet, die ausgesprochene Sprinter waren. Dadurch würde das Tempo voraussichtlich sehr schnell werden. Wenn ›Nemesis‹ allerdings nicht durchhalten konnte . . ., dachte er.

Am Tag zuvor, bei der Eröffnung der Rennsaison, hatte ein Pferd seines Stalles einen Preis bekommen. Das ermutigte ihn besonders, denn dieses Tier hatte, obwohl es das schwerste gewesen war, das übrige Feld doch leicht schlagen können. Dadurch erklärte sich auch, daß die Buchmacher Wetten auf ›Nemesis‹ nur noch zu niedrigeren Quoten abschließen wollten.

Gresham selbst hatte nur wenig auf sie gesetzt; er wettete überhaupt nicht hoch, obgleich er in dem Ruf stand, jährlich große Summen zu gewinnen und zu verlieren. Er widersprach diesen Gerüchten nicht, weil er über der Meinung der Leute stand.

Aber die Reduzierung der Gewinnquote auf ›Nemesis‹ hatte ernste Folgen im Zusammenhang mit ›Timbolino‹. Es war schwer, die Einsätze auf dieses Pferd zu retten, indem man auf ›Nemesis‹ setzte. Auf jeden Fall verlangte das jetzt die Anlage ungleich größerer Geldsummen.

Horace speiste gerade zu Mittag, als das zweite Rennen gelaufen wurde. Er hatte Lord Verlond in einer sehr gnädigen Stimmung gefunden; zum Erstaunen des jungen Mannes hatte der alte Herr seine Einladung zum Essen mit einer Selbstverständlichkeit angenommen, als ob er darauf gewartet hätte.

»Ich vermute, daß Sie nicht auch Ikey eingeladen haben?«

Lord Verlond zwinkerte mit den Augen.

»Nein, ich glaube auch nicht, daß Sir Isaac sehr mit mir einverstanden ist.«

»Das wird stimmen. Übrigens ist er Gast bei Oberst Black. Ein ganz liebenswürdiger Mann ist das. Er benahm sich so respektvoll, als ob er der jüngste Anwalt und ich eine hohe Amtsperson bei einem Schwurgericht wäre, und behandelte mich mit solcher Achtung, als ob er erwartete, daß ich ihn für seine große Zuvorkommenheit irgendwie belohne. Ikey war es sehr darum zu tun, daß Black einen guten Eindruck bei mir hinterließ.«

14

Black sah nun, daß sich das Netz um ihn immer enger schloß. Er wußte nicht, welche geheimnisvollen Einflüsse am Werke waren, aber Tag für Tag hatte er entdecken müssen, daß seine Pläne auf alle mögliche Art und Weise durchkreuzt wurden. Immer neue Hindernisse hatten ihm den Weg versperrt. Er hatte sich daher entschlossen, jetzt eine Schlußabrechnung zu machen.

Als er zum Rennen ging, wurde er durch die lauten Stimmen

der Buchmacher in die Wirklichkeit zurückgerufen. Der ganze Rennplatz war in großer Aufregung.

Dicht neben ihm rief jemand: »Sieben zu eins! ›Nemesis‹ sieben zu eins!«

Black verstand genug vom Rennen, um zu wissen, daß mit dem Favoriten etwas nicht in Ordnung war. Kurz darauf traf er einen Buchmacher, den er oberflächlich kannte.

»Welches Pferd hat Ihrer Meinung nach Chancen?« fragte er.

»›Timbolino‹«, war die kurze Antwort.

Er ging weiter und traf Sir Isaac Tramber dicht an der Barriere. Der Baronet sah bleich und aufgeregt aus.

»Wodurch ist denn Ihr Pferd plötzlich wieder so stark in den Vordergrund gerückt?«

»Ich habe erneut darauf gesetzt.«

»Was, Sie haben noch mehr gewettet?«

»Ja, ich mußte doch etwas tun!« erwiderte Sir Isaac wild. »Wenn ich verliere, dann verliere ich mehr, als ich zahlen kann. Ob die Summe größer oder kleiner ist, darauf kommt es nicht mehr an. Ich habe Ihnen ja schon gesagt, daß ich erledigt bin, wenn das Pferd nicht gewinnt, es sei denn, daß Sie noch etwas für mich tun können. Und Sie helfen mir doch, Black, alter Sportsmann?« fragte er drängend. »Es hat ja doch keinen Zweck, daß wir beide Geheimnisse voreinander haben. Wir müssen doch zusammenhalten.«

Black sah ihn fest an. Wenn ›Timbolino‹ verlor, hatte er den Mann noch fester in der Hand, und er konnte dann mit noch größerem Vorteil von seinem Namen und seiner gesellschaftlichen Stellung Gebrauch machen.

»Wenn nur dieser schreckliche Verlond nicht so gemein wäre«, fuhr Sir Isaac fort. »Er hat das Mädchen direkt gegen mich aufgehetzt – sie behandelt mich, als ob ich Luft für sie wäre. Und ich dachte, es wäre alles schon in Ordnung. Ich habe auch nur so hoch gewettet, weil ich hoffte, ihr Geld zu bekommen.«

»Was ist denn vorgefallen?«

»Ich traf sie eben hier und hatte eine klare Aussprache mit ihr. Aber sie war einfach eiskalt und wies mich glatt ab. Scheußlich unangenehm!«

In diesem Augenblick ging eine Bewegung durch die Menge. Über die Köpfe der Leute hinweg sahen sie die bunten Mützen der Jockeis, die zum Start ritten.

Sir Isaac hatte es sorgfältig vermieden, in die Nähe des Sattelplatzes zu gehen, nachdem er einen Blick auf sein Pferd geworfen hatte. Horace dagegen überwachte bis zum letzten Augenblick persönlich die Behandlung von ›Nemesis‹. Er sah nach, ob die Gurte richtig angezogen waren, kontrollierte das Zaumzeug und gab dem Jockei letzte Instruktionen. Er schaute der Stute noch prüfend nach, als sie weggeführt wurde, und wandte sich dann zu den Tribünen.

»Einen Augenblick, Gresham«, rief ihn Lord Verlond an, der hinter ihm herkam. »Glauben Sie, daß Ihr Pferd gewinnen wird?«

»Ja, jetzt bin ich davon überzeugt. Ich habe wirklich Vertrauen.«

»Glauben Sie auch«, fragte der Lord langsam weiter, »daß ›Timbolino‹ den ersten Platz belegt, wenn ›Nemesis‹ nicht gewinnt?«

Horace sah ihn verwundert an.

»Ja, das glaube ich wohl«, erwiderte er dann ruhig.

Es entstand eine Pause. Lord Verlond fuhr mit der Hand mehrmals wie geistesabwesend über sein glattrasiertes Gesicht.

»Wenn ich Sie nun bäte, Ihr Pferd zurückzuhalten, so daß es nicht gewinnt?« fragte er scheinbar gleichgültig.

Gresham wurde plötzlich feuerrot.

»Sie scherzen, Lord Verlond«, sagte er kalt.

»Ich scherze nicht, ich spreche zu Ihnen als Ehrenmann und erwarte, daß Sie mein Vertrauen respektieren. Nehmen wir an, ich würde Sie allen Ernstes bitten, ›Nemesis‹ durch Ihren Jockei zurückhalten zu lassen – würden Sie das tun?«

»Nein, auf gar keinen Fall. Aber ich kann nicht verstehen –«

»Lassen wir die Frage, ob Sie es verstehen oder nicht, ruhig beiseite.« Lord Verlond verfiel wieder in seinen alten scharfen Ton. »Wenn ich Sie nun bäte und Ihnen als Belohnung dafür die Erfüllung Ihres heißesten Wunsches in Aussicht stellte – würden Sie es dann tun?«

»Nein, um keinen Preis der Welt«, entgegnete Horace ernst. Ein bitteres Lächeln spielte um den Mund des alten Mannes.

»Ich verstehe.«

»Aber ich kann nicht begreifen, warum Sie diese Frage an mich gestellt haben.« Horace war bestürzt und verwirrt. »Sie wissen doch sicher –«

»Ich weiß nur, daß Sie denken, ich wollte Sie veranlassen, Ihr Pferd zurückzuhalten, weil ich auf das andere gesetzt hätte«, sagte der Lord mit einem leichten Lächeln. »Ich möchte Ihnen raten, auf Ihre Redlichkeit nicht so stolz zu sein«, fügte er unhöflich hinzu, obwohl er immer noch lächelte. »Es könnte Ihnen in einigen Tagen leid tun, daß Sie meine Bitte nicht erfüllt haben.«

»Wenn Sie mir sagen wollten –«, begann Horace.

Die plötzliche Zumutung des Lords, der bei all seinen Fehlern doch ein echter Sportsmann war, hatte ihn sprachlos gemacht.

»Ich werde Ihnen nichts sagen – weil ich Ihnen überhaupt nichts zu sagen habe.«

Horace stieg ihm voraus die Treppe zu den Tribünen hinauf. Er war im Innersten aufgewühlt durch das ungewöhnliche Verhalten des alten Herrn. Er kannte ihn zwar als einen exzentrischen Mann; er wußte auch, daß Verlond in dem Ruf stand, ein schlechter Mensch zu sein, obgleich es keinen Beweis dafür gab. Aber selbst in den Augenblicken, in denen Horace am wenigsten freundlich von dem Lord dachte, wäre ihm nicht im Traum eingefallen, daß dieser alte Schuft – so nannte er ihn jetzt – ihn ernsthaft darum bitten könnte, sein Pferd zurückzuhalten. Es war einfach undenkbar. War Lord Verlond nicht früher Leiter verschiedener großer Rennen gewesen, und besaß er nicht die Mitgliedschaft eines der ersten Rennclubs der Welt?

Er bahnte sich seinen Weg bis nach oben, wo er Lady Mary erblickte.

»Du siehst bedrückt aus«, sagte sie, als er an ihre Seite trat. »Hast du dich über Onkel geärgert?«

»Nein«, erwiderte er ungewöhnlich schroff und kurz.

»Oder hat dein gutes Pferd Kopfschmerzen bekommen?« fragte sie neckend.

»Ich habe mich an etwas Unangenehmes erinnert«, erwiderte er zusammenhanglos.

Die Pferde waren jetzt alle am Start versammelt.

»Dein Pferd steht in der Mitte«, rief sie ihm zu.

Er nahm seinen Feldstecher und konnte das Schokoladenbraun und das scharfe Giftgrün der Farben seines Jockeis deutlich unterscheiden.

Sir Isaacs Jockei – graue Streifen auf Weiß und eine gelbe Kappe – war ebensogut zu erkennen. ›Timbolino‹ hatte den Platz an der Innenseite gezogen.

Die vierundzwanzig lebhaften, aufgeregten Tiere machten dem Starter viel Mühe. Zehn Minuten lang gingen sie zurück oder auf die Seite oder stießen sich gegenseitig vor den beiden langen Bändern. Er wartete mit musterhafter Geduld, kommandierte, ermahnte und fluchte schließlich, denn er war Schotte, und er hatte nicht den mindesten Respekt vor den Favoriten.

Diese Pause gab Horace die Möglichkeit, seine Gedanken wieder zu sammeln; das sonderbare Ansinnen des Lords, der sich ruhig und gelassen neben ihm unterhielt, hatte ihn ein wenig aus der Fassung gebracht.

Für Sir Isaac Tramber bedeutete die Verzögerung eine fast unerträgliche Steigerung der Spannung. Seine Hände zitterten nervös; er hob den Feldstecher ungeduldig und senkte ihn wieder. Eine grauenhafte Furcht packte ihn, als endlich das Startzeichen gegeben wurde. Das Feld fegte in donnerndem Galopp auf dem Weg zum Ziel die Bahn entlang.

Beim Start ertönten laute Rufe aus der Menge. Alle Gläser richteten sich jetzt auf das Feld. Während der ersten beiden Achtelmeilen gab es keine Distanzen; der Start war glänzend verlaufen. Das Feld näherte sich in einer fast ausgerichteten Linie, aber plötzlich schob sich ein einzelnes Pferd dicht an der Umzäunung etwas weiter vor. Es war ›Timbolino‹.

»Sieht so aus, als ob er gewinnen würde«, sagte Horace mit philosophischer Ruhe. »›Nemesis‹ ist zu sehr eingekeilt.«

Mitten im Rennen suchte der Jockei von ›Nemesis‹ nach einer Lücke. Er war zwischen zwei Pferden eingeklemmt, deren Reiter nicht die geringste Bereitwilligkeit zeigten, ihm freie Bahn zu geben. Das Feld hatte schon den halben Weg hinter sich, als der Jockei die Stute aus dieser Enge herauszog, indem er zurückblieb und um die anderen herumzukommen versuchte.

›Timbolino‹ hatte zwei klare Längen Vorsprung vor ›Colette‹, die eine Länge vor einer Gruppe von fünf Pferden lag. ›Nemesis‹ befand sich an achter oder neunter Stelle, als die Strecke halb zurückgelegt war.

Horace hatte die Stoppuhr in der Hand. Er setzte sie in Gang, als das Feld das vierte Achtelmeilenzeichen passierte, und sah nervös auf das Zifferblatt.

»Das ist ein langsames Rennen«, sagte er dann etwas aufgeregt.

Als ›Nemesis‹ nun freie Bahn hatte, schoß sie aus der Menge vor und war bald dritte, drei Längen hinter ›Timbolino‹.

Der Jockei auf Sir Isaacs Pferd war seiner Sache vollkommen sicher. Bei seinem bevorzugten Platz direkt an der Umzäunung hatte er sich nicht weiter im Sattel gerührt. Jetzt sah er sich um, ob ihm irgendeine Gefahr drohte, und sein erfahrenes Auge erkannte sofort, daß ›Nemesis‹ ihm gefährlich werden konnte, die gleichmäßig und ruhig im Rennen lag.

Hundert Yard vor dem Ziel trieb der Jockei ›Nemesis‹ an, und gleich darauf hatte sie das führende Pferd beinahe eingeholt.

Der Reiter auf ›Timbolino‹ sah die ernste Lage und arbeitete mit Händen und Absätzen. Das willige Pferd gehorchte ihm sofort.

Nun eilten beide Tiere in gleicher Höhe dahin, dem anderen Feld weit voraus. Der Vorteil lag scheinbar auf der Innenseite, aber Horace, der mit Kennerblick von der Tribüne aus alles genau beobachtete, wußte, daß das Pferd in der Mitte die bessere Chance hatte. Er war vor dem Rennen über die Bahn gegangen und hatte festgestellt, daß der Boden dort fester und sicherer war.

›Timbolino‹ antwortete auf die Anstrengungen seines Reiters mit der schärfsten Gangart, und einmal gelang es ihm, kurz vorzustoßen. Der Jockei auf ›Nemesis‹ zückte die Peitsche, aber er gebrauchte sie nicht. Unausgesetzt beobachtete er seinen Gegner, und zwanzig Yard vor dem Ziel trieb er ›Nemesis‹ mit ganzer Gewalt vorwärts.

Auch ›Timbolino‹ gab das Letzte her, und als die beiden Pferde an dem Stand der Zielrichter vorbeiflogen, war nicht zu erkennen, wer gesiegt hatte.

Horace wandte sich mit einem Lächeln zu Lady Mary.

»›Nemesis‹ hat gewonnen!« rief sie. »Nicht wahr, ich habe doch recht?«

Ihre Augen glänzten vor Erregung.

»Ich kann dir leider keine Antwort darauf geben. Sie lagen zu dicht nebeneinander, als daß man es von hier aus entscheiden könnte.«

Er sah zu Sir Isaac hinüber. Das Gesicht des Baronets zuckte nervös, und seine Hand, die den Feldstecher hielt, zitterte wie Espenlaub.

Es gibt einen Mann, der das Ergebnis ängstlicher erwartet als ich, dachte Horace.

In der großen Menge unten hörte man aufgeregtes Gerede. Man wettete schnell und leidenschaftlich um das Resultat, denn die Nummern waren noch nicht aufgezogen worden.

Beide Pferde hatten ihre Parteigänger. Plötzlich erhob sich ein Lärm, der sich zu einem Brüllen steigerte. Der Rennleiter hatte zwei Nullen in dem Rahmen hochziehen lassen. Es war ein totes Rennen!

»Donnerwetter!«

Das war die einzige Bemerkung, die Horace dazu machte. Er eilte, so schnell er konnte, auf die andere Seite der Bahn.

Sir Isaac folgte dicht hinter ihm. Plötzlich ergriff ihn jemand am Arm. Er sah sich hastig um – es war Black.

»Lassen Sie das Rennen wiederholen«, sagte er mit heiserer Stimme. »Es war ein unverhofftes Glück, daß ›Nemesis‹ aufholte. Ihr Jockei hat ja geschlafen! Folgen Sie meinem Rat, und lassen Sie die Entscheidung zwischen den beiden Pferden noch einmal austragen.«

Sie Isaac zögerte.

»Ich bekomme den halben Preis und meine halben Wettgelder«, meinte er nachdenklich.

»Holen Sie sich doch das Ganze. Nur vorwärts, Sie haben doch nichts zu befürchten. Ich kenne das Geschäft auch. Bringen Sie das Rennen zur Entscheidung. Nichts kann Sie am Sieg hindern!«

Sir Isaac ging langsam zu dem Platz, wo die Pferde abgesattelt wurden. Den dampfenden Tieren wurde gerade das Zaumzeug abgenommen.

Gresham war schon dort. Er sah den Baronet gut gelaunt an.

»Nun, Sir Isaac, was beabsichtigen Sie zu tun?« wandte er sich liebenswürdig an ihn.

»Was ist denn Ihre Meinung?« fragte Sir Isaac argwöhnisch. Es war seine innerste Überzeugung, daß alle Menschen Spitzbuben wären, und er hielt es für das sicherste, das Gegenteil von dem zu tun, was sein Gegner wünschte. Wie mancher mißtrauische Mann machte er häufig Fehler bei der Beurteilung von Menschen.

»Ich halte es für ratsam, den Preis zu teilen. Die Pferde haben ein sehr schweres Rennen hinter sich. Ich glaube, ›Nemesis‹ hatte Pech, daß sie nicht gewann.«

Das gab den Ausschlag bei Sir Isaac.

»Nein, wir wollen das Rennen für die beiden Pferde noch einmal wiederholen.«

»Wie Sie wollen«, erwiderte Horace kühl. »Aber es ist wohl berechtigt, Sie zu warnen. Mein Pferd war während der ersten Hälfte des Rennens eingekeilt, sonst hätte es leicht gewonnen. Es mußte –«

»Das weiß ich alles sehr gut«, unterbrach ihn der Baronet schroff. »Aber trotzdem bin ich für eine klare Entscheidung.«

Horace nickte und wandte sich zu seinem Trainer, um sich mit ihm zu beraten. Wenn Sir Isaac sich dafür entschied, das Rennen noch einmal zum Austrag zu bringen, so konnte man nichts dagegen machen. Das Renngesetz besagte, daß die beiden Eigentümer der Pferde einiggehen müßten, wenn der Preis geteilt werden sollte.

Sir Isaac verständigte die Rennleitung von seiner Absicht, und es wurde festgesetzt, daß die Entscheidung nach dem letzten Rennen des Tages ausgetragen werden sollte.

Tramber zitterte vor Erregung, als er zu Black zurückkam.

»Ich weiß nicht, ob Sie wirklich recht haben«, sagte er zweifelnd. »Dieser Gresham sagte, daß sein Pferd eingekeilt war. Ich habe es leider im Rennen nicht gesehen. Fragen Sie doch einmal jemand danach.«

»Machen Sie sich deshalb keine Sorgen.« Black klopfte ihm auf den Rücken. »Sie brauchen sich nicht im mindesten aufzuregen, Sie werden das Entscheidungsrennen ebensoleicht gewinnen, wie es mir leichtfällt, von hier auf den Sattelplatz zu gehen.«

Aber Sir Isaac war noch nicht beruhigt und sprach einen ihm bekannten Journalisten an, der eben vom Telegrammschalter zurückkehrte.

»Haben Sie das Rennen genau beobachtet?«

»Ja, Sir Isaac«, sagte der Reporter lächelnd. »Vermutlich bestand Gresham darauf, das Rennen zu wiederholen?«

»Nein, das hat er nicht getan. Aber ich glaube, es war nur ein unglücklicher Zufall, daß mein Pferd nicht gewann.«

Der Journalist schnitt ein Gesicht.

»Es tut mir leid, aber ich bin nicht Ihrer Ansicht. Mr. Greshams Pferd hätte leicht gewinnen können, wenn es nicht gerade am Anfang eingekeilt gewesen wäre.«

Tramber berichtete dem Oberst, was er eben gehört hatte.

»Sie können doch diese Journalisten hier nicht ernst nehmen«, sagte Black verächtlich. »Was wissen denn die? Habe ich denn nicht ebenso Augen im Kopf wie diese Leute?«

Aber Sir Isaac ließ sich nicht so leicht beschwichtigen.

»Diese Kerle sind verflucht gute Kritiker. Ich wünschte wirklich, ich hätte den Preis geteilt.«

Black klopfte ihm wieder beruhigend auf die Schulter.

»Sie verlieren die Nerven, Ikey. Beim Abendessen werden Sie es mir noch danken, daß ich Ihnen viele Tausend Pfund gerettet habe. Er wollte doch das Rennen nicht wiederholen lassen?«

»Wer? Meinen Sie Gresham?«

»Ja – was wollte denn der?«

»Er war nicht sehr dafür. Er meinte, man solle die Pferde nicht überanstrengen.«

Black lachte.

»Das ist doch alles Unsinn!« sagte er verächtlich. »Bilden Sie sich vielleicht ein, daß ein Mann wie er sich darum kümmert, ob sein Pferd ein hartes Rennen hinter sich hat oder nicht? Nein! Er hat alles genausogut beobachtet wie ich. Er sah, daß Ihr fauler Jockei hätte gewinnen müssen, wenn er nicht geschlafen hätte. Natürlich wollte er ein zweites Rennen nicht mehr riskieren. Ich versichere Ihnen, daß ›Timbolino‹ gewinnt.«

Der Optimismus seines Begleiters ermutigte Sir Isaac ein wenig, und er erwartete die Entscheidung in besserer Laune. Dazu kam noch, daß sich die meisten Zuschauer ähnlich äußerten wie Black. Alles setzte auf ›Timbolino‹. Man konnte zwei zu eins gegen ›Nemesis‹ setzen.

Aber diese Stimmung dauerte nur kurze Zeit.

Gresham war mit Mary in den Teeraum gegangen und stand an dem kleinen Eingang, der zu den Tribünen hinaufführte, als ihm der Ruf: »›Nemesis‹ zwei zu eins!« entgegentönte.

»Die werden doch nicht etwa gegen mein Pferd wetten!« rief er erstaunt.

Er winkte einen Bekannten heran, der gerade vorüberging.

»Wird gegen ›Nemesis‹ gewettet?« fragte er.

Der Mann nickte. Es war ein Kommissionsagent, der alle möglichen Aufträge entgegennahm, die man ihm gab.

»Gehen Sie hin und setzen Sie für mich auf ›Nemesis‹. Setzen Sie soviel Geld, wie Sie nur auftreiben können. Sehen Sie zu, daß Sie die Quote auf eins zu eins bringen«, sagte Gresham entschlossen.

Er war kein Spieler, aber er war klug und geschäftstüchtig. Er konnte ein Rennen richtig beurteilen und wußte genau, was sich zugetragen hatte. Daß er plötzlich auf sein eigenes Pferd setzte, machte großen Eindruck. Das Interesse für ›Timbolino‹ flaute ab und wandte sich bis zu einem gewissen Grade ›Nemesis‹ zu.

Dann wurden wieder bedeutendere Summen auf das Pferd von Sir Isaac gesetzt.

Black wettete nicht aufs Geratewohl, aber hier sah er eine Chance, leicht Geld zu verdienen. Er glaubte wirklich, was er Sir Isaac gesagt hatte, und war fest davon überzeugt, daß der

Jockei sich keine Mühe gegeben hatte. Da er noch genügend Kredit bei den besten Buchmachern hatte, konnte er hohe Wetten abschließen.

Aufs neue machte sich ein völliger Umschwung bei den Wetten bemerkbar. Wieder war ›Timbolino‹ der Favorit, und ›Nemesis‹ lag schwächer – zuerst sechs zu vier, dann zwei zu eins, dann fünf zu zwei.

Aber nun gingen telegrafische Wetten aus dem ganzen Land ein. Die Resultate des Rennens und knappe Berichte waren in den Abendzeitungen von England, Irland und Schottland erschienen.

Die kleinen Wetter in ganz Großbritannien trafen schnell ihre Entscheidungen und setzten aufs neue. Einige wollten ihre bisherigen Einsätze retten, andere ihre Gewinne, wie sie glaubten, noch vergrößern.

Sie setzten fast ausschließlich auf ›Nemesis‹. Die objektiven Berichterstatter hatten kein anderes Interesse gehabt, als dem Publikum genaue Berichte zu geben und den Verlauf des Rennens so zu schildern, wie er gewesen war. Und sie hatten ein anderes Bild gewonnen als Sir Isaac Tramber und Oberst Black.

Das letzte Rennen war für halb fünf Uhr angesetzt, und nachdem die Pferde am Ziel angekommen und abgesattelt waren, wurden ›Timbolino‹ und ›Nemesis‹, die in dem denkwürdigen Lincolnshire-Handicap ein totes Rennen gelaufen waren, feierlich zur Bahn geführt.

Die Frage des Platzes war bedeutungslos. Zwei erfahrene alte Jockeis ritten die Tiere, und es gab keinen langen Aufenthalt beim Start. Ein Rennen mit nur zwei Pferden gewährleistet jedoch noch nicht den gleichmäßigen Start. Es schien nichts im Wege zu stehen, daß das winzige kleine Feld zur selben Zeit abkam, aber als das Band hochschnellte, drehte sich ›Nemesis‹ gerade halb um und verlor dadurch einige Längen.

»Ich wette auf ›Timbolino‹«, rief jemand mit schriller Stimme am Fuß der Tribünen. Schnell antwortete ein anderer: »Ich nehme an – drei zu eins.«

Die Wette wurde noch von vielen Seiten durch Zuruf angenommen.

Sir Isaac beobachtete das Rennen von unten aus. Black stand an seiner Seite.

»Nun, was habe ich Ihnen gesagt?« fragte der Oberst befriedigt. »Sie haben das Geld so gut wie in der Tasche, mein Junge. Sehen Sie doch, Ikey, mit drei Längen in Front! Das Rennen können Sie ja gar nicht mehr verlieren.«

Der Jockei von ›Nemesis‹ trieb sein Pferd nicht vor der Zeit an, hielt die Zügel kurz und schien sich damit zufriedenzugeben, drei Längen zurückzuliegen. Gresham beobachtete die beiden Pferde durch den Feldstecher und war mit dem Verhalten seines Jockeis zufrieden.

»Sie laufen nicht allzu schnell«, sagte er zu dem Herrn an seiner Seite. »Aber vorhin war ›Nemesis‹ an diesem Punkt noch weiter zurück als jetzt.«

Beide Pferde lagen ruhig im Rennen. Bei dem fünften Achtmeilenpfosten gab der Jockei ›Nemesis‹ die Zügel etwas frei, und ohne offensichtliche Anstrengung verbesserte die Stute ihre Position. Er wußte genau, was er ihr zutrauen konnte, und hielt sie vorläufig zurück.

Der Rest des Rennens ist rasch geschildert. Es war in keiner Weise aufregend, bis sie den letzten Pfosten vor dem Ziel erreichten. In diesem Augenblick sah sich der Jockei von ›Timbolino‹ um.

»Er ist geschlagen«, sagte Gresham halb zu sich selbst. Er wußte aus Erfahrung, daß einige Jockeis die Angewohnheit haben, sich umzudrehen, wenn das Pferd unter ihnen nachläßt.

Zweihundert Yard vom Ziel entfernt holte ›Nemesis‹ mühelos auf, so daß sie mit ihrem Gegner auf gleiche Höhe kam. ›Timbolinos‹ Jockei hob die Peitsche.

Zwei kurze, scharfe Schläge, und das Pferd schoß eine Kopflänge vor. Aber ›Nemesis‹ griff aus, ging an dem rasch zurückfallenden ›Timbolino‹ vorüber und gewann das Rennen leicht mit eineinhalb Längen.

Sir Isaac wollte seinen Augen nicht trauen. Er keuchte schwer, ließ den Feldstecher sinken und starrte bestürzt auf die Pferde. Es war klar, daß sein Pferd geschlagen war, schon lange, bevor es das Ziel erreicht hatte.

»Er hält das Pferd absichtlich zurück«, schrie er, außer sich vor Wut und Ärger. »Seht doch diesen Betrüger an, ich werde ihn vor das Ehrengericht bringen! So reitet man doch kein Pferd!«

Blacks Hand spannte sich stahlhart um seinen Arm.

»Halten Sie doch den Mund«, flüsterte er ihm zu. »Wollen Sie denn allen Leuten hier auf die Nase binden, daß Sie bankrott sind? Das Rennen ist ganz in Ordnung, Sie sind besiegt. Ich habe ebensoviel verloren wie Sie – machen Sie, daß Sie von hier wegkommen.«

Sir Isaac eilte mitten durch die große Menschenmenge, die erregt über den Ausgang des Rennens debattierte. Er fühlte sich wie betäubt und konnte noch nicht fassen, was das für ihn bedeutete. In seiner Verstörtheit und Verwirrung war ihm nur eins klar: ›Timbolino‹ hatte verloren! Ein dunkles Gefühl sagte ihm, daß er ein ruinierter Mann war, wenn nicht Black ihn auf irgendeine wunderbare Weise aus dieser Situation rettete. Das war die einzige Hoffnung, die ihm blieb – und an diese klammerte er sich jetzt.

»Das Pferd ist mit Absicht zurückgehalten worden«, wiederholte er düster. »Es war ganz unmöglich, daß es verlieren konnte! Das ist doch richtig. Black?«

»Wollen Sie wohl ruhig sein«, fuhr ihn der Oberst an. »Sie werden noch die größten Unannehmlichkeiten haben, wenn Sie Ihre Zunge nicht im Zaum halten.«

Er führte den zitternden Mann von der Bahn fort und ließ ihn einen steifen Brandy trinken.

Allmählich fand der Baronet in die Wirklichkeit zurück, und seine schreckliche Lage kam ihm zum Bewußtsein.

»Ich kann nicht zahlen, Black«, jammerte er. »Was für eine fürchterliche Katastrophe für mich! Was war ich doch für ein Narr, daß ich Ihren Rat annahm! Verdammt noch mal, Sie haben mit Gresham unter einer Decke gesteckt – warum hätten Sie mir sonst den Rat gegeben! Was haben Sie denn bei dem Schwindel verdient?«

»Seien Sie jetzt sofort ruhig! Sie sind wie ein dummes Kind, Ikey. Wozu machen Sie denn diesen Krach? Ich habe Ihnen doch schon gesagt, daß ich ebensoviel verloren habe wie Sie. Nun heißt es sich hinsetzen und einen neuen Plan ausdenken, wie wir zu Geld kommen können. Wieviel haben Sie denn eigentlich verloren?«

Sir Isaac schüttelte hilflos den Kopf.

»Ich weiß es nicht«, sagte er teilnahmslos. »Sechs- oder siebentausend Pfund. Und ich habe augenblicklich nicht einmal sechs- oder siebentausend Pence. Es ist eine schreckliche Katastrophe für mich, Black! Ein Mann in meiner gesellschaftlichen Stellung – ich werde meine Pferde verkaufen müssen!«

»Gesellschaftliche Stellung!« Black lachte geringschätzig. »Darum würde ich mich jetzt am allerwenigsten grämen! Ich glaube, Sie leben tatsächlich nicht in der Wirklichkeit! Ist Ihnen denn nicht klar, daß Sie ebensowenig eine gesellschaftliche Stellung haben wie ich? Wer sorgt sich denn darum, ob Sie Ihre Ehrenschulden zahlen oder nicht? Die Leute werden mehr erstaunt sein, wenn Sie zahlen, als wenn Sie Ihren Verpflichtungen nicht nachkommen. Schlagen Sie sich jetzt einmal all diesen Unsinn aus dem Kopf und werden Sie vernünftig. Sie können alles, was Sie verloren haben, wieder hereinholen und noch viel mehr verdienen. Vor allem müssen Sie heiraten – und zwar schnell. Und dann muß Lady Mary eben das Geld ihres Onkels erben – fast ebenso schnell.«

Ikey sah ihn verzweifelt an.

»Selbst wenn sie mich heiraten würde«, sagte er kleinlaut, »müßte ich noch jahrelang auf das Geld warten.«

Black lachte verächtlich.

Auf ihrem Heimweg von der Rennbahn wurden sie von einem Mann überholt, der den Baronet am Arm berührte.

»Entschuldigen Sie, Sir Isaac«, sagte er und überreichte ihm ein Kuvert.

»Für mich?«

Ikey öffnete verwundert den Umschlag. Ein kleiner Zettel und vier Banknoten zu je tausend Pfund kamen zum Vorschein.

Tramber las atemlos:

›Zahlen Sie Ihre Schulden und führen Sie von jetzt an ein anständiges Leben. Meiden Sie Oberst Black wie den Teufel und arbeiten Sie, um Ihren Lebensunterhalt zu verdienen.‹

Die Handschrift sah verstellt aus, aber an der Ausdrucksweise war leicht Lord Verlond zu erkennen.

15

Lord Verlond las beim Frühstück die ›Times‹. Das Frühstück war im Hause des Lords kein sehr geselliges Mahl. Lady Mary saß ihm in ihrem hübschen Morgenrock gegenüber und war zufrieden, daß sie ungestört ihre Briefe und Zeitungen lesen konnte. Sie erwartete nicht, daß der alte Herr sich mit ihr unterhielt.

Er sah über den Tisch nachdenklich zu ihr hinüber. Sein Gesicht erschien ihr immer geistvoll und fein, wenn er sich nicht gerade feindselig mit anderen unterhielt. Aber jetzt richteten sich seine ernsten Augen mit einem Ausdruck auf sie, den sie noch nicht gesehen hatte.

»Mary«, sagte er plötzlich unvermittelt, »kannst du wohl eine große Überraschung ertragen?«

Sie lächelte, obwohl sie ein ungewisses Gefühl überkam. Sie hatte schon manchmal einen wirklichen Schrecken in diesem Hause erlebt.

»Ich glaube schon, daß ich es überleben werde.«

Er schwieg einige Zeit, blickte sie aber unverwandt an.

»Würdest du umfallen, wenn du erführst, daß dieser junge Irrwisch, dein Bruder, noch am Leben ist?«

»Er lebt noch!« rief sie aus und sprang auf.

Verlond brauchte sie nicht weiter zu fragen, wie sie die Nachricht aufnahm. Ihr Gesicht rötete sich lebhaft, und ihre Augen strahlten freudig. »Ist das auch wirklich wahr?«

»Ja, es stimmt«, sagte der Lord mürrisch. »Es ist doch merkwürdig, wie alles zugeht. Ich dachte, der junge Bursche sei längst tot. – Warst du nicht auch dieser Ansicht?«

»Ach, sprich doch nicht so, du meinst es ja doch ganz anders.«

»Ich meine genau das, was ich sage«, fuhr er sie an. »Er war entsetzlich ungezogen zu mir, bevor er wegging. Weißt du, wie er mich damals nannte?«

»Aber das war doch schon vor sechzehn Jahren.«

»Meinetwegen vor sechzehn Jahrhunderten! Es ist mir ganz gleichgültig, wie lange es her ist – er hat es mir jedenfalls an den Kopf geworfen. Er sagte, ich sei ein langweiliger alter Schwätzer.« Sie lachte, und auch die Züge des Lords heiterten sich auf.

»Du kannst natürlich lachen! Aber für ein Mitglied des Oberhauses ist es keine einfache Sache, wenn es von einem Etonschüler ein langweiliger Schwätzer genannt wird.«

»Wo ist er denn?«

»Ich weiß es nicht. Ich habe seinen Weg bis nach Texas verfolgt. Anscheinend war er dort bis zum Alter von einundzwanzig Jahren auf einer Ranch. Nach dieser Zeit war es etwas schwer, ihm auf der Spur zu bleiben.«

»Du hast dich also um ihn gekümmert«, sagte sie plötzlich. »Du hast Nachforschungen angestellt.«

Einen kurzen Augenblick schien der Lord verwirrt zu sein.

»Ich habe nichts dergleichen unternommen«, brummte er dann. »Glaubst du wirklich, ich würde mein schönes Geld zum Fenster hinauswerfen, um herauszubringen, wo sich ein solcher Tunichtgut herumtreibt?«

»Ach, du hast es ja doch getan«, beharrte sie. »Warum tust du immer so, als ob du ein so schrecklicher Mann wärest.«

»Er ist also wohl irgendwie gefunden worden«, sagte er ärgerlich. »Das bedeutet, daß ein großer Teil des Vermögens an ihn übergehen wird, das du sonst geerbt hättest. Gresham wird nun wahrscheinlich nichts mehr von dir wissen wollen.«

Sie lächelte. Lord Verlond erhob sich und ging zur Tür.

»Sag diesem nichtsnutzigen Burschen –«

»Wen meinst du denn?«

»James natürlich! Sag ihm, daß ich meine Ruhe haben will. Ich gehe jetzt in mein Arbeitszimmer und möchte nicht gestört werden. Hast du mich verstanden?«

*

Lord Verlond war an diesem Morgen sehr beschäftigt, aber auch Oberst Black und sein Freund blieben nicht untätig. Es war Montag, und an diesem Tag mußten alle Wettschulden reguliert werden. In zahlreichen Londoner Clubs warteten Buchmacher, in deren Listen die Namen Blacks und Sir Isaacs mit großen Summen eingetragen waren. Sie sahen immer häufiger sorgenvoll auf die Uhr.

Aber zum Erstaunen aller, die die Verhältnisse genauer kannten, wurden alle Beträge pünktlich beglichen.

Die ›Firma‹ hatte plötzlich wieder Geld bekommen.

Sir Isaac Tramber verbrachte den Nachmittag in einer äußerst zufriedenen Stimmung. Aus tiefster Verzweiflung war er wieder zu einem hoffnungsfreudigen Leben emporgestiegen. Seine Ehrenschulden waren bezahlt, er konnte sich wieder zeigen und den Menschen ins Gesicht sehen.

Als er in einem Taxi zu Blacks Büro fuhr, pfiff er vergnügt eine Melodie vor sich hin.

Der Oberst war nicht in seinem Büro, und Sir Isaac, der vorsichtshalber den Chauffeur hatte warten lassen, fuhr zu der Wohnung des Obersts.

Black kleidete sich gerade für den Abend an, als der Baronet dort eintraf.

»Hallo, Sie kommen zur rechten Zeit!« Black lud ihn zum Sitzen ein. »Ich habe eine Nachricht für Sie, die Ihnen Freude machen wird. Sie gehören doch zu den Leuten, die sich vor den ›Vier Gerechten‹ fürchten. Das haben Sie nun nicht mehr nötig. Ich habe alles über die Leute herausgefunden. Diese Entdeckung kostete mich allerdings zweihundert Pfund, aber das ist die Sache auch wert.«

Er sah auf ein Stück Papier, das vor ihm auf dem Tisch lag.

»Hier haben Sie die Liste ihrer Namen. Den ersten kenne ich nicht. Der zweite ist ein Bankdirektor – Mr. Charles Grimburd, ein bekannter Kunstkenner und Mäzen. Sicher haben Sie schon von ihm gehört. Und dann Wilkinson Despard – den hatte ich allerdings schon seit einiger Zeit im Verdacht. Ich habe die Zeitungen sehr sorgfältig verfolgt. Er schreibt besonders für den ›Post Herald‹, und dieses Blatt war über Taten der ›Vier Gerechten‹ stets aufs beste informiert. Dort konnte man immer alles am ausführlichsten lesen. Obendrein hat dieser Despard viel über soziale Probleme geschrieben. Er wohnt in der Jermyn Street. Ich hatte einen Mann beauftragt, sich an die Dienstboten heranzumachen, und beim Butler, der durch Rennwetten viel Geld verloren hatte, hat es geklappt. Mein Mann ist seit einigen Wochen mit ihm in Verbindung. Da haben Sie die Liste.« Er schob das Papier über den Tisch. »Hier flößen sie einem lange nicht soviel Respekt ein, als wenn sie mit ihren Masken und sonderbaren Titeln auftreten.«

Sir Isaac studierte die Namen mit größtem Interesse.

»Aber ich lese doch nur drei Namen – wer ist denn der vierte?«

»Der vierte ist der Führer – können Sie sich nicht denken, wer das ist? Natürlich Gresham.«

»Gresham?«

»Ich habe zwar keinen direkten Beweis dafür, ich vermute es nur, aber ich könnte tausend Pfund darauf wetten, daß ich mich nicht täusche. Er ist doch ein Mann, der zu solchen Dingen paßt. Er kann organisieren und alle Einzelheiten ausklügeln.«

»Sind Sie wirklich sicher, daß Gresham der vierte ist?«

»Selbstverständlich.«

Black hatte seine Garderobe beendet und strich jetzt sorgfältig mit einer weichen Bürste über den Kragen seines Smokings.

»Wohin gehen Sie heute abend?« fragte Sir Isaac.

»Ich habe noch etwas zu erledigen. Ich glaube kaum, daß Sie die Sache weiter interessieren wird.«

Plötzlich legte er die Bürste weg und schien einen Augenblick nachzudenken.

»Das heißt, vielleicht interessiert es Sie doch. Kommen Sie mit mir. Haben Sie schon zu Abend gespeist?«

»Nein, noch nicht.«

»Leider kann ich Sie nicht einladen. Ich habe später noch eine wichtige Verabredung, die meine ganze Aufmerksamkeit in Anspruch nimmt. – Sie sind ja auch noch gar nicht umgezogen«, fuhr er fort. »Nun, für unseren Besuch ist das gleichgültig. In der Gegend ist es nicht strenge Regel, sich abends umzukleiden.«

Er zog einen Mantel an, wählte einen weichen Filzhut und setzte ihn vor dem Spiegel auf.

»Nun wollen wir gehen.«

Es war dunkel, und ein kalter Wind pfiff durch die verlassenen Straßen. Oberst Black rief nicht gleich einen Wagen an, sondern ging bis zur Vauxhall Bridge Road. Dort war aber Sir Isaacs Geduld zu Ende.

»Ach Gott«, sagte er nervös, »solche Märsche liebe ich.«

»Warten Sie noch ein wenig. Sie glauben doch nicht, daß ich in Chelsea einen Wagen anrufe und dem Chauffeur dort angebe, wohin ich fahren will, wenn ein halbes Dutzend Horcher aufpaßt? Sie scheinen sich nicht zu überlegen, daß wir sehr genau überwacht werden.«

»Sie können uns doch hier auch beobachten«, meinte Sir Isaac.

»Das ist möglich, aber hier ist die Wahrscheinlichkeit geringer, daß sie hören, welches Ziel ich dem Chauffeur nenne.«

Als der Oberst jetzt ein Taxi anrief, sprach er so leise, daß nicht einmal Sir Isaac verstehen konnte, welchen Auftrag er dem Fahrer gab.

Durch das kleine Rückfenster des Wagens beobachtete Black die Fahrzeuge, die ihnen folgten.

»Augenblicklich ist wohl keiner hinter uns her. Es handelt sich um keine besonders bedeutende Sache, aber wenn die ›Vier Gerechten‹ erfahren haben, daß ihre Pläne verraten sind, dann könnte es doch recht unangenehm für uns werden.«

Das Auto fuhr die gewundene Straße entlang, die nach Kensington Green führt. Der Wagen bahnte sich einen Weg durch den lebhaften Verkehr und bog dann in die Camberwell Road ein. Hier klopfte Black plötzlich ans Fenster. Der Wagen bog scharf nach links ab und hielt gleich darauf.

Der Oberst stieg aus, Sir Isaac folgte ihm.

»Warten Sie dort am Ende der Straße«, wies Black den Chauffeur an und drückte ihm eine Banknote in die Hand.

In der Straße standen nur kleinere, armselige Häuser von Gewerbetreibenden und Handwerkern. Black mußte mit einer Taschenlampe die Hausnummern ableuchten. Schließlich kamen sie zu einem kleinen, schmalen Gebäude mit einem winzigen Vorgarten, und hier klopfte Oberst Black an die Tür.

Ein kleines Mädchen öffnete.

»Ist Mr. Farmer zu Hause?« fragte Black.

»Jawohl, Sir. Wollen Sie hinaufgehen?«

Sie führte sie die Treppe empor und klopfte an einer kleinen Tür zur Linken. Jemand rief: »Herein!«, und die beiden betraten einen ärmlich eingerichteten Raum, der nur vom Kaminfeuer erhellt wurde. Der Mann, der am Tisch saß, erhob sich.

»Ich muß Ihnen erklären«, sagte Black zu Tramber, »daß Mr. Farmer dieses Zimmer für einige Wochen gemietet hat. Er kommt aber nur gelegentlich her, um seine Freunde zu treffen. – Dieser Herr«, wandte er sich an den anderen, »ist ein guter Freund von mir.«

Er schloß die Tür und wartete, bis das kleine Mädchen wieder nach unten gegangen war.

»Es ist eigentlich nicht sehr vorteilhaft, in einem solchen Haus zusammenzukommen«, sagte Mr. Farmer, »denn bei der leisesten Bewegung wackelt das ganze Gebäude vom Keller bis zum Dach.«

Farmer ahmte in seiner Aussprache die vornehmen Leute nach. Es war die Stimme eines gewöhnlichen Mannes, der sich häufig in der Nähe solcher Menschen aufgehalten hat und eifrig bemüht ist, ihren Tonfall anzunehmen, ohne jedoch ihren Wortschatz erworben zu haben.

»Sie können frei sprechen, Mr. Farmer. Dieser Herr genießt mein volles Vertrauen«, sagte Black. »Wir sind an dieser lächerlichen Geheimgesellschaft beide in gleichem Maß interessiert. Wie ich hörte, haben Sie nun die Dienste von Mr. Wilkinson Despard verlassen?«

»Ja, ich bin gestern gegangen.« Er hüstelte verlegen.

»Haben Sie herausgebracht, wer der vierte ist?«

Der Mann zögerte.

»Ich bin meiner Sache nicht ganz sicher, und es ist besser, ich sage Ihnen offen, daß ich noch keine absolute Gewißheit erlangen konnte. Aber ich glaube, Sie könnten darauf wetten, daß der vierte Mr. Horace Gresham ist.«

»Das haben Sie doch erst gesagt, als ich selbst Ihnen diesen Namen nannte«, warf Black ein.

Der andere schien sich nicht um den Argwohn zu kümmern, der in den Worten des Obersts lag.

»Das gebe ich gerne zu«, erwiderte er ruhig. »Aber ich kenne die anderen drei Herren genau. Mit dem vierten habe ich nichts zu tun gehabt. Er kam gewöhnlich spät abends zu Mr. Despard, und ich mußte ihn hereinlassen. Ich habe aber niemals sein Gesicht gesehen und auch nie seine Stimme gehört. Er ging stets direkt in das Arbeitszimmer, und wenn Sie wüßten, wie die Räume in dem Hause liegen, könnten Sie verstehen, daß es fast unmöglich war, etwas zu hören.«

»Wie haben Sie denn überhaupt erfahren, daß das die ›Vier Gerechten‹ waren?« fragte Black.

»Nun ja, wie Diener das eben im allgemeinen herausbringen – ich habe gelauscht.« Mr. Farmer fühlte sich unbehaglich.

»Und trotzdem haben Sie nie entdecken können, wer der Führer war?«

»Nein.«

»Haben Sie sonst noch etwas herausgefunden, was ich noch nicht weiß?«

»O ja«, entgegnete der Mann eifrig. »Bevor ich wegging, erfuhr ich noch, daß sie es auf Sie abgesehen haben, das heißt, Sie sind zur Bestrafung vorgemerkt.«

»Wirklich?« fragte Black.

»Ich habe es letzte Nacht selbst gehört. An den Versammlungen nahmen nicht immer alle vier teil. Der vierte tauchte nur dann auf, wenn es etwas Wichtiges zu tun gab, obwohl er immer der Führer war. Er trieb immer das Geld auf, das gebraucht wurde, er verteilte die Rollen, und er war es auch, der ständig die Namen der Leute nannte, die bestraft werden sollten. Er hat Sie auf die Liste gesetzt – ich weiß es ganz bestimmt. Sie hatten vorgestern eine Zusammenkunft und sprachen über verschiedene Leute – dabei fiel auch Ihr Name zu verschiedenen Malen.«

»Wie konnten Sie denn das hören?«

»Ich war im angrenzenden Zimmer. Neben Mr. Despards Zimmer, in dem die Konferenzen stattzufinden pflegen, liegt ein

Ankleideraum, und ich hatte mir einen zweiten Schlüssel besorgt.«

Black erhob sich, als ob er gehen wollte.

»Es ist wirklich zu bedauern, daß Sie nicht mehr bei diesem Despard sind. Haben sie übrigens auch einmal über mich gesprochen?« fragte Sir Isaac, der bis jetzt aufmerksam zugehört hatte.

»Ich kenne Ihren Namen nicht«, erwiderte Farmer höflich.

»Nein. Es ist auch besser, Sie erfahren ihn nicht«, antwortete der Baronet schnell.

»Da ich nun meine Stelle verloren habe, hoffe ich, daß Sie alles tun werden, um mir eine neue Beschäftigung zu verschaffen. Wenn einer der beiden Herren einen vertrauenswürdigen Diener braucht . . .«

Er sah Sir Isaac forschend an, als ob er mehr für ihn in Frage käme als für Black.

»Nein, ich kann niemand brauchen, der mich belauscht und alles ausspioniert, was ich tue«, sagte der Baronet brutal.

Mr. Farmer schienen diese verletzenden Worte nicht besonders zu kränken. Er neigte nur den Kopf, ohne etwas zu erwidern.

Black nahm seine Brieftasche heraus und gab ihm zwei Banknoten.

»Hier sind zwanzig Pfund. Sie haben jetzt im ganzen zweihundertzwanzig Pfund von mir bekommen. Wenn Sie noch etwas herausfinden, was wirklich wissenswert ist, so kommt es mir nicht darauf an, die Summe auf dreihundert zu erhöhen – aber verstehen Sie wohl, es muß etwas Besonderes sein. Bleiben Sie vor allem mit der Dienerschaft in Verbindung – Sie kennen sie ja alle. Liegt irgendein Grund vor, aus dem Sie das Haus nicht wieder betreten könnten?«

»Nein, das nicht – ich bin nur wegen Nachlässigkeit entlassen worden.«

»Sie wissen ja meine Adresse und wo Sie mich finden können. Wenn sich irgend etwas ereignen sollte, teilen Sie es mir mit.«

»Jawohl.«

»Beabsichtigen die vier übrigens, schon in allernächster Zeit etwas zu unternehmen?«

»Nein, da kann ich Ihnen ganz sichere Auskunft geben. Ich hörte sie darüber sprechen, daß es ratsam sei, sich vorerst einmal zu trennen. Einer wollte für einen Monat auf den Kontinent gehen, und ein anderer wollte sich in Amerika um seine Minenkonzessionen kümmern. Sie waren sich einig, daß es im nächsten Monat nicht notwendig sei, zusammenzukommen. Daraus schließe ich, daß sie im Augenblick nichts Besonderes vorhaben.«

»Das ist ausgezeichnet!« sagte Black.

Er reichte dem Mann die Hand und verließ das Zimmer.

»Es muß sehr unangenehm sein, eine solche Kreatur im Hause zu haben«, meinte Sir Isaac, als sie zu ihrem Wagen zurückgingen.

»Sicherlich«, erwiderte Black gut gelaunt. »Aber es ist ja nicht mein Haus, und ich habe keine Bedenken wegen dieser Sache. Im allgemeinen halte ich es zwar nicht für richtig, Dienstboten zu bestechen, um Informationen über ihre Herrschaften zu erhalten. Aber es gibt Gelegenheiten, bei denen auch ein solches Vorgehen vollkommen gerechtfertigt ist.«

16

Der Mann, der von Black ›Mr. Farmer‹ genannt wurde, blieb allein im Zimmer zurück und wartete noch einige Minuten. Dann nahm auch er seinen Mantel, der hinter der Tür hing, setzte seinen Hut auf, zog in aller Ruhe seine Handschuhe an und verließ das Haus.

Er schlug dieselbe Richtung ein wie seine beiden Besucher. Als er ans Ende der Straße kam, war ihr Auto längst abgefahren.

Er bog in die Camberwell Road ein, und als er im Licht der Straßen- und Schaufensterlampen dahinging, sah man, daß der hübsche große Mann mit dem feinen, blassen Gesicht zwar unauffällig, aber sehr gut gekleidet war.

Er benützte eine Straßenbahn, stieg in der Nähe des ›Elephant and Castle‹ aus und ging schnell die New Kent Road entlang.

Dann bog er in eine der kleinen Nebenstraßen ein, die zu einem Labyrinth enger, ärmlicher Gassen in jenem Bezirk führen, der im Westen von der East Street und im Osten von der New Kent Road begrenzt wird. Eine kleine Strecke weiter waren die alten Häuser abgerissen und durch neue Gebäude ersetzt worden. Ein großes, beleuchtetes Schild über einem mächtigen Portal kündete der Nachbarschaft an, daß sich hier die Freiapotheke befand, obwohl jeder, der im Umkreis wohnte, diese Einrichtung sehr gut kannte.

Im Flur war eine Tafel angebracht, auf der die Namen von drei Ärzten standen. Ein kleines, auswechselbares Schild hinter jedem Namen zeigte außerdem an, ob der betreffende Arzt zugegen oder abwesend war.

Mr. Farmer trat an die Tafel heran. Das Schildchen hinter dem Namen des ersten Arztes meldete: ›Nicht zugegen.‹ Mr. Farmer wechselte es um in ›Anwesend‹, dann trat er ein, ging durch den langen, geräumigen Warteraum und kam in ein Zimmer, auf dessen Tür ›Dr. Wilson Graille‹ zu lesen war.

Er schloß die Tür hinter sich und drückte auf eine Klingel, nachdem er Hut und Mantel in den Kleiderschrank gehängt hatte. Gleich darauf erschien ein Diener.

»Ist Doktor O'Hara im Hause?« fragte er.

»Jawohl, Doktor.«

»Sagen Sie ihm, daß er bitte zu mir kommen möchte.«

Einige Minuten später trat ein mittelgroßer, stattlich aussehender Mann ein.

»Nun, was hast du erreicht?« fragte er, nahm sich unaufgefordert einen Stuhl und setzte sich.

»Sie haben angebissen«, sagte Gonsalez leise lachend. »Ich glaube, sie haben etwas vor. Sie waren sehr begierig zu erfahren, ob wir etwas unternehmen wollen. Es ist das beste, wenn du Manfred benachrichtigst. Wir wollen heute nacht eine Sitzung abhalten. Was denkst du von Despard? Glaubst du, daß er sehr böse sein wird, weil ich seinen Namen genannt habe?«

Er sprach jetzt ohne den Akzent, der Black so völlig getäuscht hatte.

»Ach, sicher nicht.«

»Ich habe ihn ja auch nur deshalb gewählt, weil ich wußte, daß er heute abend verreist.«

»Und die anderen?«

»Mit Ausnahme des Kunstkenners existieren sie überhaupt nicht.«

»Wenn er nun aber Nachforschungen anstellt?«

»Das ist nicht seine Art. Er wird sich damit begnügen, Despard zu beobachten, vielleicht noch den anderen. Despard reist heute abend ab, und der andere fährt am Mittwoch nach Amerika. Du siehst, es stimmt alles genau mit dem überein, was ich Black erzählt habe.«

Er nahm die zwei Zehnpfundnoten aus seiner Westentasche und legte sie auf den Tisch.

»Zwanzig Pfund«, sagte er und gab sie seinem Freund. »Du kannst irgendein gutes Werk damit tun.«

Poiccart steckte sie ruhig in die Tasche.

»Ich werde sie dem Kinderheim in Brady überweisen. Zwar wird den Kleinen das Leben dadurch nicht gerettet, aber doch auf alle Fälle angenehmer gemacht.«

Beiden schien plötzlich derselbe Gedanke zu kommen, denn sie lachten gleichzeitig.

»Black würde Augen machen, wenn er wüßte, für welchen Zweck sein gutes Geld verwendet wird«, meinte Graille – mit anderem Namen Farmer und in Wirklichkeit Gonsalez.

Er zwinkerte vergnügt mit den Augen.

»Sie hätten wohl zu gern erfahren, wer der vierte ist?« fragte Poiccart.

»Ja, natürlich. Aber ich möchte wissen, ob sie mir geglaubt hätten, wenn ich ihnen gestanden hätte, daß ich selbst einer der vier bin und die Identität des vierten ebensowenig kenne wie sie selbst.«

Poiccart erhob sich und schaute nachdenklich ins Feuer. »Ich habe mich schon oft gefragt, wer es sein könnte. Du nicht auch?«

»Ich habe mir diese Neugierde schon abgewöhnt«, entgegnete Gonsalez. »Wer es auch immer sein mag, ich freue mich, daß es ein hochherziger Mann ist, der eifrig für unsere Sache arbeitet.«

Poiccart stimmte ihm zu.

»Ich bin sicher«, fuhr Gonsalez begeistert fort, »daß er schon große und ehrenvolle Taten vollbracht hat.«

Poiccart nickte ernst.

»Übrigens habe ich auch den alten Lord Verlond aufgesucht«, sagte Gonsalez. »Du erinnerst dich doch, daß Nummer vier uns nahelegte, ihn einmal auf die Probe zu stellen. Er ist ein verbitterter alter Mann mit einer scharfen Zunge.«

Poiccart lächelte.

»Er hat dir wohl gesagt, du sollst dich zum Teufel scheren?«

»Ja, so etwas Ähnliches. Schließlich hat er unter viel Gemurre und Gebrumme zehn Schilling herausgerückt. Aber ich habe mich köstlicher über ihn amüsiert, als das halbe Pfund wert ist.«

»Du hast mir die zehn Schilling nicht für unseren Fonds hier gegeben?«

»Nein, sie waren für andere Zwecke bestimmt«, erwiderte Gonsalez lächelnd.

Sie konnten sich nicht weiter unterhalten, denn es kamen Patienten. Eine Viertelstunde später waren die beiden voll an der Arbeit; sie verbanden Wunden, gaben Ratschläge bei Krankheiten und teilten Medizinen aus. Ihre Hilfeleistungen wurden von den Bedürftigen dieses übervölkerten Stadtteils dankbar in Anspruch genommen.

Das große Haus mit der Freiapotheke und dem Ambulatorium verdankte seine Errichtung und Unterhaltung der Freigebigkeit dreier Ärzte, die plötzlich aus dem Nichts aufgetaucht waren. Eines Tages stiftete dann ein Unbekannter fünftausend Pfund zur Unterstützung ihrer Arbeit; später erschien er eines Abends persönlich, in einen langen Mantel gehüllt, das Gesicht von einer Maske bedeckt. Er schlug den drei Menschenfreunden vor, ihn in ihren Bund aufzunehmen. Keiner kannte ihn, außer Manfred vielleicht, der das Anerbieten sofort annahm und dem Fremden vertraute. So war er denn ihr Mitarbeiter geworden.

Gelegentliche Beobachter beschrieben die drei Ärzte als Sonderlinge, die ihrem guten Werk jedoch fanatisch ergeben seien. Sie gehörten keiner Organisation an, auch deutete nichts darauf hin, daß sie etwa mit einer religiösen Gemeinschaft in Verbindung stünden, die ebenfalls Notleidenden ärztlichen Beistand spendete. Es war über alle Zweifel erhaben, daß sie die nötigen Kenntnisse und Diplome zur Ausübung ihres Berufes besaßen. Einer von ihnen, Leon Gonsalez, war überdies ein hervorragender Chemiker.

Es war beinahe elf Uhr abends geworden, als die beiden Freunde ihre Arbeit beendet hatten. Der letzte Patient war entlassen, das letzte angstvolle Wimmern eines kranken Kindes verklungen. Die Türen wurden verschlossen, und die Putzfrauen machten sich daran, die Zimmer zu reinigen.

Gonsalez und Poiccart trafen sich müde, aber doch befriedigt von ihrer Arbeit, in ihrem Büro wieder. Dieser gutausgestattete Raum diente den dreien auch als gemeinsames Wohnzimmer. Ein großes Feuer brannte im Kamin, bequeme Armsessel und Ottomanen standen im Zimmer. Ein schwerer, weicher Teppich bedeckte den Boden, und an den Wänden hingen wertvolle Radierungen.

Sie besprachen die behandelten Fälle, verglichen ihre Notizen und erzählten sich interessante Einzelheiten.

Manfred war schon früh am Abend ausgegangen und noch nicht zurückgekehrt.

Plötzlich klingelte es.

Leon Gonsalez sah nach der Anzeigetafel.

»Es ist die Tür zur Apotheke«, sagte er auf spanisch. »Es ist wohl besser, wir sehen einmal nach, wer es ist.«

»Wahrscheinlich wieder ein kleines Mädchen«, meinte Poiccart, »dessen Vater tot oder betrunken ist.«

Sie mußten lachen bei der Erinnerung an diesen Vorfall, der sich tatsächlich ereignet hatte.

Poiccart öffnete die Tür und sah einen Mann im Eingang stehen.

»Es ist ein schweres Unglück passiert, gerade um die Ecke. Kann ich den Mann hierherbringen, Doktor?«

»Was ist denn geschehen?«

»Ich weiß es nicht, jedenfalls scheint er einen Messerstich erhalten zu haben.«

»Bringen Sie ihn herein.«

Poiccart ging schnell zu Gonsalez zurück.

»Ein Opfer einer Messerstecherei. Kann er in dein Sprechzimmer gebracht werden, Leon?«

Gonsalez erhob sich rasch.

»Ja – ich werde gleich den Operationstisch herrichten.«

Wenige Minuten später trugen ein paar Leute den Bewußtlosen herein. Die beiden Freunde erkannten ihn sofort wieder.

Sie legten ihn vorsichtig auf den Operationstisch und machten mit geschickten Händen die Wunde frei, während ein Polizist, der die Leute begleitet hatte, die Neugierigen aus dem Zimmer entfernte.

Als Gonsalez und Poiccart mit dem Verletzten allein waren, sahen sie sich bedeutsam an.

»Wenn ich mich nicht irre«, sagte Leon leise, »so ist das Mr. Willie Jakobs.«

17

May Sandford saß an diesem Abend allein in ihrem Zimmer und las. Als ihr Vater sich von ihr verabschiedet hatte, um an dem Essen eines Aufsichtsrats teilzunehmen, war sie mit der Lektüre eines Buches beschäftigt gewesen, aber nun lag es unbeachtet neben ihr.

Am Nachmittag hatte sie einen dringenden Brief von Oberst Black erhalten, der sie bat, ihn ›in einer äußerst wichtigen Angelegenheit‹ aufzusuchen. Es betreffe ihren Vater und sei ganz geheim. May war bestürzt und verwirrt. Die Dringlichkeit und Heimlichkeit der Nachricht quälte sie unsäglich.

Zum zwanzigsten Male hatte sie ihr Buch wieder aufgenommen, als es plötzlich an die Tür klopfte. Rasch verbarg sie den Brief, der auf dem Tisch lag.

»Ein Mann möchte Sie gern sprechen«, sagte das Mädchen, das auf ihr »Herein!« eingetreten war.

»Wer ist es denn?«

»Ein ganz gewöhnlicher Mann.«

May zögerte. Zum Glück war der Butler nicht ausgegangen; sonst hätte sie den Besucher kaum empfangen.

»Führen Sie ihn in das Arbeitszimmer meines Vaters und sagen Sie Thomas, daß ein fremder Mann im Hause ist. Er soll sich bereithalten, falls ich nach ihm klingle.«

Sie hatte den Fremden noch nie gesehen, der sich bei ihrem Eintritt erhob. Instinktiv mißtraute sie ihm, als sie seine Gesichtszüge sah, obwohl etwas in seinem Wesen lag, das ihr Vertrauen einflößte. Er sah bleich und eingefallen aus, dunkle Schatten umgaben seine Augen, und seine Hände zitterten.

»Jakobs – Willie Jakobs. Es tut mir leid, daß ich Sie störe, Miss, aber ich habe Ihnen etwas Wichtiges mitzuteilen.«

»Es ist aber schon sehr spät – was wünschen Sie denn?«

Er drehte seinen Hut verlegen in den Händen und sah auf das wartende Dienstmädchen. Auf einen Wink Mays verließ es das Zimmer.

»Es ist wirklich wichtig für Sie«, begann der Mann wieder. »Black – er hat mich sehr schlecht behandelt.«

Einen Augenblick lang kam ihr ein merkwürdiger Verdacht in den Sinn. Hatte Frank Fellowe diesen Mann hierhergeschickt, um ihr Vertrauen zu Black zu erschüttern? Ein Gefühl des Unwillens gegen den Besucher und seinen vermeintlichen Auftraggeber überkam sie.

»Sie können sich die Mühe sparen«, erwiderte sie kühl. »Gehen Sie zu dem Herrn zurück, der Sie geschickt hat.«

»Mich hat niemand geschickt, Miss«, entgegnete er eifrig. »Ich komme ganz aus eigenem Entschluß. Ich sage Ihnen, man hat mich schlecht behandelt. Jahrelang habe ich wegen Black den Mund gehalten, und nun hat er mich elend im Stich gelassen. Ich bin krank, das können Sie ja selbst sehen.« Er streckte verzweifelt die Arme aus. »Ich bin beinahe verhungert, und man hat mir nicht einen Bissen Brot gegeben. Heute bin ich zu Black gegangen, aber er hat mich nicht einmal empfangen.«

Er wimmerte beinahe in seiner hilflosen Wut.

»Aber ich werde es ihm heimzahlen«, rief er wild. »Wissen Sie, was er vorhat?«

»Das will ich gar nicht wissen!« Der alte Verdacht stieg wieder in ihr auf. »Sie werden nichts dafür bekommen, wenn Sie von Oberst Black schlecht sprechen.«

»Seien Sie doch nicht töricht, Miss«, bat er. »Denken Sie ja nicht, daß ich Sie um Geld angehen will. Ich erwarte kein Geld – ich brauche es auch nicht. Mr. Fellowe wird mir sicher helfen.«

»Ach so! Sie kennen Mr. Fellowe? Dann war er es also doch, der Sie geschickt hat. – Ich will kein Wort mehr hören!« fuhr sie erregt fort. »Ich weiß jetzt, woher Sie kommen. Das habe ich alles schon vorher gehört.«

Entschlossen ging sie zur Tür und klingelte. Der Butler kam sofort herein. »Führen Sie den Mann hinaus.«

Jakobs sah sie traurig an.

»Ich habe Sie gewarnt, Miss. Andere Leute würden froh sein über die Mitteilungen, die ich Ihnen machen kann. Black ist Essley – das ist alles, was ich Ihnen sagen wollte.«

Nach diesen letzten, verblüffenden Worten ging er durch die Halle, die Treppe hinunter und verschwand in der Nacht.

Als May wieder allein war, kauerte sie sich in ihrem Sessel zusammen. Sie zitterte von Kopf bis Fuß vor Ärger und Empörung. Es mußte Frank gewesen sein, der diesen Mann geschickt hatte. Wie gemein, wie unaussprechlich gemein war das doch! Wie durfte er so etwas wagen!

Es war die Denkungsart des Polizisten, die ihn dies tun ließ. Er glaubte immer nur die häßlichsten und schrecklichsten Dinge von anderen Menschen. Das war bei seinem Beruf ja auch natürlich. Er kam ständig mit Verbrechern zusammen und beschäftigte sich immer mit Gesetzesübertretungen.

Sie sah auf die Uhr. Es war Viertel vor zehn. Dieser Besuch hatte ihr den ganzen Abend verdorben. Sie wußte nicht, was sie tun sollte. Sie konnte ihre Gedanken nicht mehr auf das Buch konzentrieren, und es war auch noch zu früh, zu Bett zu gehen. Gern hätte sie einen kleinen Spaziergang gemacht, aber es war niemand zu ihrer Begleitung da. Sie konnte doch nicht den Hausmeister bitten, hinter ihr herzugehen; sie mußte über diesen Einfall lächeln.

Plötzlich fuhr sie aus ihren Gedanken auf. Sie hatte von weitem das Läuten der Haustürglocke gehört. Wer konnte das sein?

Sie brauchte nicht lange zu warten. Ein paar Minuten später meldete das Mädchen Oberst Black.

Er war im Abendanzug und schien in äußerst guter Stimmung zu sein.

»Verzeihen Sei meinen späten Besuch. Ich kam zufällig hier vorbei und dachte, ich könnte einmal vorsprechen.«

In seiner Stimme lag eine solche Herzlichkeit, daß May von seiner Aufrichtigkeit sofort überzeugt war.

Natürlich hatte er nicht die Wahrheit gesagt, denn sein Besuch gehörte zu einem sorgfältig überlegten Plan. Er wußte, daß ihr Vater nicht zu Hause war, wußte auch, daß Mr. Sandford seinen Besuch nicht gebilligt hätte, denn er war am Nachmittag heftig mit ihm zusammengestoßen.

May reichte ihm die Hand, und er drückte sie herzlich.

»Ich freue mich, daß Sie gekommen sind«, sagte sie und steuerte dann sofort auf die Sache los, die sie bedrückte. »Ich bin in großer Unruhe.«

Er nickte, um seine Teilnahme auszudrücken, obwohl er nicht wußte, was sie meinte.

»Dieser Mann, der eben hier war . . .«

»Wen meinen Sie?«

»Ich habe seinen Namen vergessen – er ist erst vor kurzer Zeit gegangen. Er sah sehr krank und elend aus – soviel ich weiß, kennen Sie ihn.«

»War es etwa Jakobs?« fragte er hastig.

»Ja, ich glaube, das war sein Name.«

»Was wollte er denn?«

Black war blaß geworden.

Sie wiederholte ihre Unterredung mit dem Mann, so gut sie sich daran erinnern konnte. Als sie zu Ende war, erhob er sich.

»Sie wollen schon wieder gehen?« fragte sie erstaunt.

»Ja, leider muß ich mich verabschieden – ich habe noch eine wichtige Besprechung . . . und . . . ich hatte ja auch nur einmal kurz hereinsehen wollen. Hat Ihnen Jakobs zufällig gesagt, wohin er gehen wollte?«

»Nein. Er sagte nur, daß andere Leute für die Informationen über Sie dankbar sein würden.«

»So, so.« Black gab sich die größte Mühe zu lächeln. »Ich hätte niemals gedacht, daß Jakobs so ein Mensch ist. Natürlich weiß er nichts, was nicht jeder wissen könnte, aber man hat doch schließlich auch Geschäftsgeheimnisse, Miss Sandford. Er ist ein entlassener Angestellter von mir, der verschiedene Verträge gestohlen hat. Sie brauchen sich über die Sache nicht weiter aufzuregen.«

Er lächelte ihr vertrauensvoll zu, als er das Zimmer verließ.

Sein nächster Weg führte ihn zu seinem Büro in der Stadt. Es war alles dunkel im Haus, und er unterließ es auch, Licht zu machen. Er eilte die Treppe hinauf zu dem Sitzungszimmer.

Er schloß die Fensterläden und zog die Vorhänge zu, bevor er das Licht andrehte.

In der einen Ecke des Raumes befand sich eine kleine Tür, die durch eine Portiere verborgen war. Er riß die Portiere beiseite und untersuchte die Tür, doch deutete nichts darauf hin, daß sie geöffnet worden wäre. Jakobs wußte von der Existenz dieses kleinen Zufluchtsraumes und hatte diese Tatsache in einem seiner letzten Bettelbriefe erwähnt.

Black nahm einen kleinen Schlüsselbund, der an einer silbernen Kette befestigt war, aus der Tasche und schloß die Tür auf.

Ein kleiner Raum wurde sichtbar, nicht geräumiger als ein großer Kleiderschrank. Eine nackte Glühbirne hing von der Decke herunter und verbreitete das nötige Licht. Die Einrichtung bestand aus einem Toilettentisch, einem großen Spiegel und einer Anzahl Kleiderhaken, an denen mehrere Kleidungsstücke hingen. Zwei Ventilatoren, die in die Wand eingelassen waren, versorgten den Raum mit frischer Luft.

Er öffnete die Schublade des Toilettentisches und nahm eine Anzahl Perücken heraus. Es waren die besten, die überhaupt hergestellt werden konnten, vollendet in ihrer Art. Sie hatten alle die gleiche Haarfarbe, wiesen aber verschiedene Frisuren auf.

Ungeduldig warf er sie auf die Tischplatte, denn er suchte nach einem Gegenstand, der sich dort befinden mußte. Er hätte ihn auch gefunden, wenn nicht ein gerissener Einbrecher, der die Örtlichkeit genau kannte, den Raum mit einem Nachschlüssel geöffnet und durchsucht hätte. Plötzlich hielt Black inne und betrachtete aufmerksam einen Notizblock, der auf dem Tisch lag und den er für schnelle Aufzeichnungen zu benutzen pflegte. Auf der weißen Oberfläche des ersten Blattes war ein großer brauner Daumenabdruck zu sehen.

Dann war es also Willie Jakobs gewesen, dem er früher sogar eine Pension gezahlt hatte! Er hatte das kleine grüne Fläschchen entwendet, dessen Duplikat Black in seiner Westentasche trug.

Der Oberst verlor seine Fassung nicht. Er ging in das Büro hinaus, zog eine Schublade seines Schreibtisches auf und nahm einen geladenen Browning heraus. Er wog ihn in seiner Rechten, sah ihn nachdenklich an und legte ihn dann an seinen Platz zurück. Er haßte Schußwaffen; sie machten unnötigen Lärm und ließen sichere Spuren zurück, woraus man auf den Eigentümer der Waffe schließen konnte. Schon mancher Verbrecher war auf diese Weise überführt worden.

Es gab andere Wege, diesen Menschen loszuwerden. Black griff wieder in die Schublade und faßte nach einem langen, dünnen Dolch. Es war ein italienisches Stilett aus dem sechzehnten Jahrhundert – eine Art Spielzeug, das man in unseren friedlichen Tagen als Brieföffner gebraucht. Er zog es aus der schmuckvollen Lederscheide und prüfte seine Schärfe. Vor allem untersuchte er, ob die Spitze noch gut war. Dann steckte er das Stilett wieder in die Scheide und verwahrte es in der Tasche seines Mantels.

Nachdem er das Licht ausgedreht hatte, ging er fort. In diesem Fall konnte er die kleine grüne Flasche nicht verwenden. Es war zuwenig von dem kostbaren Stoff übriggeblieben, und diesen Rest brauchte er für andere Zwecke.

Er kannte zwei oder drei Lokale, wo sich Jakobs ab und zu aufhielt. Zuerst fuhr er zu einem kleinen Gasthaus in der Nähe der Regent Street, ließ den Wagen jedoch schon etwas früher halten. Er trat in das Schankzimmer, wo Leute von Jakobs' Schlag verkehrten, fand ihn allerdings nicht vor.

Auch anderswo war er nicht anzutreffen. Willie Jakobs mußte zu Hause sein. Er hatte seine Wohnung in die Gegend des Thomas-Hospitals verlegt.

Black kam eben von einer kleinen Schenke in der Nähe der

New Kent Road, als er seinen Mann fand. Jakobs hatte den Abend damit zugebracht, über sein trauriges Los nachzudenken, und war nun auf dem Weg zu seiner Wohnung, um sich dort auf sein großes Abenteuer vorzubereiten.

Black klopfte ihm auf die Schulter.

»Hallo, Willie!«

Jakobs fuhr sofort herum.

»Nehmen Sie Ihre Hände von mir weg«, sagte er erregt und taumelte gegen die Mauer.

»Nun seien Sie doch nicht verrückt! Wir wollen diese Sache in aller Ruhe besprechen. Sie sind doch sonst immer so vernünftig. Um die Ecke wartet mein Auto.«

»Mich bekommen Sie um keinen Preis in Ihren Wagen. Ich habe Sie gut genug kennengelernt, Black. Sie haben mich hintergangen, Sie haben mich wie einen Hund hinausgeworfen. Ist das die Art, wie man einen Kameraden behandelt?«

»Sie haben einen Fehler gemacht, alter Freund«, erwiderte Black ruhig. »Wir machen alle Fehler. Ich habe viele gemacht, und ich darf wohl sagen, daß Sie auch einige begangen haben. Nun wollen wir einmal geschäftlich reden.«

Willie sagte nichts. Er war nach wie vor argwöhnisch. Einmal glaubte er zu bemerken, daß Blacks Hand sich heimlich nach der Brusttasche stahl, und er dachte sich sein Teil. Dort war also das kleine Fläschchen verborgen!

Black verstand es meisterhaft, mit Menschen umzugehen und sie zu beschwatzen. Er kannte die schwachen Seiten aller Leute, die einmal mit ihm verbündet gewesen waren. Scheinbar ziellos führte er Jakobs von Straße zu Straße, bis sie in eine kleine Sackgasse kamen. Auf der einen Seite standen Schuppen, auf der anderen Werkstätten. In einiger Entfernung verbreitete eine Laterne spärliches Licht.

Willie zögerte.

»Hier ist kein Durchgang«, sagte er.

»O doch«, erwiderte Black vertrauensvoll. »Ich kenne die Gegend hier sehr gut. – Aber nun möchte ich Sie etwas fragen, Willie. Ich weiß, daß Sie jetzt schon besser über mich denken.« Er legte die Hand wieder freundschaftlich auf Jakobs' Schulter.

»Sie haben mich aber übers Ohr gehauen«, beharrte Jakobs.

»Wir wollen Vergangenes vergangen sein lassen. Ich möchte nur wissen: Warum haben Sie die Flasche weggenommen, Willie?«

Black fragte ruhig, ohne dabei seine Stimme zu heben.

Jakobs vergaß plötzlich alle Vorsicht.

»Weil ich wütend war!«

»Und vermutlich warten Sie nun auf eine Gelegenheit, die Flasche unserem Freund Fellowe zu überreichen«, erwiderte Black in freundlich-vorwurfsvollem Ton.

»Ich habe sie bis jetzt noch niemand gegeben, aber wenn ich die Wahrheit sagen soll –«

Weiter kam er nicht, denn Black packte ihn plötzlich mit hartem Griff an der Kehle. Willie Jakobs wehrte sich verzweifelt, aber gegen die stahlharte Hand des Obersts war nicht aufzukommen.

»Du Hund!« keuchte Black erregt.

Er schüttelte den hilflosen Mann heftig, dann durchsuchte er mit der Linken die Taschen seines Opfers. Als er das grüne Fläschchen gefunden hatte, schleuderte er Jakobs gegen die Mauer.

»Ich werde dir zeigen, was dir bevorsteht, wenn du noch einmal gegen mich angehst!«

Jakobs taumelte bleich gegen die Wand.

»Sie haben die Flasche wieder, Black, aber ich weiß alles, was Sie damit angestellt haben.«

»So?«

»Ja, alles!« schrie Jakobs. »Sie können mich nicht so einfach abschütteln, hören Sie? Sie müssen mir die Pension weiterzahlen, wie Sie es auch mit anderen Leuten machen. Ich weiß genug, um Sie an den Galgen zu bringen –«

»Ich denke, das genügt«, sagte Black.

Eine schmale Klinge blitzte im Licht der Straßenlaterne auf, und Jakobs sank ohne einen Laut zu Boden.

Black sah sich um. Er wischte die Klinge des Stiletts sorgfältig an dem Rock des Mannes ab, steckte sie wieder in die Scheide und betrachtete seine eigenen Hände genau, ob nicht Blutspuren daran seien. Aber so ein Stilett verursachte ja nur eine kleine Wunde.

Dann wandte er sich ab, zog seine Handschuhe an und ging zu dem Auto zurück, das noch auf ihn wartete.

18

Unter dem hellen Licht einer großen Lampe lag Jakobs auf dem Operationstisch. Die beiden Ärzte in weißen Mänteln hantierten emsig um ihn.

»Ich glaube, wir können nicht mehr viel für ihn tun«, sagte Gonsalez. »Durch den Stich ist eine Arterie verletzt worden. Ich habe den Eindruck, daß er innerlich verblutet.«

Schon nach der ersten oberflächlichen Untersuchung der Wunde hatte Poiccart den Zustand des Mannes für sehr ernst gehalten, und sie hatten sofort einen Boten zur Polizei geschickt.

Willie erlangte während der Untersuchung das Bewußtsein wieder, aber er war zu schwach, um berichten zu können.

»Wir haben nur die eine Möglichkeit, ihn durch eine Strychnininjektion so weit zu kräftigen, daß er uns sagen kann, wer das getan hat.«

»Ich halte es für einen Mordversuch«, sagte Gonsalez. »Die Wunde ist klein und sehr tief. Der Täter hat wahrscheinlich ein Stilett gebraucht und muß in der Handhabung sehr erfahren gewesen sein. Es ist ein Wunder, daß Jakobs nicht auf der Stelle tot war.«

Der herbeigerufene Polizeisergeant erschien schneller, als sie vermutet hatten. Gonsalez erklärte ihm die Sachlage.

»Als wir ihn auf den Tisch gelegt hatten, versuchte er, mir zu erzählen, wer es getan hat, aber ich konnte den Namen nicht verstehen.«

»Kennen Sie den Mann?« fragte der Sergeant.

»Ja – ich habe auch eine Vermutung, wer der Täter sein könnte. Aber ich kann meinen Verdacht nicht begründen.«

Jakobs hatte das Bewußtsein wieder verloren, und Gonsalez beriet sich mit seinem Freund, als sie wieder allein waren.

»Das ist sicher Blacks Werk«, sagte er. »Wir können ihn holen lassen. Wir wissen, daß Jakobs bei ihm angestellt war und eine Pension von ihm erhielt. Das ist eine genügende Entschuldigung. Wenn wir ihn noch hierher zitieren könnten, bevor der arme Mensch stirbt, würden wir manches erfahren.«

»Ich werde ihn anrufen«, erwiderte Poiccart.

Er nahm ein Notizbuch aus der Tasche und schlug darin nach. Blacks verschiedene Aufenthaltsorte und seine Gewohnheiten waren hier genau notiert.

Aber er konnte den Oberst telefonisch nicht erreichen.

Kurz vor zwei Uhr morgens starb Jakobs, ohne das Bewußtsein wiedererlangt zu haben, und es schien, als ob die lange Liste der unaufgeklärten Verbrechen um ein weiteres Geheimnis vermehrt werden sollte.

Am nächsten Nachmittag erfuhr May Sandford von dem Mord. Die Morgenzeitungen hatten nicht über die Tragödie berichten können, weil sie sich zu spät in der Nacht ereignet hatte. Aber in den frühen Nachmittagsstunden las sie entsetzt von dem schrecklichen Schicksal des Mannes.

Sie las noch, als Black sie besuchte, der offensichtlich sehr bestürzt war.

»Ist das nicht fürchterlich?« fragte er.

Es hat ihn anscheinend sehr mitgenommen, dachte May.

»Ich muß natürlich meine Aussage machen, aber ich möchte unter allen Umständen verhüten, daß Ihr Name in diese Sache verwickelt wird. Soviel ich weiß, war der arme Mann in schlechte Gesellschaft geraten; ich mußte ihn deshalb entlassen. Aber niemand braucht zu wissen, daß er jemals hiergewesen ist. Es wäre nicht gerade angenehm für Sie, in diese Geschichte hineingezogen zu werden.«

»Ach nein, nein«, rief sie abwehrend, »ich möchte um keinen Preis etwas damit zu tun haben. Es tut mir sehr leid, aber ich kann wirklich nicht einsehen, was meine Aussage helfen könnte.«

»Sie haben ganz recht«, pflichtete ihr Black bei.

Ihm war erst gegen Mittag eingefallen, wie schwer ihre Zeugenaussage ihn belasten konnte. Und er war in Schrecken und

Furcht zu ihr geeilt, um zu erfahren, ob sie etwa schon freiwillig vor der Polizei ausgesagt hatte.

Er sah angegriffen und müde aus, denn er hatte in der vergangenen Nacht wenig geschlafen. Er war allerdings sicher, daß man ihn als Täter nicht entdecken würde. Niemand hatte gesehen, wie er Jakobs traf, und obwohl er alle Lokale aufgesucht hatte, in denen Jakobs zu verkehren pflegte, hatte er doch nirgends nach ihm gefragt.

Und doch bedrängte ihn das Gefühl, daß sich das Netz um ihn zusammenziehe. Wer seine Verfolger waren, wußte er nicht; aber in stillen Augenblicken überkam ihn eine grauenvolle Angst.

Nichts wollte ihm mehr gelingen, selbst Sir Isaac hatte sich gegen ihn aufgelehnt.

Der Tag brachte ihm auch ohne den Schatten eines unbekannten Schicksals in der Zukunft genügend Unruhe.

Die Polizei hatte sich sehr eingehend dafür interessiert, wo er sich in der vergangenen Nacht aufgehalten hatte. Die Leute waren in seine Wohnung gekommen und hatten ihn mit einer solchen Ausdauer und Eindringlichkeit verhört, daß er irgendeine treibende Kraft dahinter vermutete. Wegen der ›Vier Gerechten‹ machte er sich allerdings keine allzu großen Sorgen. Er hielt Mr. Farmers Information für richtig, daß sie sich augenblicklich getrennt hatten. Mr. Wilkinson Despard war tatsächlich abgereist, und damit hatten sich die Angaben des Mannes bestätigt.

Black litt schon wieder unter Geldmangel. Die Regelung seiner Wettschulden hatte seine Mittel erschöpft. Sandford mußte unter allen Umständen ›überredet‹ werden. Das war eine Notwendigkeit, die von Tag zu Tag zwingender wurde, und der Oberst beschloß, die Angelegenheit jetzt ernstlich in Angriff zunehmen.

Eines Morgens hatte ihn Sir Isaac angerufen und gebeten, ihn im Park zu treffen.

»Warum kommen Sie denn nicht in meine Wohnung?« fragte Black.

»Ich möchte Sie lieber im Freien sprechen.«

Er nannte den Treffpunkt, und der Oberst fand sich auch pünktlich ein, obwohl er ein wenig verärgert war, daß sein Tagesprogramm durch das ungewöhnliche Verlangen Sir Isaac Trambers unterbrochen wurde.

Der Baronet kam nicht gleich auf das zu sprechen, was ihn bewegte. Er redete eine Weile um die Sache herum, aber schließlich entschloß er sich, es zu wagen.

»Sehen Sie einmal, Black, wir sind beide lange Zeit gute Freunde gewesen, wir haben viele sonderbare Abenteuer hinter uns, aber jetzt will ich . . . muß ich . . .« Er begann zu stottern.

»Was müssen Sie?« fragte Black mit einem Stirnrunzeln.

»Ich will ganz offen sein.« Sir Isaac machte einen heroischen Versuch, standhaft zu bleiben. »Es ist jetzt an der Zeit, daß wir unsere Verbindung lösen.«

»Was soll das heißen?«

»Nun ja, Sie wissen doch ganz genau, daß man schon über mich spricht«, sagte Tramber zusammenhanglos. »Die Leute verbreiten Lügen über mich. Neulich bin ich sogar gefragt worden, was für Geschäfte wir beide eigentlich treiben. Und das beunruhigt mich.« Eine plötzliche Erbitterung packte ihn. »Ich glaube, mein gutes Verhältnis zu Lord Verlond hat auch nur gelitten, weil ich mich zu sehr mit Ihnen eingelassen habe.«

»Ich verstehe.«

Dieser Lieblingsausdruck des Obersts konnte viel sagen, aber diesmal hatte er eine ganz besondere Bedeutung.

»Sie glauben, das Schiff sei im Sinken, und halten es mit Ihrem Rattenverstand jetzt für richtig, an Land zu schwimmen.«

»Reden Sie doch keinen Unsinn, mein lieber, alter Freund«, protestierte Tramber. »Sie müssen vernünftig sein. Sie sehen doch auch ganz klar, wie die Dinge liegen. Als ich damals in Ihre Firma kam, hatten Sie viel vor – große Fusionen, Trusts und dergleichen mehr. – Natürlich wußte ich von dem obskuren Börsenmaklergeschäft«, gab er entschuldigend zu, »aber das war doch nur eine Nebenabteilung.«

Black lächelte böse.

»Sie haben aber durch diese Nebenabteilung sehr viel Geld verdient«, erwiderte er trocken.

»Ich weiß, ich weiß«, sagte Ikey geduldig. »Aber es waren doch auch keine Millionen.«

Black schwieg nachdenklich und sah auf den Rasen zu seinen Füßen.

»Die Leute reden, mein Lieber«, fuhr Tramber fort. »Man spricht über die übelsten Dinge. Sie haben doch die Fusion der Hütten mit dem Sandford-Konzern versprochen und haben sogar schon Aktien der fusionierten Hüttenwerke ausgegeben, ohne daß diese Gesellschaft zustande gekommen wäre.«

»Sandford will nicht mitmachen«, entgegnete Black, ohne aufzuschauen. »Höchstens, wenn ich ihm eine Viertelmillion Pfund bar zahle – den Rest will er in Aktien nehmen. Und ich will die ganze Kaufsumme in Aktien auszahlen.«

»Er ist eben kein Dummkopf«, erwiderte der Baronet brutal. »Sie haben ihn falsch eingeschätzt. Ich wette, dieser Lord Verlond steckt hinter ihm und steift ihm den Nacken.«

Ein langes, verlegenes Schweigen folgte – peinlich für Sir Isaac, der am liebsten fortgegangen wäre.

»Sie wollen sich also jetzt aus dem Staube machen, was?«

Black sah Tramber mit einem kalten Lächeln an.

»Sie müssen doch nicht immer gleich alles von der schlechtesten Seite ansehen«, sagte Sir Isaac hastig. »Teilhaberschaften können doch immer gelöst werden, man schließt sie doch nicht für die Ewigkeit.« Er versuchte das Gespräch ins Humorvolle zu ziehen. »Und dann muß ich gestehen, daß mir einige Ihrer Pläne nicht gefallen –«

»So – das sagen Sie jetzt?« fiel Black ihm ins Wort. »Aber das Geld, das sie eingebracht haben, gefällt Ihnen, was? Das Geld, das ich Ihnen im voraus dafür zahlte, daß Sie neue Kunden anlockten? Das Geld, das ich Ihnen gab, um Ihre Clubschulden zu bezahlen? Nein, mein Freund, Sie müssen schon bei der Stange bleiben, und wenn Sie das nicht tun, werde ich Verlond und all Ihren Bekannten die Wahrheit erzählen.«

»Die würden Ihnen gar nicht glauben«, entgegnete Sir Isaac gelassen. »Sie haben einen denkbar schlechten Ruf, und infolgedessen traut man Ihnen nicht. Wenn es zu der Frage käme, ob man Ihnen oder mir glauben sollte, so würden Sie in diesem

Wettstreit bestimmt unterliegen. Ich habe immerhin noch eine gewisse Stellung in der Gesellschaft, ich gehöre dem Adel Großbritanniens an – was stellen Sie demgegenüber vor? Ohne Ihnen zu nahe treten zu wollen – Sie sind doch eigentlich nichts.«

Black sah ihn lange an.

»Welche Ansicht Sie auch über unsere Geschäfte haben mögen«, sagte er dann langsam, »Sie müssen jetzt durchhalten. Sie können sich Ihrer Verantwortung nicht entziehen. Wenn ich wegen irgendeiner Sache, die wir getätigt haben, verhaftet werden sollte, mache ich der Polizei auch über Sie Mitteilung. Wir sind beide in demselben Boot, wir sinken oder schwimmen zusammen.«

Seine Worte verfehlten ihre Wirkung nicht.

»Verstehen Sie mich doch recht«, erwiderte Sir Isaac bestürzt, »ich werde selbstverständlich zusehen, daß ich Ihnen das Geld zurückzahle, das Sie mir gegeben haben, ich werde Ihnen Wechsel ausstellen –«

»Ein hervorragender Einfall! Sie wollen mir Wechsel ausstellen? Das kann ich selbst auch tun! Eher würde ich Schuldverschreibungen von einem Straßenkehrer annehmen als von Ihnen. Es fliegen so viel Papiere von Ihnen in London herum, daß man die Kesselanlagen in Sandfords Fabriken eine Woche lang damit heizen könnte.« Er kam auf einen Gedanken. »Wir wollen über die ganze Angelegenheit kein Wort verlieren, bis die Fusion perfekt ist. Nächste Woche werde ich sicher Erfolg haben. Das würde doch einen großen Umschwung mit sich bringen, Ikey.« Black sprach jetzt liebenswürdiger. »Sie brauchen wirklich nicht auszukratzen wie eine Ratte.«

»Das tue ich auch nicht«, protestierte Ikey. »Ich will nur –«

»Ich weiß, Sie wollen nur vorsichtig sein – genau wie die Ratten. Aber Sie stecken bis zum Hals in diesen Dingen drin, täuschen Sie sich nur nicht. Sie können nicht aus der Firma austreten, bis ich Sie gehen lasse.«

»Es wäre aber schrecklich, wenn diese ganzen Schiebungen herauskämen. Es wird denkbar unangenehm für mich werden, wenn man erfährt, daß ich noch immer Ihr Partner bin.«

»Noch viel schlimmer wird es für Sie werden«, antwortete

Black anzüglich, »wenn Sie bei dem Zusammenbruch nicht mehr zu mir halten wollen.«

Die letzten Worte klangen drohend.

Theodore Sandford, der immer viel beschäftigt war, kam auf kurze Zeit in das Zimmer seiner Tochter.

»May, vergiß nicht, daß ich dir zu Ehren heute abend ein Essen gebe. Denn wenn ich mich nicht sehr täusche, wirst du heute zweiundzwanzig Jahre alt. Den Scheck hast du doch heute morgen beim Frühstück gefunden?«

Sie gab ihm einen Kuß. »Wer wird kommen? Ich hätte eigentlich die Gäste selbst aussuchen und einladen sollen.«

»Ich habe nicht soviel Zeit, dir jetzt alle aufzuzählen«, meinte ihr Vater lächelnd. »Es tut mir nur leid, daß du dich mit dem jungen Fellowe überworfen hast. Ich hätte ihn sonst gerne hier gesehen.«

Sie lächelte vergnügt. »Du meinst, ich soll mir einen anderen Polizisten anschaffen?« scherzte sie.

Er sah sie ernst an.

»Fellowe ist kein gewöhnlicher Polizist«, erwiderte er ruhig. »Sagte ich dir schon, daß ich ihn neulich mit dem Innenminister speisen sah?«

Sie zog die Augenbrauen hoch.

»Doch nicht in Uniform?«

Er lachte.

»Nein, du Gänschen, er hatte seinen Hausmantel an.«

Sie begleitete ihn bis zur Haustür.

»Du bist bei Lord Verlond in die Schule gegangen«, sagte sie vorwurfsvoll.

Sie wartete, bis das Auto ihres Vaters verschwunden war, dann ging sie in bester Laune in ihr Zimmer zurück.

Am vergangenen Abend hatte sie sich unerträglich bedrückt gefühlt, bis sie einem plötzlichen Impuls folgte und ihren Trotz und Hochmut aufgab. Es war ihr zum Bewußtsein gekommen, daß Frank Fellowe noch immer ihr Ideal und Abgott war und daß er allein all ihre Gedanken in Anspruch nahm, so daß sie an nichts anderem mehr Freude hatte.

Mit Schrecken dachte sie jetzt an ihre letzte Begegnung und an ihre Trennung, und die Erinnerung daran machte sie wieder ganz unglücklich. Sie sprang auf, ging zum Schreibtisch und schrieb ein paar eilige, reuevolle, befehlende Zeilen an Frank. Sie bat und beschwor ihn, sofort zu ihr zu kommen.

Frank erschien auch sofort. Kaum zehn Minuten nach Mr. Sandfords Abfahrt meldete das Mädchen seinen Besuch.

Schnell eilte May die Treppe hinunter. Aber als sie vor der Bibliothekstür stand, überkam sie eine plötzliche Schüchternheit. Sie hätte noch gezögert, aber das Dienstmädchen, das ihr folgte, sah sie so interessiert an, daß sie sich verpflichtet fühlte, Gleichgültigkeit zu zeigen.

Frank stand mit dem Rücken zum Eingang, aber er drehte sich rasch um, als er das leichte Rauschen ihres Kleides hörte.

May schloß die Tür, aber sie blieb dort stehen.

»Wie geht es Ihnen?« begann sie.

Ihr Herz schlug wild, und bei dem Versuch, ihre Erregung zu unterdrücken, klang ihre Stimme kalt und fremd.

»Danke, es geht mir gut«, erwiderte Frank ebenso kühl.

»Ich . . . ich wollte Sie sprechen.«

Sie gab sich die größte Mühe, natürlich und harmlos zu erscheinen.

»Das habe ich aus Ihrem Brief entnommen.«

»Es ist sehr liebenswürdig von Ihnen, daß Sie gekommen sind«, fuhr sie in konventionellem Ton fort. »Hoffentlich hat es Ihnen keine Ungelegenheiten bereitet.«

»Nein, nicht im geringsten.« Wieder drückte sich in Franks Stimme das Echo ihres eigenen Tones aus. »Ich war gerade im Begriff auszugehen, als ich Ihr Schreiben erhielt. Daher bin ich so rasch gekommen.«

»Ach, das tut mir leid – wollen Sie nicht erst Ihre Verabredung erledigen? Mir paßt auch jede andere Zeit. Es . . . es ist nicht so wichtig.«

»Ich hatte eigentlich nichts anderes vor«, sagte Frank zögernd. »Um die Wahrheit zu sagen, ich wollte sowieso hierherkommen.«

»Ach, Frank, wollten Sie das wirklich?«

»Ja, wirklich und wahrhaftig, mein kleines Mädchen!«

May antwortete nicht, aber Frank las in ihrem Gesicht mehr, als Worte sagen konnten.

Mr. Sandford kehrte am Nachmittag zurück und fand zwei glückliche Menschen im Halbdunkel der Bibliothek.

In Scotland Yard aber warteten zehn Beamte vergeblich auf das Erscheinen Frank Fellowes. Sie fluchten und schimpften abwechselnd.

19

Doktor Essleys Haus stand leer. Und obwohl die wenigen Möbel nicht fortgeschafft worden waren, machte das Haus mit den geschlossenen Fensterläden und den lange nicht gereinigten Treppenstufen einen verlassenen und trostlosen Eindruck.

Wilde Gerüchte hatten sich in der kleinen Vorstadt verbreitet. Wenn sie auf Wahrheit beruhten, mußten sie mit Recht die allgemeine Entrüstung hervorrufen.

›Doktor‹ Essley sollte seine Praxis ausgeübt haben, ohne dazu berechtigt gewesen zu sein. Es sollte ein Betrug der schlimmsten Art vorliegen, denn man raunte sich zu, daß er sich Namen, Titel und Beruf eines Toten angeeignet habe.

»Ich weiß nur«, erklärte Oberst Black einem Reporter, der ihn in seinem Büro aufsuchte, »daß ich Doktor Essley in Australien traf und daß seine Tüchtigkeit großen Eindruck auf mich machte. – Und ich muß sagen«, fügte er freimütig hinzu, »daß ich in gewisser Weise für seine Stellung hier in England verantwortlich bin, denn ich habe ihm nicht nur das Geld geliehen, eine Praxis zu eröffnen, sondern ich habe ihn auch all meinen Freunden empfohlen. Sie können sich wohl denken, wie schwer mich diese Enthüllungen treffen.«

Den jetzigen Aufenthaltsort des ›Doktors‹ konnte er nicht angeben. Er sagte, er habe ihn zuletzt vor etwa einem Monat gesehen, und damals habe Essley davon gesprochen, daß er nach Frankreich reisen wollte.

Mehr erzählte Oberst Black auch den Kriminalbeamten nicht, die von Scotland Yard kamen und ihm hartnäckig zusetzten. Sie schienen überhaupt nicht müde zu werden, ihn zu besuchen. Am Eingang seines Büros warteten sie auf ihn, sie näherten sich ihm in den Vestibülen der Theater und an den Portalen der Banken. Sie erschienen so häufig, als ob sie Vertreter einer Firma wären, der Black Geld schuldete.

Der Oberst hatte die kurze Zeit gut genützt. Er saß allein in seiner Wohnung und war in guter Stimmung. Es war ihm gelungen, eine große Geldsumme zusammenzubringen. Daß dieses Geld weder ihm gehörte noch ihm zustand, kümmerte ihn wenig. Es genügte ihm, daß es Geld war und daß er es in der Tasche trug. Auch die Gewißheit, daß er zu jeder Tages- und Nachtzeit telefonisch ein Auto herbeirufen konnte, gab ihm ein sicheres Gefühl. Der Wagen würde ihn rasch nach Folkestone bringen. Und vor allem: Er lebte noch.

Die Rache dieses Bundes, der sich gegen Doktor Essley verschworen hatte, war an Black vorübergegangen – er bildete sich wirklich ein, daß eine graue Perücke, ein paar buschige Augenbrauen und einige medizinische Kenntnisse die klugen Männer getäuscht hatten, die nach England gekommen waren, um ihn zu verfolgen.

Aber dieser teuflische Fellowe, der wie durch Zauber plötzlich auftauchte und wieder verschwand, beunruhigte, ja, erschreckte ihn. Fellowe gehörte nicht zu den ›Vier Gerechten‹, das sagte ihm sein Gefühl. Fellowe war Beamter.

Sergeant Gurden, der Black manchen nützlichen Dienst geleistet hatte, war plötzlich in einen entlegenen Bezirk versetzt worden, ohne daß jemand den näheren Grund erfahren hätte. Mit ihm zusammen war der junge Frank Fellowe verschwunden, aber den hatte man später beobachtet, wie er mit hohen Regierungsbeamten ganz öffentlich speiste.

Black hatte allen Grund, sich unsicher zu fühlen, aber er war trotzdem von einer gewissen boshaften Freude erfüllt. Er war im Augenblick damit beschäftigt, die wenigen Papiere zu verbrennen, die er noch bei sich trug.

Er leerte eine alte Brieftasche und runzelte die Stirn, als er den Inhalt sah. Obenauf lag eine Schlafwagenkarte für die Reise von Paris nach Madrid, die auf den Namen ›Doktor Essley‹ ausgestellt war. Eine unverzeihliche Nachlässigkeit, daß er diesen Schein noch nicht vernichtet hatte! Es hätte zu den schlimmsten Konsequenzen führen können. Er verbrannte das Papier und zerstampfte die Asche, bevor er sie in den Kamin warf.

Die Dunkelheit brach herein, ehe er seine Vorbereitungen beendet hatte, aber er machte keine Anstalten, das Licht einzuschalten. Sein Anzug für die Reise lag nebenan, seine Koffer standen gepackt.

Er schaute auf die Uhr. In einer halben Stunde würde er auf dem Weg zu Sandford sein. Es war ein riskanter Schritt, den nur ein Wahnsinniger unternehmen konnte. Das sagte er sich selbst, aber er überdachte die Folgen, die dieser letzte Besuch haben konnte, mit Kaltblütigkeit.

Er ging in das nächste Zimmer und begann sich umzuziehen, erinnerte sich aber plötzlich, daß er ein Paket Banknoten auf dem Schreibtisch hatte liegenlassen, und ging zurück. Er fand das Geld auch und wollte gerade umkehren, als er ein Knipsen hörte und der Raum plötzlich hell erleuchtet war.

Fluchend drehte er sich um, seine Hand fuhr an die Hüfttasche.

»Rühren Sie sich bitte nicht«, sagte der Eindringling ruhig.

»Was – Sie sind es?« rief Black atemlos.

Der große, schlanke Mann mit dem kleinen Spitzbart nickte.

»Nehmen Sie ihre Hand von der Hüfttasche, Oberst. Es besteht keine unmittelbare Gefahr für Sie.«

Der Fremde war unbewaffnet.

»De la Monte«, stammelte Black.

Der andere nickte.

»Das letztemal trafen wir uns in Cordova, aber Sie haben sich seitdem etwas verändert.«

Black zwang sich zu einem Lächeln.

»Sie verwechseln mich anscheinend mit Doktor Essley.«

»Ja, das stimmt. Aber ich glaube, eine derartige Verwechslung ist vollkommen berechtigt. Essley oder Black«, sagte er dann fest, »Ihr Tag geht zur Neige, und die Nacht zieht herauf.«

Ein kalter Schauer überlief Black. Er versuchte zu sprechen, aber Kehle und Mund waren ihm trocken.

»Heute abend – jetzt?« sagte er mit leiser, fast krächzender Stimme. Seine Hände zitterten wie Espenlaub. Aber er war doch bewaffnet – der Fremde dagegen hatte keine Pistole. Seine Gedanken wirbelten durcheinander. Ein schneller Griff in seine Hüfttasche, und das Schreckgespenst, das ihn terrorisierte, war erledigt. Er zweifelte nicht, daß er einem der ›Vier Gerechten‹ gegenüberstand. Aber er war wie gebannt und vermochte nicht, seine Pistole zu ziehen. Das kühle Selbstvertrauen dieses Mannes hatte ihn gleichsam hypnotisiert. Er hatte nur den einen Wunsch, daß dieser gelassene Fremde sich wieder entfernte. Er fühlte sich wie in einen Schraubstock eingezwängt und sah keinen Ausweg und kein Entkommen.

Der andere schien Blacks Gedanken zu erraten.

»Ich habe Ihnen nur einen Rat zu geben«, sagte er. »Gehen Sie heute abend nicht zu Sandfords Dinner.«

»Warum ... warum?« stotterte Black.

Der Fremde ging zum Kamin und klopfte dort die Asche seiner Zigarette ab.

»Weil Sie dann dem Gericht der ›Vier Gerechten‹ verfallen sind, die unschuldige Menschen vor Verrat und Gefahren schützen, wie Ihnen vielleicht bekannt ist. – Andernfalls ...«

»Ja, was meinen Sie mit ›andernfalls‹?«

»... sind Sie dem Gesetz ausgeliefert, Oberst Black. Denn in diesem Augenblick hat ein hoher Polizeibeamter einen Haftbefehl gegen Sie beantragt, da Sie unter Mordverdacht stehen.«

Manfred wandte sich um und ging langsam zur Tür.

»Halt!« schrie Black. Er hatte die Pistole in der Hand und zitterte vor Angst und Wut.

Manfred lachte. Er blieb nicht stehen, sondern sah nur über die Schulter zurück.

»Schuster, bleib bei deinem Leisten!« sagte er. »Gift, mein lieber Oberst, ist Ihre Waffe – oder ein Dolch wie neulich bei Jakobs. Der Knall einer Pistole ist nichts für Ihre Nerven.«

Er öffnete die Tür und verließ den Raum.

Black sank in den nächsten Sessel. Seine Lippen bebten, und kalter Schweiß trat auf seine Stirn.

Das war das Ende, seine Kraft war gebrochen. Er ging zum Telefon und wählte eine Nummer. Nach kurzer Zeit erhielt er Antwort.

Ja, der Wagen stand für ihn bereit. Die Polizei hatte noch keine Nachforschungen angestellt. Nacheinander rief er sechs verschiedene Garagen an, bei denen man Autos mieten konnte. Überall gab er den gleichen Auftrag, zwei Wagen für ihn bereitzuhalten, die den Weg fünfzig Kilometer zur Küste zurücklegen konnten, ohne nachtanken zu müssen. Nur den Platz, wo sie warten sollten, wechselte er bei jeder Bestellung.

»Ich werde den einen Wagen benützen, der andere fährt dicht hinter mir her. – Ja, leer. Ich muß in Dover mehrere Leute abholen.«

Er wollte sich nicht der Gefahr einer Panne aussetzen. Der zweite Wagen mußte in der Nähe sein, falls dem ersten ein Unfall zustoßen sollte.

Auch in diesem Augenblick war er noch ein guter Organisator. In der kurzen Zeit am Telefon hatte er die Halteplätze der Autos so disponiert, daß er stets zwei Wagen bereit fand, nach welcher Richtung er auch fliehen mußte.

Er vollendete seine Toilette für den Abend. Statt der Furcht beseelte ihn jetzt brennender Haß gegen den Mann, der seiner Laufbahn ein so plötzliches Ende bereitet hatte. Aber am meisten war ihm Sandford verhaßt, der ihn hätte retten können.

Er beachtete die Warnung der ›Vier Gerechten‹ nicht – er würde auch den Kampf mit der Polizei aufnehmen. Merkwürdigerweise fürchtete er die Polizei am allerwenigsten.

Jetzt war noch der letzte Schlag zu führen – er wollte den Mann tödlich treffen, dessen Widerstand ihn ruiniert hatte.

Zorn und Wut raubten ihm jede vernünftige Überlegung, er dachte nur noch an seinen Racheplan. Er ging in sein Zimmer, schloß den Schrank auf und nahm die kleine grüne Flasche heraus. Die Feder brauchte er heute abend nicht. Heute wollte er ganze Arbeit tun.

Nachdem er das Geld sorgfältig in verschiedenen Taschen untergebracht hatte, steckte er die Flasche in die Westentasche. Er sah sich noch einmal in dem Raum um, und ein schadenfrohes Leuchten lag in seinen Augen. Dann setzte er entschlossen den Hut auf, nahm seinen Mantel über den Arm und ging fort.

20

Im ›Great South Central Hotel‹ war eine fröhliche Gesellschaft versammelt. May Sandford hatte noch eine Freundin eingeladen, und Mr. Sandford hatte einen Geschäftsfreund aus der City mitgebracht.

Black verspätete sich und kam erst eine Viertelstunde nach der festgesetzten Zeit. Sandford hatte bereits den Auftrag gegeben, das Essen zu servieren, als der Oberst erschien.

»Nehmen Sie Platz, Black«, sagte Sandford. Zwischen ihm und seiner Tochter war ein Platz frei, und dort ließ sich der Oberst nieder.

Seine Hand zitterte, als er die Serviette aufhob. Beim Entfalten fiel ein Brief heraus – eines jener grauen Kuverts, die er kannte. Er steckte den Umschlag in die Tasche, ohne ihn zu öffnen.

»Sie haben jetzt viel zu tun, Black, wie?« fragte Sandford lächelnd. Der freundliche Herr mit dem kurzen, weißen Backenbart hatte ein anziehendes Gesicht. Wenn er in guter Stimmung war, gab es keinen umgänglicheren und liebenswürdigeren Menschen als ihn. »Sie müssen mir eigentlich dankbar dafür sein, daß ich nicht in die Fusion der Hüttenwerke einwilligte. Sie hätten sich sonst zu Tode gearbeitet.«

»Ja, Sie haben recht«, erwiderte der Oberst kurz und schob den Unterkiefer vor. Diese Bewegung zeigte an, daß er beunruhigt war.

»In gewisser Weise sind Sie eigentlich ein bewunderungswürdiger Mann. Wenn Sie nur etwas konsequenter und solider wären, würden Sie erfolgreicher sein.«

»Halten Sie mich denn nicht für erfolgreich?«

»Darauf könnte ich mit Ja und Nein antworten. Sie sind jedenfalls nicht wirklich erfolgreich, Sie haben Ihre Erfolge zu schnell erzielt.«

Oberst Black ging nicht weiter auf das Thema ein und ermutigte den Millionär auch nicht, das Gespräch fortzusetzen. Er wartete auf eine günstige Gelegenheit. Im Augenblick mußte er geduldig sein, sich den anderen anpassen und sich möglichst unauffällig an der Unterhaltung beteiligen, die um ihn herum im Gange war.

Zu seiner Linken standen die Gläser von Miss Sandford. Sie lehnte die Tischweine ab und protestierte lachend gegen die Einladung ihres Vaters.

»Aber mein Liebling, an deinem Geburtstag mußt du doch wenigstens Champagner trinken!«

»Nun gut, Champagner will ich nehmen«, sagte sie fröhlich. Sie fühlte sich aus vielen Gründen glücklich, aber hauptsächlich weil . . . nun eben weil . . .

Das war die Gelegenheit.

Wie geistesabwesend zog Black Mays Sektglas näher zu sich heran. Dann nahm er verstohlen die kleine grüne Flasche aus der Tasche, entfernte den Glasstöpsel und schüttete die Hälfte des Inhalts auf seine Serviette. Danach verschloß er die Flasche wieder und ließ sie in seiner Tasche verschwinden. Die anderen Gäste waren so in ihre Unterhaltung vertieft, daß ihn niemand beobachtete. Langsam faßte er das Glas, setzte es auf seinen Schoß und wischte mit der feuchten Serviette zweimal über den ganzen Rand. Es gelang ihm, das Glas unbemerkt wieder auf den Tisch zu setzen.

Als er das getan hatte, fühlte er sich erleichtert. Er lehnte sich in seinen Stuhl zurück und steckte die Hände in die Hosentaschen. Es war keine elegante Haltung, aber sie beruhigte ihn.

»Black, wachen Sie doch auf!« Sandford sprach zu ihm; der Oberst schreckte aus seinen Gedanken auf. »Mein Freund hier hat eben eine Bemerkung über Ihre Haare gemacht.«

»Wie?« Black fuhr sich mit der Hand an den Kopf.

»Oh, Ihre Frisur ist in Ordnung – aber seit wann haben Sie denn weißes Haar?«

Er hatte davon gehört, daß manche Leute plötzlich weiß werden, und sein Interesse war erwacht.

»Ach, ich – schon eine ganze Zeit.«

Er beteiligte sich nicht weiter an der Unterhaltung, denn die Kellner schenkten jetzt den Sekt ein. Er schaute Sandford an. Wie glücklich und selbstzufrieden war dieser Mann, der zärtliche, liebevolle Blicke mit seiner Tochter wechselte! Die beiden schienen sich ausgezeichnet zu verstehen. Es war eigentlich ein Jammer, daß sie in einigen Augenblicken sterben mußte und er dann ein gebrochener Mann war. Black wandte sich zu ihr um und betrachtete sie. Es war doch merkwürdig, wie zerbrechlich das Leben war, und daß ein Milligramm einer farblosen Flüssigkeit genügte, um das Band zwischen Seele und Körper zu zerreißen.

Jetzt trat der Kellner hinter seinen Stuhl. Zuerst füllte er Mays Glas, dann das seine.

Black erhob sein Glas, ohne daran zu denken, daß er auf die anderen warten müßte, und trank es aus.

May berührte das ihre nicht. Sie sprach mit dem Herrn zu ihrer Linken. Black konnte im Augenblick nur eine schöne Wange und eine weiße Schulter sehen.

Er wartete ungeduldig.

Sandford machte aufs neue den Versuch, ihn in die Unterhaltung zu ziehen, aber der Oberst reagierte nicht darauf. Er begnügte sich damit, zuzuhören, was er sagte. Er wollte beobachten und warten. Endlich umschlossen Mays schlanke weiße Finger den Stiel des Glases, und sie hob es hoch; sie sah aber immer noch ihren Tischnachbarn an. Black rückte seinen Stuhl ein wenig zur Seite, als das Glas ihre Lippen berührte.

Er hielt den Atem an – sie setzte das Glas wieder nieder und sprach mit dem Herrn weiter. Langsam zählte er die schleichenden Sekunden – sechzig, hundert – und merkte nicht, daß Sandford wieder zu ihm sprach und ihn erstaunt ansah.

Das Gift hatte nicht gewirkt!

»Sind Sie krank, Oberst?« Alle sahen ihn an.

»Krank?« fragte er heiser. »Nein – warum sollte ich denn krank sein?«

»Öffnen Sie eins der Fenster«, sagte Sandford zu einem Kellner.

Ein kalter Luftzug berührte Black, und er zitterte. Er stand hastig auf und verließ den Raum, ohne recht zu wissen, was er tat. Nun war alles für ihn zu Ende.

Auf dem äußeren Gang stieß er in der Eile mit einem Herrn zusammen. Es war derselbe, der ihn vor einiger Zeit schon einmal aufgesucht hatte.

»Entschuldigen Sie, bitte«, sagte er und faßte ihn am Arm. »Wenn ich nicht irre, sind Sie Oberst Black.«

»Gehen Sie mir aus dem Weg!« stieß Black wütend hervor.

»Ich bin Inspektor Kay von Scotland Yard – ich muß Sie leider verhaften.«

Bei der ersten Ahnung der Gefahr zuckte der Oberst zurück, aber plötzlich schlug er mit der Faust zu und traf den Beamten unters Kinn. Es war ein harter Schlag, der den völlig unvorbereiteten Mann wie ein Stück Holz zu Boden warf.

Der Korridor lag einsam da. Ohne sich weiter um den Inspektor zu kümmern, eilte Black in das Vestibül. Er war ohne Hut, aber er bedeckte sein Gesicht mit der Hand, bahnte sich einen Weg durch die Menge und gelangte ins Freie. Schnell winkte er ein Auto heran.

»Waterloo-Bahnhof. Sie bekommen ein Pfund extra, wenn ich meinen Zug noch erreiche.«

In rasender Fahrt ging es den Strand entlang, aber er gab eine neue Instruktion, noch bevor der Bahnhof erreicht war.

»Es hat keinen Zweck mehr, der Zug ist eben abgefahren. Setzen Sie mich am Eton Square ab.«

Dort zahlte er und entließ den Wagen. Ohne große Schwierigkeit fand er die beiden anderen Autos, die dort auf ihn warteten.

»Ich bin Oberst Black«, sprach er den ersten Chauffeur an, der grüßend an seine Mütze faßte. »Fahren Sie auf dem kürzesten Weg nach Portsmouth. Der andere Wagen soll uns folgen.«

Nach einer kurzen Strecke änderte er seinen Plan wieder.

»Fahren Sie zuerst zum ›Junior Turf Club‹ in der Pall Mall.«

Als er dort angekommen war, winkte er den Portier heran.

»Sagen Sie Sir Isaac Tramber, er möchte sofort herauskommen.«

Ikey war im Club. Der Oberst hatte auf gut Glück versucht, ihn zu finden.

»Holen Sie schnell Mantel und Hut«, rief Black dem verwirrten Baronet hastig zu.

»Aber –«

»Hier gibt es kein Aber!« fuhr Black ihn wütend an. »Holen Sie Ihren Mantel und Ihren Hut, wenn Sie nicht Gefahr laufen wollen, daß man Sie noch heute abend aus dem Club holt und auf die nächste Polizeistation bringt.«

Widerwillig ging Ikey zurück und kehrte gleich darauf wieder. Unterwegs zog er noch seinen Mantel an.

»Was, zum Teufel, soll das alles bedeuten?« fragte er bestürzt.

Plötzlich fiel das Licht einer Straßenlampe auf den unbedeckten Kopf des Obersten.

»Großer Gott, Sie haben ja weiße Haare! Sie sehen ganz wie dieser Essley aus!«

21

»Wohin fahren wir denn?« fragte Sir Isaac schwach.

»Nach Portsmouth«, brummte Black. »Dort werden wir ein paar Freunde treffen.«

Er grinste im Dunkeln. Dann beugte er sich vor und gab dem Chauffeur mit leiser Stimme Instruktionen.

Der Wagen schoß vorwärts; einige Minuten später hatten sie den Hammersmith Broadway überquert und fuhren in schnellem Tempo auf Barnes zu.

Kaum waren sie aus dem großen Verkehr heraus, als plötzlich ein großer, langer Sportwagen den belebten Platz kreuzte und sich mit äußerster Geschicklichkeit zwischen den zahlreichen Wagen durchwand. Der Chauffeur kümmerte sich nicht im mindesten um die Schimpfereien seiner Kollegen, sondern fuhr unbeirrt Blacks Auto nach.

Der erste Wagen hatte Kingston bereits hinter sich und befand sich auf der Straße nach Sandown, als Black den Wagen hinter sich hörte. Er wandte sich um und erwartete, seinen Begleitwagen zu sehen, aber der hatte wegen einer Reifenpanne einen Aufenthalt in Putney Heath gehabt. Black fühlte sich unbehaglich, obwohl es doch schließlich nicht ungewöhnlich war, daß auch noch andere Wagen um diese Stunde auf der großen Chaussee nach Portsmouth fuhren.

Er erkannte auch an dem Geräusch des Motors, daß dieser Rennwagen ihn überholen würde.

»Wenn die Straße etwas breiter wird, wollen wir den Wagen vorbeilassen«, sagte er zu dem Chauffeur.

Aber das Auto hinter ihnen schien nicht die Absicht zu haben, sie zu überholen, bis sie Sandown und Cobham passiert hatten und schon die Lichter von Guildford zu sehen waren.

An einer einsamen Stelle, nicht mehr weit von der Stadt entfernt, holte der Sportwagen dann ohne sichtliche Anstrengung auf, war gleich darauf neben ihnen, fuhr direkt vor ihr Auto und verlangsamte dann sein Tempo. Blacks Chauffeur war gezwungen, diesem Beispiel zu folgen.

Der Oberst beobachtete dieses Manöver mit wachsender Besorgnis. Langsamer und langsamer fuhr der Sportwagen; schließlich stellte er sich quer und hielt mitten auf der Straße. Es war unmöglich, an ihm vorbeizukommen.

Blacks Chauffeur brachte das Auto mit einem Ruck zum Stehen.

Im Licht ihrer Scheinwerfer sahen sie, daß zwei Männer aus dem Wagen vor ihnen ausstiegen und anscheinend ein Rad flüchtig untersuchten. Dann ging der eine langsam zurück, bis er zu ihnen kam.

»Entschuldigen Sie – ich glaube, Sie sind mir bekannt.«

Eine Taschenlampe beleuchtete plötzlich Blacks Gesicht, und in dem grellen Licht sah der Oberst die Mündung eines Revolvers auf sich gerichtet.

»Steigen Sie aus, Mr. Black – Sie und Ihr Begleiter«, sagte der Unbekannte ruhig.

In dem hellen Licht, das ihn überstrahlte, konnte Black nichts machen. Ohne ein Wort verließ er den Wagen; Tramber folgte.

»Gehen Sie voran«, befahl der Mann mit dem Revolver.

Die beiden gehorchten. Ein neuer Lichtkegel traf sie. Der Führer des ersten Wagens erhob sich. Auch er hatte eine Taschenlampe und einen Revolver in der Hand. Er wies sie kurz an, in das Auto zu steigen. Der erste Mann ging noch einmal zurück, um Blacks Chauffeur Anweisungen zu geben, dann stieg er in den Sportwagen und setzte sich zwischen seine beiden Gefangenen.

»Legen Sie Ihre Hände auf die Knie.«

Er kontrollierte mit seiner Taschenlampe, ob sie seiner Aufforderung nachkamen.

Black legte zögernd seine behandschuhten Hände auf den Schoß. Sir Isaac folgte seinem Beispiel, halbtot vor Angst.

Ihr Wächter konzentrierte das Licht seiner Lampe auf ihre Hände und bewachte sie scharf, während sein Gefährte in schärfstem Tempo weiterfuhr.

Sie bogen von der Hauptchaussee ab und kamen auf eine kleinere Landstraße, die Black nicht kannte. Sie machte viele Biegungen und schien mitten in freies Land zu führen. Nach zehn Minuten hielt der Wagen.

»Steigen Sie aus!«

Weder Black noch Tramber hatten während der Fahrt ein Wort gesprochen.

»Was soll das bedeuten?« fragte der Oberst jetzt.

»Steigen Sie aus!«

Mit einem Fluch stieg Black aus dem Wagen.

Zwei andere Männer warteten hier auf sie.

»Das soll wahrscheinlich wieder eine Posse der ›Vier Gerechten‹ sein«, sagte Black höhnisch.

»Das werden Sie ja gleich sehen«, erwiderte einer der Wartenden.

Black und Tramber wurden auf einem langen, unebenen Pfad über einen Sturzacker und durch ein kleines Gehölz geführt, bis im Dunkel der Nacht plötzlich ein kleines Gebäude vor ihnen auftauchte.

Es war nicht erleuchtet, und Black hatte den Eindruck, daß es eine Kapelle sein müsse. Aber er hatte nicht viel Zeit, sich den

Kopf darüber zu zerbrechen. Er hörte, wie Sir Isaac hinter ihm herkeuchte. Dann wurde das Tor aufgeschlossen.

Die Hand, die ihn bisher am Arm gehalten hatte, löste sich. »Bleiben Sie hier stehen.«

Black wartete. Eine entsetzliche Furcht vor dem, was kommen würde, hatte ihn gepackt.

»Gehen Sie jetzt vorwärts«, befahl eine Stimme.

Black ging zwei Schritte weiter, und plötzlich war der große Raum, in dem er jetzt stand, von mehreren Lampen taghell erleuchtet. Er beschattete seine Augen mit der Hand, um sie vor der blendenden Helle zu schützen.

Ein ungewöhnlicher Anblick bot sich ihm. Er befand sich in einer früheren Kapelle; er sah die bunten Glasfenster und an der Stirnwand des Raumes eine niedrige, mit schwarzem Stoff drapierte Plattform, die von einer Mauer bis zur anderen reichte. Drei Tische standen darauf. Das Ganze erinnerte ihn an einen Gerichtshof. Der Hintergrund war mit purpurrotem Stoff verhängt, von dem sich die schwarzen Tische scharf abhoben.

Drei Männer, die Masken trugen, saßen hinter den Tischen. In der Krawatte des mittleren blitzte eine Brillantnadel in dem Licht der elektrischen Lampen auf, die von der Decke herabhingen.

Der vierte stand zur Rechten der Gefangenen.

Black überschaute dies alles mit einem raschen Blick. Hinter den Sitzen der drei Männer entdeckte er eine Tür, die sie wahrscheinlich als Ein- und Ausgang benützten. Außer dieser Tür sowie der, durch die er hereingekommen war, konnte er keine Möglichkeit zur Flucht entdecken.

Der mittlere der drei sprach ihn jetzt mit harter, unheilkündender Stimme an.

»Morris Black«, sagte er feierlich, »was geschah mit Fanks?«

Black zuckte die Schultern und sah sich um, als ob er diese Frage unmöglich beantworten könnte.

»Was geschah mit Jakobs, mit Coleman und einem Dutzend anderer Menschen, die Ihnen im Weg standen und plötzlich starben?«

Black schwieg immer noch; er überdachte die Lage. Hinter

ihm war die Tür, und er hatte vorher bemerkt, daß der Schlüssel steckte. Er wußte jetzt, daß er sich in einer alten normannischen Kapelle befand, die diese Leute offenbar für ihre Zwecke hatten herrichten lassen.

»Isaac Tramber«, sagte jetzt der erste der drei, »welche Rolle haben Sie bei dem allen gespielt?«

»Ich weiß von nichts«, stammelte der Baronet. »Mir ist sowenig etwas bekannt wie Ihnen. Ich glaube, die Börsenspekulationen waren nicht ganz korrekt. Ich will Ihnen aber gern antworten, wenn ich Ihnen irgend etwas anderes sagen kann, denn ich möchte mit reinen Händen aus dieser Affäre herauskommen.«

Tramber machte einen Schritt vorwärts. Black streckte den Arm aus, um ihn zurückzuziehen, er wurde aber von dem Mann an seiner Seite daran gehindert.

»Treten Sie näher«, sagte der erste.

Sir Isaac ging mit wankenden Knien über den glatten Steinfußboden.

»Ich will alles tun, was in meinen Kräften steht«, sagte er eifrig, als er wie ein reumütiger Schuljunge vor seinen Richtern stand. »Ich freue mich, wenn ich Ihnen irgendeine Mitteilung machen kann.«

»Halt!« schrie Black mit wutverzerrtem Gesicht. »Sie wissen nicht, was Sie tun, Ikey! Schweigen Sie, und halten Sie zu mir, dann wird Ihnen nichts geschehen!«

»Ich weiß nur eines«, fuhr Sir Isaac mit zitternder Stimme fort. »Black hatte einen Streit mit Fanks –«

Er hatte diese Worte kaum ausgesprochen, als in schneller Reihenfolge plötzlich drei Schüsse krachten. Die vier hatten nicht den Versuch gemacht, Black zu entwaffnen. Mit blitzartiger Geschwindigkeit hatte er seine Pistole gezogen und auf den Verräter geschossen.

Im nächsten Augenblick war er an der Tür, drehte den Schlüssel um und eilte hinaus.

»Schieß – schieß, Manfred«, rief jemand vom Podest herab.

Aber es war zu spät – Black war in der Dunkelheit verschwunden.

Als drei der vier hinter ihm hereilten, standen sie einen Augenblick als dunkle Schatten gegen die helle Öffnung des Tores.

Wieder ertönten zwei Schüsse. Eins der Geschosse traf die Türleibung, und feiner Staub und Steinsplitter flogen umher.

»Dreht das Licht aus und kommt mit!« rief Manfred schnell.

Aber Black hatte einen beträchtlichen Vorsprung, und Angst und Aufregung verliehen ihm fast übernatürliche Kräfte. Sein Instinkt führte ihn untrüglich den richtigen Weg über das Feld. Er erreichte die kleine Straße, eilte nach links und fand den grauen Sportwagen, den niemand beaufsichtigte.

Er sprang auf den Führersitz, und nach einigen Anstrengungen gelang es ihm zu wenden. Der Wagen bewegte sich vorwärts, neigte sich jedoch gleichzeitig zur Seite in einen kleinen Graben; trotzdem brachte Black es schließlich fertig, den Fahrdamm zu gewinnen.

»Es hat keinen Zweck«, sagte Manfred, als er das rote Schlußlicht verschwinden sah. »Wir wollen wieder zurückgehen.«

Er hatte seine Maske abgenommen.

Sie eilten zur Kapelle zurück. Sir Isaac Tramber war tot. Die Kugel war ihm in die linke Seite gedrungen und durchs Herz gegangen.

Aber sie sahen nicht nach ihm. Ihr Sprecher lag bewegungslos in einer Blutlache auf dem Boden.

»Sehen sie einmal nach der Wunde«, sagte er, »und wenn sie nicht zu schwer ist, nehmen Sie meine Maske nicht ab.«

Poiccart und Gonsalez untersuchten die Verletzung rasch.

»Es sieht ziemlich ernst aus.«

In diesem kurzen Satz faßten sie ihr Urteil zusammen.

»Das dachte ich mir«, erwiderte der Verwundete gelassen. »Es wäre besser gewesen, wenn Sie ihm nach Portsmouth gefolgt wären. Wahrscheinlich fällt er nun Fellowe in die Hände.« Er lächelte unter der Maske. »Ich muß ihn jetzt wohl Lord Francis Cassilirs nennen – er ist mein Neffe und ein hoher Beamter von Scotland Yard. Ich telegrafierte ihm, daß er mir folgen solle. Wahrscheinlich werden Sie seinem Wagen begegnen, dann können Sie zusammen fahren. Manfred bleibt bei mir. – Nehmen Sie ruhig meine Maske ab.«

Gonsalez beugte sich nieder und entfernte vorsichtig die seidene Halbmaske. Erstaunt fuhr er zurück.

»Lord Verlond!« rief er überrascht.

Manfred, der es längst gewußt hatte, nickte.

22

Die Straße war um diese Nachtstunde nicht belebt. Die Dunkelheit und die Enge der Fahrbahn boten jedoch tausend Schwierigkeiten für einen Mann, der seit Jahren kein Steuer mehr in der Hand gehabt hatte. Aber Black lenkte den großen Wagen ohne Furcht. Einmal fuhr er im Renntempo durch einen kleinen Ort. Ein Polizist, der ihn aufzuhalten suchte, kam nur mit knapper Not mit dem Leben davon.

Black erreichte die große Straße wieder. Er hatte noch keinen größeren Unfall gehabt, nur der eine Kotflügel war bei einer scharfen Kurve an einem Laternenpfahl beschädigt worden. Mit größter Geschwindigkeit fuhr er durch Winchester. Wieder wurde der Versuch gemacht, ihn anzuhalten. Zwei große Wagen waren quer über die Straße gefahren, aber er sah sie rechtzeitig, bog in eine Nebenstraße ein und konnte auch diese Ortschaft ungehindert passieren. Dazu verhalf ihm allerdings mehr der glückliche Zufall als seine Geschicklichkeit. Er wußte jetzt, daß seine Flucht der Polizei bekannt war und daß er seine Pläne ändern mußte. Aber er gestand sich ein, daß es wenig zu ändern gab. Er hatte England von Dover oder Portsmouth aus verlassen wollen; nur diese beiden Häfen kamen für ihn in Frage.

Im stillen hatte er gehofft, den Dampfer nach Frankreich unbemerkt zu erreichen, aber das war nun unmöglich geworden. Die Schiffe würden überwacht werden, und er hatte keine Hilfsmittel bei sich, um sich zu verkleiden.

Südlich von Petersfield überholte er einen anderen Wagen.

Erst im Vorbeifahren wurde ihm klar, daß dies das zweite Auto sein mußte, das er gemietet hatte.

Als er sich das eben überlegt hatte, platzten die Reifen seiner Vorderräder. Er bremste und brachte den Wagen zum Stehen.

Das war Glück! Die Hilfe kam im richtigen Augenblick!

Er sprang aus dem Wagen und stellte sich mit ausgebreiteten Armen mitten auf die Straße. Die Lampen des näherkommenden Autos beleuchteten ihn hell.

Wenige Schritte vor ihm hielt der Wagen an.

»Fahren Sie mich nach Portsmouth – ich hatte eine Panne.«

Der Chauffeur erwiderte etwas Unverständliches.

Black öffnete die Tür und stieg ein. Sie wurde hinter ihm zugeschlagen, bevor er merkte, daß noch andere in dem Wagen saßen. »Wer –«, begann er.

Aber dann wurde er von zwei kräftigen Händen gepackt, und zwei Eisen schnappten um seine Handgelenke ein.

»In bin Lord Francis Cassilirs, Polizeidirektor von Scotland Yard«, ließ sich eine wohlbekannte Stimme vernehmen. »Ich verhafte Sie wegen vorsätzlichen Mordes.«

»Cassilirs?« wiederholte Black dumpf.

»Vielleicht kennen Sie mich besser unter dem Namen Fellowe.«

Am 27. März wurde Black gehenkt.

Lord Francis Cassilirs saß an dem Bett seines kranken Onkels und las ihm die Berichte vor, die die Presse darüber gab.

»Kanntest du ihn?« fragte er.

Der alte Lord wandte sich mürrisch um.

»Du fragst auch noch, ob ich ihn kannte? Natürlich! Er ist der einzige meiner Bekannten, der am Galgen endete.«

»Wo hast du ihn denn getroffen?« fragte Frank skeptisch.

»Ich habe ihn niemals getroffen«, erwiderte Verlond grimmig. »Er hat mich getroffen.«

Und er verzog das Gesicht, denn die Wunde in der Schulter schmerzte immer noch.

KRIMI

OUT: wilde Knallerei, blutige Gemetzel, simple Stories.
IN: raffinierte Komplotte, eigenwillige Typen, explosive Dynamik - Krimis vom Feinsten. Beste Garantie dafür: klassische Topautoren und ungewöhnliche New-comer aus Deutschland und der englisch-amerikanischen Szene bei Goldmann.

ADAMS, HAROLD
Die vierte Witwe 5086 DM 9.80
Einfach Mord. 5055 DM 8,80
Lügen haben schöne Beine. 5070 DM 7,80
Malt die Stadt rot. 5061 DM 7,80
Killer im Haus. 5065 DM 8,80

ALLINGHAM, MARGERY
Das Haus am Golfplatz. 3001 DM 7,80
Mode und Morde. 3243 DM 7,80

ASIMOV, ISAAC
Die 'Schwarzen Witwer' bitten zu Tisch. 4922 DM 7,80

BAUMRUCKER, GERHARD
Schwabinger Nächte. 2003 DM 7,80

BIEBRICHER, ROLF
Ein Schloß in Graubünden. 5063 DM 7,80

BLAKE, NICHOLAS
Das Biest 4889 DM 8.80
Der Morgen nach dem Tod. 3276 DM 7,80

BLOBEL, BRIGITTE
Tödliche Schlingen. 5014 DM 8,80

BROMUND, DIETER
Mord ist nichts für feine Nasen. 5044 DM 7,80

CAIN, JAMES M.
Die Frau des Magiers 5092 DM 8.80
Doppelte Abfindung . 5084 DM 8.80

CHRISTIE, AGATHA
Alibi. 12 DM 6,80
Das Geheimnis von Sittaford. 73 DM 6,80
Das Haus an der Düne. 98 DM 6,80
Der rote Kimono. 62 DM 6,80
Dreizehn bei Tisch. 66 DM 6,80
Ein Schritt ins Leere. 70 DM 6,80
Mord auf dem Golfplatz. 9 DM 6,80
Nikotin. 64 DM 6,80
Tod in den Wolken. 4 DM 6,80

CHASTAIN, THOMAS
Der große Blackout 5433 DM 8.80

CRUMLEY, JAMES
Der tanzende Bär (Kerle, Kanonen und Kokain) 4965 DM 8.80

DOODY, MARGARET
Sherlock Aristoteles. 5215 DM 8,80

DOWNING, WARWICK
Ruhe sanft im Wasserbett. 4592 DM 7,80

DURBRIDGE, FRANCIS
Der Andere. 3142 DM 5,80
Die Kette. 4788 DM 5,80
Die Puppe. 4940 DM 5,80
Das Halstuch. 3175 DM 5,80
Ein Mann namens Harry Brent. 4035 DM 5,80
Es ist soweit. 3206 DM 5,80
Melissa. 3073 DM 5,80
Im Schatten von Soho. 3218 DM 5,80
Paul Temple jagt Rex. 3198 DM 5,80
Paul Temple – Der Fall Kelby. 4039 DM 5,80
Tim Frazer. 3064 DM 5,80
Tim Frazer weiß Bescheid. 4871 DM 5,80
Paul Temple – Banküberfall in Harkdale. 4052 DM 5,80
Wer ist Mr. Hogarth? 4938 DM 5,80

ELLIN, STANLEY
Jack the Ripper und van Gogh 4984 DM 8.80

FLEMING, JOAN
Erst die Pflicht, dann das Vergnügen. 4231 DM 7,80

FREELING, NICOLAS
Keine Schuld an ihrem Tod. 5257 DM 7,80
Van der Valk und der Schmuggler 5090 DM 8.80
Van der Valk und die Katzen. 5076 DM 7,80

GARDNER, ERLE STANLEY
Der dunkle Punkt. 3039 DM 5,80
Der schweigende Mund 2259 DM 9.80
Der zweite Buddha. 3083 DM 5,80
Lockvögel. 3114 DM 5,80
Per Saldo Mord. 3121 DM 5,80
Ein schwarzer Vogel. 2267 DM 8,80

GOLDMANNS MORDSSACHEN
Der Gorilla und andere kriminelle Geschichten 9220 DM 8,80
Der kleine Schrecken und andere kriminelle Geschichten 9256 DM 9,80
Er ruhe in Frieden und andere Geschichten aus dem Giftschrank Hale. 9384 DM 9.80
Wer tötet schon eine Katze? und andere Geschichten 9360 DM 9.80

GOLDSBOROUGH, ROBERT
Per Annonce: Mord. 5062 DM 8,80
Mord in e-moll. 5034 DM 8,80

GOUGH, LAURENCE
Bewegliche Ziele 5081 DM 8.80
Die Tote am Haken 5080 DM 8.80

GUNN, VICTOR
Das Wirtshaus von Dartmoor/Die Treppe zum Nichts/Gute Erholung Inspektor Cromwell Drei Fälle für »Ironsides« in einem Band. 5097 DM 10.-
Im Nebel verschwunden/Tod im Moor/Der Tod hat eine Chance Drei Fälle für »Ironsides« in einem Band. 5098 DM 10,-
Roter Fingerhut. 267 DM 7,80
Die Lady mit der Peitsche. 261 DM 6,80
Der Mann im Regenmantel. 2093 DM 8,80

HAEFS, GISBERT
Das Triumvirat. Und andere kriminelle Geschichten. 5035 DM 7,80
Die Schattenschneise 5046 DM 8.80
Mord am Millionenhügel. 5613 DM 8,80

HALL, PARNELL
Der Mann, der nein sagen konnte 5085 DM 9.80

HANSEN, JOSEPH
Frühe Gräber. 5073 DM 8,80
Keine Prämie für Mord. 5454 DM 7,80
Mondschein-Trucker. 5020 DM 7,80
Tote Hunde bellen nicht. 5059 DM 7,80
Verbrannte Finger. 5451 DM 7,80

HEALEY, BEN
Falsche Kunst und echte Bomben. 4377 DM 7,80

HIGGINS, GEORGE V.

Der Anwalt 5087 DM 9.80
Die Freunde von Eddie Coyle 5083 DM 9.80

HILL, REGINALD

Der Calliope-Club. 4991 DM 8,80
Noch ein Tod in Venedig 5219 DM 8.80
Kein Kinderspiel. 5054 DM 9,80

KAMINSKY, STUART

Nacht auf dem Roten Platz. 5067 DM 8,80
Roter Regen 5089 DM 9.80
Rotes Chamäleon. 5072 DM 8,80

KNOX, BILL

Die Tote vom Loch Lomond 5025 DM 8,80
Mit falschen Etiketten. 4966 DM 8,80
Seefahrt bringt Tod. 5015 DM 8,80
Zwischenfall auf Island. 4899 DM 7,80
Tödliche Fracht. 4906 DM 8,80
Frachtbetrug. 4909 DM 8,80

KRISTAN, GEORG R.

Das Jagdhaus in der Eifel. 5650 DM 7,80
Ein Staatsgeheimnis am Rhein. 5019 DM 8,80
Fehltritt im Siebengebirge. 5003 DM 8,80
Schnee im Regierungsviertel. 5068 DM 7.80
Spekulation in Bonn. 5050 DM 7,80

MARSH, NGAIO

Bei Gefahr Rot. 4968 DM 8,80
Das Schloß des Mr. Oberon. 4954 DM 9,80
Das Todesspiel. 4990 DM 7,80
Der Champagner-Mord. 4917 DM 8,80
Der Handschuh. 4934 DM 7,80
Der Tod auf dem Fluß. 4997 DM 8,80
Der Hyazinthen-Mörder. 5036 DM 8,80
Mord in der Klinik. 5040 DM 8,80
Der Tod des Narren. 4946 DM 8,80
Der Tod im Frack. 4908 DM 8,80
Der Tod und der tanzende Diener. 4974 DM 9,80
Ein Schuß im Theater. 4046 DM 7,80
Fällt er in den Graben, fällt er in den Sumpf 4912 DM 8,80
Hinter den toten Wassern. 5033 DM 7,80
Letzter Applaus. 5008 DM 9,80
Mord im Atelier. 5000 DM 8,80
Mord vor vollem Haus. 4994 DM 8,80
Mylord mordet nicht. 4910 DM 8,80
Ouvertüre zum Tod. 4902 DM 8,80
Stumme Zeugen. 5028 DM 7,80
Tod im Lift. 4980 DM 8,80
Tod im Pub. 4986 DM 8,80
Tod in der Ekstase. 5016 DM 7,80

MOLSNER, MICHAEL

Der ermordete Engel. Die Euro-Ermittler. 5002 DM 7,80

MULLER, MARCIA

Das Geheimnis des toten Fischers. 4988 DM 7,80
Nette Nachbarn. 5029 DM 8,80

NEELY, RICHARD

Die Nacht der schwarzen Träume. 4778 DM 8,80
Du bist Mariott. 4790 DM 7,80

PETER, ELLIS

Mord zur Gitarre. 3219 DM 8,80

PLÖTZE, HASSO

Heimtückisch. 5024 DM 7,80

RITCHIE, SIMON

Toronto, tödlich. 5056 DM 8,80

ROSS, JONATHAN

Begraben wird später. 5075 DM 8,80

SADLER, MARK

Der Tod der Schwalbe. 5047 DM 7,80

SAYERS, DOROTHY

Es geschah im Bellona-Klub. 3067 DM 6,80
Geheimnisvolles Gift. 3068 DM 7,80
Mord braucht Reklame. 3066 DM 6,80

SCHRENK, PETER

Ein fremder Tod. 5053 DM 8,80
Ohne Obligo. 5071 DM 9,80

STOUT, REX

Zu viele Köche. 2262 DM 7,80
Der rote Bulle. 2269 DM 7,80
Orchideen für sechzehn Mädchen. 3002 DM 7,80
P.H. antwortet nicht. 3024 DM 7,80
Goldene Spinnen. 3031 DM 7,80
Das Geheimnis der Bergkatze. 3052 DM 7,80
Das Plagiat. 3108 DM 7,80
Morde jetzt – zahle später. 3124 DM 7,80
Zu viele Klienten. 3290 DM 7,80
Der Schein trügt. 3300 DM 7,80
Gambit. 4038 DM 7,80
Vor Mitternacht. 4048 DM 7,80
Die Champagnerparty. 4062 DM 7,80
Gift la Carte. 4349 DM 7,80
Wenn Licht ins Dunkle fällt. 4358 DM 7,80
Per Adresse Mörder X. 4389 DM 7,80

SYMONS, JULIAN

Damals tödlich. 4855 DM 8,80
Mit Namen Annabel Lee. 5247 DM 8,80
Der Kreis wird enger. 4104 DM 7,80
Die Spieler und der Tod. 4469 DM 7,80
Roulett der Träume 4792 DM 9.80
Wer stirbt schon gerne in Venedig. 5013 DM 8,80

TAIBO II, PACO IGNACIO

Das nimmt kein gutes Ende 5252 DM 7.80

THOMPSON, JIM

Liebe ist kein Alibi. 5045 DM 7,80

TRUMAN, MARGARET

Mord an höchster Stelle. 4943 DM 8,80
Mord im CIA. 5069 DM 9,80
Mord im Diplomatenviertel 5005 DM 9.80
Mord im Weißen Haus. 4907 DM 8,80
Mord in Georgetown. 5041 DM 9,80

UPFIELD, ARTHUR W.

Bony stellt eine Falle. 1168 DM 6,80
Der Kopf im Netz. 167 DM 6,80
Die Giftvilla. 180 DM 6,80
Die Leute von nebenan. 198 DM 6,80
Der sterbende See. 214 DM 6,80
Der neue Schuh. 219 DM 6,80
Der Schwarze Brunnen.224 DM 6,80
Der streitbare Prophet. 232 DM 6,80
Bony und die schwarze Jungfrau.1074 DM 5,80
Bony wird verhaftet. 1281 DM 6,80
Bony und der Bumerang. 2215 DM 6,80
Freunde sind unerwünscht. 1230 DM 6,80

WAINWRIGHT, JOHN

In einer einzigen Nacht. 5066 DM 8,80

WALLACE, EDGAR

A.S. der Unsichtbare. 126 DM 5,80
Bei den drei Eichen.100 DM 5,80
Das Gasthaus an der Themse. 88 DM 6,80

Das Geheimnis der Stecknadel. 173 DM 6,80
Das Geheimnis der gelben Narzissen. 37 DM 6,80
Das Gesetz der Vier. 230 DM 6,80
Das Gesicht im Dunkel. 139 DM 5,80
Das Steckenpferd des alten Derrick. 97 DM 6,80
Das Verrätertor. 45 DM 6,80
Das geheimnisvolle Haus. 113 DM 6,80
Das indische Tuch. 189 DM 6,80
Das silberne Dreieck. 154 DM 5,80
Der Banknotenfälscher. 67 DM 6,80
Der Brigant. 111 DM 6,80
Der Derbysieger. 242 DM 5,80
Der Diamantenfluß. 16 DM 6,80
Der Dieb in der Nacht. 1060 DM 6,80
Der Doppelgänger. 95 DM 5,80
Der Engel des Schreckens. 136 DM 5,80
Der Frosch mit der Maske. 1 DM 6,80
Der Hexer. 30 DM 6,80
Der Joker. 159 DM 5,80
Der Juwel aus Paris. 2128 DM 5,80
Der Mann aus Marokko. 124 DM 6,80
Der Mann im Hintergrund. 1155 DM 6,80
Der Mann, der alles wußte. 86 DM 6,80
Der Mann, der seinen Namen änderte. 1194 DM 5,80
Der Preller. 116 DM 5,80
Der Redner. 183 DM 6,80
Der Rächer. 60 DM 6,80
Der Safe mit dem Rätselschloß. 47 DM 6,80
Der Teufel von Tidal Basin. 80 DM 6,80
Der Unheimliche. 55 DM 6,80
Der Zinker. 200 DM 6,80
Der goldene Hades. 226 DM 5,80
Der grüne Bogenschütze. 150 DM 6,80
Der grüne Brand. 1020 DM 6,80
Der leuchtende Schlüssel. 91 DM 6,80
Der rote Kreis. 35 DM 6,80
Der schwarze Abt. 69 DM 5,80
Der sechste Sinn des Mr. Reeder. 77 DM 6,80
Der sentimentale Mr. Simpson. 1214 DM 6,80
Der unheimliche Mönch. 203 DM 5,80
Der viereckige Smaragd. 195 DM 6,80
Die Abenteuerin. 164 DM 6,80
Die Bande des Schreckens. 11 DM 6,80
Die Gräfin von Ascot. 1071 DM 6,80
Die Melodie des Todes. 207 DM 6,80
Die Millionengeschichte. 194 DM 5,80
Die Schuld des anderen. 1055 DM 6,80
Die Tür mit den 7 Schlössern. 21 DM 6,80
Die blaue Hand. 6 DM 6,80
Die drei Gerechten. 1170 DM 6,80
Die drei von Cordova. 160 DM 5,80
Die gebogene Kerze. 169 DM 5,80
Die gelbe Schlange. 33 DM 6,80
Die seltsame Gräfin. 49 DM 6,80
Die toten Augen von London. 181 DM 6,80
Die unheimlichen Briefe. 1139 DM 5,80
Die vier Gerechten. 39 DM 6,80
Ein gerissener Kerl. 28 DM 6,80
Feuer im Schloß. 1063 DM 6,80
Gangster in London. 178 DM 6,80
Geheimagent Nr. sechs. 236 DM 6,80
Großfuß. 65 DM 6,80
Gucumatz. 248 DM 6,80
Hands up! 13 DM 6,80
Im Banne des Unheimlichen. 117 DM 6,80
In den Tod geschickt. 252 DM 6,80
John Flack. 51 DM 6,80
Kerry kauft London. 215 DM 6,80
Lotterie des Todes. 1098 DM 5,80
Louba, der Spieler. 163 DM 6,80
Mr. Reeder weiß Bescheid. 1114 DM 5,80
Nach Norden, Strolch! 221 DM 6,80
Neues vom Hexer. 103 DM 6,80
Penelope von der Polyantha. 211 DM 6,80
Richter Maxells Verbrechen. 41 DM 6,80
Turfschwindel. 155 DM 6,80
Töchter der Nacht. 1106 DM 6,80
Zimmer 13. 44 DM 6,80
Überfallkommando. 75 DM 6,80

WALLACE, PENELOPE

Eine feine Adresse. 5017 DM 7,80

WEINERT-WILTON, LOUIS

Die chinesische Nelke. 53 DM 8,80

WERY, ERNESTINE

Nachtkerze. 5623 DM 8,80

WOODS, SARA

Das Haus zum sanften Mord. 4915 DM 7,80
Ein kleines, kleines Grab. 5051 DM 7,80
Ihre Tränen waren Tod. 4921 DM 8,80
Wer zuletzt schießt... 5023 DM 8,80
Die Wahrheit und nichts als die Wahrheit. 5037 DM 8,80
Weine nicht, kleine Jennifer. 5058 DM 8,80
Wer Antony eine Grube gräbt. 5064 DM 8,80

MEISTERWERKE DER KRIMINALLITERATU

ARNAUD, GEORGES

Lohn der Angst. 6233 DM 8,80

CAIN, JAMES M.

Zarte Hände hat der Tod. 6243 DM 9,80

CHRISTIE, AGATHA

Alibi. 6202 DM 7,80
Das Haus an der Düne. 6220 DM 7,80
Der rote Kimono.(Mord im Orient-Expreß).6227 DM 8,80
Dreizehn bei Tisch. 6234 DM 8,80

DURBRIDGE, FRANCIS

Das Halstuch. 6216 DM 7,80

FRANCIS, DICK

Grand-Prix für Mord. 6247 DM 9,80

FREELING, NICOLAS

Bluthund. 6236 DM 8,80
Die Formel. 6221 DM 9,80
Wie ein Diamant auf Wunden. 6238 DM 8,80
Valparaiso. 6245 DM 8,80

GUNN, VICTOR

Schritte des Todes. 6246 DM 8,80

MARSH, NGAIO

Ouvertüre zum Tod. 6205 DM 8,80

PETERS, ELLIS

Der Tod und die lachende Jungfrau. 6237 DM 8,80

POSTGATE, RAYMOND

Das Urteil der Zwölf. 6249 DM 8,80

STOUT, REX

Der rote Bulle. 6226 DM 8,80

SYMONS, JULIAN

Am Ende war alles umsonst. 6235 DM 8,80
Wenn ich einmal tot bin. 6248 DM 8,80

TAIBO II, PACO IGNACIO

Eine leichte Sache. 6240 DM 9,80

UPFIELD, ARTHUR W.

Der sterbende See. 6209 DM 7,80
Todeszauber. 6244 DM 8,80

WALLACE, EDGAR

Die vier Gerechten. 6230 DM 8,80

WEINERT-WILTON, LOUIS

Die weiße Spinne. 6250 DM 8,80